A Caminho do Encontro
Uma leitura de *Contos Novos*

Estudos Literários 2

Ivone Daré Rabello

A Caminho do Encontro
Uma Leitura de *Contos Novos*

Ateliê Editorial

Copyright © 1999 Ivone Daré Rabello

Direitos reservados e protegidos pela Lei 9.610
de 19 de fevereiro de 1998.

É proibida a reprodução total ou parcial
sem a autorização, por escrito, da editora.

ISBN 85-85851-84-9

Direitos reservados à
ATELIÊ EDITORIAL
Rua Manoel Pereira Leite, 15
06700-000 – Granja Viana – Cotia – SP
Telefax: (011) 7922-9666
1999

Printed in Brazil
Foi feito depósito legal

Sumário

INTRODUÇÃO   15

I. ENTRE AS COISAS DO MUNDO

1. As vozes narrativas   33
2. Uma voz que profere "eu"   43
3. A voz que profere o outro   59
4. As vozes narrativas e a voz autoral   76

II. A SECRETA AÇÃO EXPRESSIVA

1. Tensas palavras   83
2. Sinais de fala, sinais de silêncio   89
3. As falas do eu   95
4. Falas e corpos nas narrativas em 3ª pessoa   103
5. O corpo literário   123

III. O ESTRATAGEMA DA PALAVRA

1. Os bastidores vêm à cena   133

2. Corpos projetados: aceitação e recusa   *151*
3. *Uns:* o eu mutilado   *179*

IV. A FORMA DA AVENTURA E
O ARTESANATO DO MATERIAL

1. Os inquietantes vestígios do futuro   *195*
2. Parênteses: Contar a vida   *229*
3. Imagens do corte e utopia da totalidade   *233*

ADENDO   *243*

Bibliografia   249

À memória do Prof. João Luiz Lafetá, a quem devo a orientação, sempre justa e paciente, e todo o encaminhamento de minha formação.

À Laura, "minha maiorzona estrelinha-do-mar".

> ... em arte, o que existe de principal
> é a obra de arte.
>
> MÁRIO DE ANDRADE
> *O Artista e o Artesão*

Originalmente apresentado como Dissertação de Mestrado ao Departamento de Teoria Literária e Literatura Comparada da Universidade de São Paulo, em 1991, com auxílio do CNPq e da FAPESP, este trabalho sofreu várias modificações. A ele foi incorporada parte extensa do ensaio publicado na revista *Letterature d'America*, em 1994, como a Introdução que o Prof. Dr. João Luiz Lafetá considerava necessária. Outras alterações se devem às valiosas contribuições da Prof.ª Dr.ª Cleusa Rios Pinheiro Passos e da Prof.ª Dr.ª Telê Ancona Lopez, que me argüiram na defesa pública da Dissertação sugerindo questões críticas a que busquei dar respostas na reelaboração. Outras ainda pretenderam corrigir alguns dos excessos retóricos que perturbavam a leitura.

Entre os muitos que colaboraram neste trabalho, quero agradecer ao Arquivo do Instituto de Estudos Brasileiros – USP – pelo acesso aos manuscritos de "O Poço", da Coleção Mário de Andrade, aqui parcialmente reproduzidos. Também agradeço aos colegas e funcionários do Departamento de Teoria Literária e Literatura Comparada, pelo estímulo e companheirismo, bem com a Ana Paula Pacheco, Armando Olivetti, Cláudia de Arruda Campos, Enid Y. Frederico, Fernando Arouca, Iná Camargo Costa, Neide Rezende, Salete de Almeida Cara, por muitas e diversas contribuições.

———◆———

Parte do trabalho original não é inédita: "A Voz Deslocada do Desejo" (trecho da Parte II) foi publicado na revista *Artéria*, da Secretaria Municipal de Santos (n. 4, jun. 92); "Os Bastidores Vêm à Cena", na *Revista da*

Biblioteca Mário de Andrade (vol. 50, jan.-dez. 92); e "Histórias de um Mário Menos Celebrado", na *Revista da Biblioteca Mário de Andrade* (vol. 51, 1993).

Introdução

◆

Assim como o Juca de "Frederico Paciência", o contista Mário de Andrade parece ofuscado pela "solaridade escandalosa" dos outros Mários: o poeta, o autor de *Macunaíma*, o crítico. No entanto, o trabalho com o gênero ocupa lugar importante em sua produção. Desde 1917 até 1945, volta e meia escrevia, retomava os manuscritos, elaborava projetos, e disso resultaram os três volumes que conhecemos: *Primeiro Andar*, bastante modificado entre a primeira edição, de 1926, e a segunda, preparada por Mário de Andrade em 1943; *Os Contos de Belazarte*, cuja primeira edição data de 1934; e *Contos Novos*, em processo de preparação quando de sua morte.

Mesmo trazendo marcas singularíssimas de Mário de Andrade, os três volumes revelam momentos bastante distintos não apenas de sua produção como também da discussão intelectual e literária ao longo dos anos 20, 30 e 40.

Desse ponto de vista, *Primeiro Andar*, embora publicado apenas em 1926, ajusta-se a um momento anterior ao Modernismo propriamente dito, dados os traços que aí se apresentam, típicos de cânones literários das primeiras décadas do século, quando a busca do novo se misturava a velhos modos de expressão. O esquema narrativo, ainda moldado pelas tradições do Realismo-Naturalismo, e as conquistas de alguns procedimentos técnicos e de linguagem não bastavam para atualizar de fato a nossa ficção. Bastante significativos desse momento, os contos de *Primeiro Andar* eram, como o próprio Mário de Andrade afirma em 1925, "façanhas de experiência literária", com "muita literatice muita frase enfeitada", do jovem aspirante às letras que andara "portando nos pomares de muitas terras, comendo frutas cultivadas por Eça e Coelho Neto, por Maeterlink... Só reflexo?"[1]

Se em 1926, sobretudo na lírica, o Modernismo apresentava resultados mais definitivos e projetos mais bem definidos, o conto apenas engatinhava. A proposta modernista já se afirmara em obras como *Paulicéia Desvairada* e *Losango Cáqui*, do próprio Mário de Andrade, *Memórias Sentimentais de João Miramar* e *Pau-Brasil*, de Oswald de Andrade, *Ritmo Dissoluto*, de Manuel Bandeira; na narrativa curta, porém, o trabalho de experimentação não dera como resultado nenhuma obra significativa, ficando restrito às publicações em revistas.

Mário de Andrade certamente percebia a importância da retomada do trabalho com o conto, e talvez aí se possa encontrar o duplo significado da publicação de *Primeiro Andar*. Por um lado, representava um impulso dado ao gênero, principalmente se lembrarmos que à época Mário de Andrade já era reconhecido por seus pares. Por outro, permitia o registro das tentativas do novo, na mira da libertação dos velhos procedimentos e vícios narrativos.

Hoje, lido à distância, *Primeiro Andar* serve-nos como documento das preocupações que tomavam corpo num movimento mais geral de renovação das nossas letras e de sua forma de dar representação às especificidades brasileiras no quadro mais vasto da Modernidade. Desse ponto de vista, os tropeções técnicos e

1. Mário de Andrade, "Advertência Inicial" [à 1ª edição de *Primeiro Andar* – jun. 1925], *Obra Imatura*, 3ª ed., São Paulo/Belo Horizonte, Martins/ Itatiaia, 1980, p. 45.

INTRODUÇÃO

estéticos ajudam a compreender por quais caminhos se empreendia a busca. Aliás, a própria publicação, tardia, de *Primeiro Andar*, visto que grande parte dos contos foi escrita entre 1914 e 1922, torna-se mais interessante se registrarmos que, em 1926, Mário de Andrade trabalhava em *Os Contos de Belazarte*, obra em que temas e procedimentos se articulam de modo mais orgânico com uma proposta conseqüente para as narrativas curtas, da ótica do quadro modernista da época.

O conjunto formado por *Primeiro Andar* provoca a impressão de hibridismo, assinalando os tateios e as conquistas do jovem escritor entre os anos de 1914 e 1922[2]. A pesquisa da linguagem avançava, embora nem sempre em rumo certo, e em alguns textos Mário de Andrade experimentava o tom coloquial, sem a "literatice" e a "frase enfeitada" que, não obstante, atuam em outros. Basta lembrar "Caçada de Macuco", de 1917, em que, com o velho e surrado tema de amor-morte-fatalidade em ambientação regional, típicos de nossa literatura de começo do século, a nota da diferença é flagrante. Há pouco do pitoresco, e muito da tentativa de captar a dinâmica da fala e do pensamento de sujeitos particulares. Confrontado com "Conto de Natal", escrito em 1914, podem-se ver grandes conquistas. Em "Conto de Natal", o propósito moderno se tinge com as nuanças de um impressionismo mal ajeitado, e a parataxe ostensiva, a eliminação das vírgulas contrastam com o ranço academicista no arranjo das frases, no vocabulário que beira o preciosismo, na busca do efeito. Se a cidade moderna comparece como núcleo temático, acoplado aos motivos da mul-

2. Trato apenas dos contos incluídos na 1ª edição sem referir-me aos que foram retirados pelo próprio Mário de Andrade, quando do seu projeto de "verdadeira 2ª edição". Os contos escritos posteriormente, entre 1929 e 1939, e incluídos nesse projeto, não serão discutidos aqui, uma vez que Mário parece tê-lo feito para garantir a unidade de suas outras duas coletâneas.

tidão e do anonimato, o narrador, num passo atrás, mostra-a sob a perspectiva da degradação moral, ancorado na identificação com seu extravagante protagonista. Trata-se de ninguém menos que Cristo, de carne e osso, que visita São Paulo numa noite de Natal e não encontra mais que luxúria e individualismo.

Procurando acertar o tom com os novos tempos, nos contos escritos entre 1919 e 1922 Mário de Andrade ia rompendo com certas concepções moralizantes e com procedimentos literários já antigos, como a ilusão referencial característica da tradição realista do século XIX. Inicia, também, um novo tratamento do narrador, que passa a atuar distanciada e ironicamente em relação a suas personagens. Veja-se o ainda hoje delicioso "História com Data", cujo narrador exibe erudição e cientificismo para contar, como se fosse verdadeiro, um caso fantástico de troca de cérebros, criando o ar de coisa moderna em registro satírico. Satíricas também são as narrativas dramatizadas, como "Moral Cotidiana", de 1922, em que a mistura de gêneros é o espaço textual em que o narrador encontra seu lugar, objetivando o quadro comentado da mediocridade burguesa e interferindo decisivamente nas rubricas.

À medida que Mário de Andrade problematizava o modo de narrar e incorporava novos temas às narrativas curtas, as pesquisas de linguagem se consolidavam. Começam a ceder as bases das ainda sólidas convenções de nossa épica: o princípio da ilusão referencial, o enredo fundado na causalidade exterior e o domínio da objetividade sobre a subjetividade. Os esquemas tradicionais da ficção vão sendo minados, menos por conta de procedimentos estilísticos ousados à época, como a ausência da pontuação, o registro nervoso da frase curta, a ruptura com relação à norma culta e aos padrões beletrísticos, e mais como conseqüência da mudança de ótica em face da realidade e de sua representação literária. Ao iniciar a passagem do registro objetivo para o subjetivo e ao desvendar, na forma, que ficção é deformação (e interpretação), e

INTRODUÇÃO

não cópia da realidade, a narrativa ia tomando novos rumos. Abria-se para mostrar os fatos pequenos do dia-a-dia da gente miúda, interessada nos hiatos entre o que se apresenta como realidade e a realidade dos processos subjetivos. No curioso "Galo que não Cantou", as fantasias do pusilânime Telinho, em seus desejos de ser o "galo" da casa, irrompem de dentro de sua consciência, ao mesmo tempo que, no plano da realidade objetiva, domina a tirânica esposa Jacinta.

Mário de Andrade também tocava de leve nas contradições de um país desconhecido de si mesmo, em que ser brasileiro e moderno parecia consistir em saber falar francês e trafegar entre a fazenda e a cidade, em carros e bondes. "Brasília" já revela o crítico que aponta quanto de atraso há em nossa modernidade de fachada: a mais típica das mulheres brasileiras é uma autêntica marselhesa, em meio às nossas jovens que se esmeram em parecer francesas.

À época da fatura desses contos, o jovem escritor começava a delimitar a dupla direção que o Modernismo assumiria vivamente nos anos 20 e 30: conquista das liberdades formais, direito à pesquisa estética e projeto de compreender a realidade brasileira com os instrumentos fornecidos pelas técnicas da arte de vanguarda[3]. Talvez por isso sejam importantes, no conjunto da obra, os processos de experimentação com diferentes ambientações, os diversos eixos temáticos, os variados recursos técnicos ainda pouco decantados que ficam à mostra em *Primeiro Andar*.

O resultado final, esteticamente precário, mas de um "ruim esquisito", testemunha a busca do novo e o atraso em que se encontrava o trabalho com o gênero, se comparado ao romance e à poesia modernista. Obra de aprendiz, mesmo que raro aprendiz,

---

3. Essa será a avaliação do próprio Mário de Andrade, a respeito do Movimento de 22, no célebre "O Movimento Modernista", de 1942 (*Aspectos da Literatura Brasileira*. 5ª ed., São Paulo, Martins, 1974, pp. 242 a 244).

Primeiro Andar permite revelar aspectos do quadro histórico-literário que pretende e começa a transformar. Para dizer com Mário de Andrade, ela tem a importância das obras menores, que "alimentam tendências, fortificam idéias, preparam o grande artista, fazem o claro-escuro de uma época, e lhe definem traços e volumes muito mais que as grandes obras".

———◆———

Em 1934, data da primeira edição de *Os Contos de Belazarte*, outro "andar" havia sido construído: os rumos do Modernismo estavam delimitados e também com relação ao conto havia resultados consideráveis. Em 1927 Antônio de Alcântara Machado publicara seu *Brás, Bexiga e Barra Funda*, marco de uma guinada no gênero, que finalmente se ajustava à estética modernista tanto nos temas quanto nos procedimentos e andamento narrativos. Como se sabe, Alcântara Machado abre caminhos ao escolher como alvo temático o cotidiano dos "intalianos", habitantes típicos do cenário da São Paulo dos anos 20. Organicamente articulada a esse cenário, sua prosa leve trama na forma o ritmo ágil e descontínuo trazido pela dinâmica da vida urbana e industrial, além de dar representação à fala e às reações psicológicas supostamente típicas desses novos "mamelucos".

O projeto de Alcântara Machado, porém, não resiste a um olhar mais severo. Os *flashes* tão bem realizados estilisticamente tratam de relações humanas rasas, vistas de fora por um narrador que registra pouco mais que curiosas historietas de "intalianos", mal ou bem-sucedidos economicamente, e atinge no máximo o tom pitoresco ou o sentimentalista. O olhar do narrador indicia sua diferença de classe e de algum modo se compraz com a superioridade implícita que lhe permite registrar o perfil de certa parcela da cidade moderna, com seus bondes e costureirinhas, cobradores e avenidas, meninos pobres e filhos de imigrantes enriquecidos. *Laranja da China*, de 1928, coletânea de retratos de tipos urbanos, confirma a vivacidade do estilo de Alcântara Machado e sua escolha por temas do cotidiano, ao mesmo tempo que aponta os limites desse novo realismo pitoresco.

Os *Contos de Belazarte*, dedicados ao autor de *Brás, Bexiga e Barra Funda*, problematizam esse narrador simpático, mas superior aos personagens de que se ocupa. Em *Belazarte*, a diferença entre narrador e protagonistas – a começar pela de classe, determinante de todas as outras – procura resolução na técnica de desdobramento, o que resulta em tensões estruturais. Encimados pela rubrica "Belazarte me contou:", todos os contos fazem supor a situação de um narrador escrito que reproduz o que o narrador oral lhe contara, atribuindo a ele a autoria do discurso e fingindo manter sem interferências sua linguagem e concepções de mundo. As conseqüências do artifício trazem conquistas importantes. Ao sabor da conversa, o enredo centrado na causalidade rigorosa acaba por se diluir, pois a voz de Belazarte vai e vem na cronologia, em comentários digressivos. A objetividade acaba ficando em plano secundário, e o diapasão acompanha o tom subjetivo.

Os casos contados, tirados da experiência própria ou alheia, servem de glosa a um mote, explícito ou não, de tal modo que cada um deles visa a certa exemplaridade. Não escapa a Belazarte uma atitude sentimental e melancólica de quem vê a autenticidade se desfazendo ao sabor da dinâmica da vida moderna, já que o ritmo racionalista da cidade vai descartando costumes tidos como obsoletos, criando novas reações psicológicas, desenhando novos perfis e construindo em chave miúda a tragédia do desenvolvimento.

Além disso, por via do jogo literário ostensivo o narrador e Belazarte aproximam-se duplamente: afins em sua posição de classe, como se lê em algumas poucas indicações textuais, e solidariamente simpáticos às histórias dos homens simples e pobres que enquadram as narrativas. O contador duplicado – Belazarte e seu ouvinte/escritor –, que vive reparando nas coisas e dessas observações tira lições de vida, vai buscar seus casos no espaço-limite que configura nossa modernidade como *atraso*. No mundo dos trabalhadores do bairro da Lapa, que então se formava na periferia da cidade, encontra as suas histórias de infelicidades e de pobrezas[4].

Da leitura dos contos fica claro que, nesse passo, interessava a Mário de Andrade não o centro, mas a periferia da São Paulo moderna e industrializada e, pela voz de Belazarte, revelava a profunda separação dos espaços contíguos criada pela lógica do desenvolvimento capitalista em sua face brasileira:

> Não vê que a prefeitura se lembra de vir calçar estas ruas! é só asfalto pras ruas vizinhas dos Campos Elíseos... Gente pobre que engula poeira dia inteirinho! ("Jaburu Malandro").

Quem conta/reconta está, ou quer estar, próximo do universo daqueles que, pauperizados, "sem letras nem cidade", construíam a face da nossa perversa modernidade e protagonizavam as cotidianas tragediazinhas da modernização.

A meta desse(s) narrador(es), no entanto, não é a revelação dos antagonismos constitutivos do processo histórico-social. Em vez disso, concentra(m) seu olhar nas fissuras entre os "móveis profundos" da sexualidade e o "móvel aparente" do comportamento em sociedade[5]. Os pequenos casos de traições e de disputas, as tentati-

---

4. Há duas exceções quanto à ambientação na Lapa: "Menina de Olho no Fundo", cuja ação decorre no Brás, e "Túmulo, Túmulo, Túmulo".
5. Utilizo termos empregados por Mário de Andrade apenas em 1939 (em "Do Cabotinismo", de *O Empalhador de Passarinho*). O assunto, porém, já o preocupa desde os anos 20, quando inicia suas primeiras leituras de Psicologia e de Freud, progressivamente incorporadas à sua produção literária.

INTRODUÇÃO

vas de arranjar marido e as ligações desastrosas, a pobreza aumentada pelo casamento e os inevitáveis filhos, as mulheres e as crianças sem afeto, sem dar tento de si mesmas – todas as histórias trazem para o espaço da ficção modernista o tratamento sério e problemático de personagens construídas a partir do perfil das camadas trabalhadoras urbanas. Na representação literária desenham-se seres que, meio desfibrados, tocam a vida sem se dar conta dela, governados por móveis rudes, sem verniz. Em meio aos dilemas concretos da pobreza, o foco central são os impulsos sexuais recalcados.

Para compreender o sentido dessa escolha de Mário de Andrade, é bom lembrar que o mundo da vida psíquica, com seus impulsos, recalques, fixações e sublimações, constituía um eixo de preocupações muito peculiar ao autor, bem como um problema a ser resolvido na representação literária de modo a não se confundir com o "psicologismo" em voga nas elites de então. Além disso, nunca escapou ao autor que o mundo psíquico só encontra figuração em situações (sociais) concretas. Lembremos de *Amar, Verbo Intransitivo*, de 1927, e o comparemos com *Os Contos de Belazarte*: as lições de amor que nas camadas burguesas se obtinham a preço alto, sem arranhões na respeitabilidade pública do "aprendiz" e sem nenhum prejuízo para o casamento "de bem" com "moça de família", nas camadas populares se resolve de maneira brutal. A Rosa, de "O Besouro e a Rosa", despertada em sua sexualidade pelo besouro atrevido, não tem escapatória a não ser seguir os móveis primários do desejo, o que a leva ao casamento com o mulato bêbado e à infelicidade.

Na comparação, fica evidente que, no grotesco e no exagero de certas narrativas de *Belazarte*, narra-se com fortes tintas expressionistas a deformação a que a vida moderna brasileira relegou as camadas ditas subalternas. No mundo dos pobres, os velhos dilemas psíquicos encontram formas particulares de conduzir a (in)felicidades específicas:

— Gente pobre carece casar cedo, seu Belazarte, senão vira que nem cachorro sem dono.
Não entendi logo a comparação. Ellis acrescentou:
— Pois é: cachorro sem dono não vive comendo lixo dos outros?...
("Túmulo, Túmulo, Túmulo").

O interesse pela representação dos processos da vida psíquica traz a esta obra desafios também estilísticos a que Mário de Andrade responde com a presença discreta do discurso indireto livre e, dominantemente, com a intervenção direta de Belazarte, que afirma saber o que a personagem ainda não imagina. A consciência da personagem, nestes contos, não se tornou ainda o espaço vivo em que aparecerão as relações sociais concretas. O mediador Belazarte, que quer falar em nome da "gente miúda" e conta seus casos sem importância, recorta e traduz com seus conhecimentos o que os protagonistas vivem sem refletir.

Talvez um dos significados da obra, e também de seus limites, esteja exatamente aí. Contrapondo-se a uma visão externa e pitoresca das camadas populares, Mário de Andrade volta-se para o de-dentro, visando à expressão densa dos conflitos aparentemente desimportantes do "mundo dos pequenos". Ainda não encontrara, porém, nem o procedimento nem o tom mais adequados: as personagens sabem pouco demais, e o velho Belazarte, com sua solidariedade voluntariosa, soa esquisito, meio culpado de saber o que sabe, meio culpado por ocupar outra posição de classe. Em "Túmulo, Túmulo, Túmulo", conto com fortes referências autobiográficas, pode-se ver a consciência culposa e, também, *como*, na vontade de dar expressão literária à linguagem do outro, o autor ora encontrava a medida certa, ora forçava a nota e por vezes falsificava a expressão do narrador:

Foi um ridículo oprimente para nós, os superiores, e deprimente pra eles os desinfelizes. Estavam esquerdos, cheios de mãos, não sabendo

INTRODUÇÃO

pegar na *xicra*. E eu então! Qualquer gesto que a gente faz, pegar no pão, na bolacha, pronto: já é diferente por classe da maneira, igualzinha muitas vezes, com que o pobre pega nessas coisas. Parece lição. A gente fica temendo rebaixar o outro e também já não sabe pegar na *xicra* mais (grifos meus).

Exageros à parte ("xicra"?), a obra indica que a pesquisa da linguagem não era questão meramente técnica, em que bastasse processar ritmos e léxico da enunciação oral. Ela tampouco se fazia por "nacionalismo besta" ou por experimentalismos válidos em si mesmos. Para Mário de Andrade, tratava-se de representar e interpretar nossos diferentes modos de ser, fundados também nas relações interdependentes entre linguagem e pensamento, e entre pensamento e consciência, como atesta seu acalentado e contínuo projeto de estilização da fala brasileira, tantas vezes comentado na correspondência pessoal do autor.

Ao fundo de todas essas questões, está o contexto em que *Belazarte*, pronta para publicação em final de 1929, foi produzida. À época o Modernismo já se impusera e, embora a cultura acadêmica continuasse escandalizada com os experimentos, o ritmo da realidade urbana capitalista e as modificações daí advindas impunham novos temas e procedimentos expressivos. No conto, *Brás, Bexiga e Barra Funda* já mostrara aos leitores, mesmo que poucos, que a dinâmica urbana desenhara novos atores sociais, captados em personagens originais, e um ritmo novo, representado na narrativa por flagrantes descontínuos e por hiatos entre os processos subjetivo e objetivo.

Junto a isso, entre os modernistas se definiam diferentes caminhos na pesquisa e expressão da identidade nacional, sobretudo a partir de 1924, quando da famosa "descoberta do Brasil", a viagem às cidades históricas de Minas realizada por Mário de Andrade, Oswald de Andrade, Tarsila do Amaral, Paulo Prado que, entre outros, acompanhavam o poeta franco-suíço Blaise Cendrars em sua primeira visita ao país.

Era possível sentir, então, um clima eufórico, resultante de certa exaltação da *modernidade com cara brasileira*, isto é, um modernismo que, nas palavras de Antonio Candido, reinterpretava nossas deficiências como superioridades. Na poesia e no romance, flagrava-se a coexistência do velho e do novo, do arcaico e do moderno, suspendendo o antagonismo entre eles e transformando o traço, pitoresco, em alegoria de nossa condição. Dessa ótica, a visada modernista estaria justamente na apreensão dessa contigüidade e no olhar superior que, tendo em mira um ponto de vista efetivamente cosmopolita e atualizado com os padrões europeus, equiparava o que parecia diverso em termos de realidade brasileira[6].

Outro caminho, mais discutível, insistia no eixo primitivista, na busca de soluções míticas para a pesquisa da identidade nacional.

Havia, porém, um terceiro caminho, certamente ainda difuso, em que a pesquisa do nacional apontava para antagonismos inconciliáveis que os fatos históricos posteriores viriam a comprovar. Já se preparava, na década de 1920, o debate acirradamente ideológico que nutriria a produção literária dos anos 30 e traria a síntese das experiências do primeiro Modernismo[7].

Talvez *Os Contos de Belazarte* desempenhem papel importante nesse debate ainda em formação, por conta não só da qualidade das narrativas, discutíveis em muitos pontos, mas também do quadro histórico-literário que ajudou a produzi-las. Nesse sentido, a história do livro começa antes dos contos propriamente ditos; inicia-se com as "Crônicas de Malazarte", publicadas entre os anos de 1923 e 1924 na *América Brasileira*.

---

6. A propósito, leia-se "A Carroça, o Bonde e o Poeta Modernista", de Roberto Schwarz, *Que Horas São?*, São Paulo, Companhia das Letras, 1987, pp. 11-28.
7. Cf. João Luiz Machado Lafetá, *1930: A Crítica e o Modernismo*, São Paulo, Duas Cidades, 1972.

INTRODUÇÃO

Em várias delas, Mário de Andrade registrava a história do movimento modernista e até chegou a discutir as linhas-de-força que percebia estarem atuando àquela altura. Com seu peculiar gosto pela polêmica, criava debates imaginários, em que se marcavam posições tipificadas entre ele mesmo, no papel de cronista-pedagogo, e os personagens Malazarte e Belazarte, sem contar as freqüentes alusões a Graça Aranha. Malazarte caricaturizava a consciência eufórica, tendente à alegria permanente que vê "na aldeia a grande cidade industrial"; Belazarte, a rabugice tristonha de quem "nas casas tijoladas da aldeia vê taperas"[8]. Será esse realista rabugento quem comandará *Os Contos de Belazarte*.

Quando pensada no quadro das polêmicas discussões a respeito do "nacional", a referência a Malazarte, por via também de seu antônimo Belazarte, dá o que pensar. Imediatamente, o nome remete a um suposto símbolo da nacionalidade, ou mesmo da transnacionalidade, pelo viés da literatura popular. Como se sabe, Malazarte é personagem atrevida, mentirosa, amoral e muito simpática, versão do malandro que, de um jeito ou de outro, sempre acaba se dando bem em meio à persistente miséria, a começar pelo fato de não entrar para o mundo dos assalariados. Ao inverter o sinal para Belazarte, Mário de Andrade parece insinuar que a mentira, o atrevimento e a amoralidade não dão muito certo quando se focaliza a realidade social. O mito da alegria não resiste ao olhar que se radica na realidade objetiva dos bairros periféricos da São Paulo dos anos 20. A infelicidade, que domina o enredo e chega a aparecer como mote em três das narrativas ("E... foi muito

---

8. "Crônica de Malazarte – I" (out. 1923), *Arquivos Mário de Andrade*, Recortes nº 35, IEB/USP. A respeito da origem de *Os Contos de Belazarte*, leia-se Raquel Illescas Bueno, "História de Belazarte, História de um Narrador", *Belazarte me Contou. Um Estudo de Contos de Mário de Andrade*, Dissertação de Mestrado, FFLCH-USP, 1992.

infeliz"), contrapõe-se à felicidade, sinal da mais funda alienação. De todos os contos, só "Nízia Figueira, sua Criada" finaliza com o mote às avessas, "Nízia era muito feliz", referido à situação de total abandono e desesperança da personagem.

Diretamente ligada a essa questão, em *Belazarte* paira a alusão paródica a Graça Aranha e suas teorias. *Malazarte* era também o título de uma peça teatral (de 1911) em que, em meio a arremedos simbolistas, Graça Aranha buscava fixar a imagem de um primitivismo capaz de coexistir harmonicamente com a civilização, idéia essa também desenvolvida em sua *A Estética da Vida*, de 1921. Reagindo contra a ideologização de nosso suposto primitivismo, evidenciado na obra de Graça Aranha, Mário de Andrade dava resposta frontal a essa visão falsificadora com elementos muito concretos, extraídos da realidade de São Paulo, chegando mesmo a pagar o preço do exagero, atribuído à rabugice mentirosa do Belazarte das "Crônicas..."[9]. Desde *Clã do Jabuti*, de 1927, e *Macunaíma*, de 1928 – sem mau-humor nenhum e nenhuma queixa –, vinha realizando suas pesquisas nessa direção.

Um dos propósitos de *Os Contos de Belazarte* parece ter sido discordar do clima de euforia que dominava a produção literária dos anos 20. Escolhendo suas personagens nas camadas subalternas, tratadas por certa literatura modernista como tipos, ou diminuídos em sua densidade psicológica, Mário de Andrade buscou dar representação a conflitos psíquicos, a conflitos particulares originados da mudança dos costumes e, principalmente, aos dilemas reais trazidos pelo desenvolvimento da grande cidade às custas do empobrecimento e degradação das camadas populares.

---

9. Na "Crônica de Malazarte – I", Mário de Andrade afirma que só numa coisa Malazarte e Belazarte se parecem: ambos são mentirosos, porque ambos deformam a realidade, embora por motivos opostos (otimismo e pessimismo excessivos).

INTRODUÇÃO

Se o resultado final de *Os Contos de Belazarte* ainda é discutível, ao ser comparado com *Primeiro Andar* é notável o avanço no domínio das técnicas narrativas e a opção pelo narrador que toma partido, embora com o constrangimento de quem "sabe mais" que suas personagens e com certo excesso nos traços da deformação expressionista. Além disso, e agora junto com *Primeiro Andar*, fornece elementos seguros para a compreensão de importantes obras menores dentro de nosso quadro histórico e literário. *Belazarte* indicia o claro-escuro da discussão intelectual em finais da década de 20, cujas tonalidades definitivas só aparecerão na década de 30. E, sobretudo, desenha com nitidez o perfil de um Mário de Andrade que buscava a representação literária daquilo que de fato significava a modernização do país. Suas experiências técnicas e formais em vários gêneros articulavam-se cada vez mais organicamente ao projeto estético-ideológico e à noção de compromisso de um intelectual que sabia a importância ética de seu trabalho num país em que, sob as máscaras do mito ingênuo, ocultavam-se contradições.

———◆———

Em seus anos finais, Mário de Andrade retoma o trabalho com o gênero conto. O projeto dos *Contos Piores*, porém, não se realizou de todo, e só pudemos conhecer, sob o título de *Contos Novos*, nove das doze narrativas previstas. Diferentemente do destino da recepção de *Primeiro Andar* e *Os Contos de Belazarte* – histórias menos conhecidas de um Mário menos celebrado –, "Vestida de Preto", "O Peru de Natal", "Primeiro de Maio", "O Poço", "Tempo da Camisolinha", "Frederico Paciência", "Atrás da Catedral de Ruão", "O Ladrão" e "Nelson" receberam o reconhecimento quase geral da crítica e até certa popularidade.

Neles, Mário de Andrade revela domínio do gênero. Praticando sua máxima de que "sempre será conto aquilo que seu autor batizou com o nome de conto", atinge um ponto esteticamente admirável nos variados arranjos do enredo, nas técnicas de construção narrativa, e lida à vontade com a representação estilizada da fala brasileira, sem mais traços de exagero. Chega, enfim, a uma poderosa articulação orgânica entre meios expressivos e temáticos.

Se nos anos 20 e 30 escrevia contos mas hesitava quanto à relevância do gênero (chegou mesmo a considerar que o lugar deles era a revista[10]), em 1944, quando boa parte das narrativas de *Contos Novos* já estava em versão definitiva, apaixonava-se pela forma, "a sua concisão honesta, a sua essência de comunicação direta do artista com o leitor"[11].

O encantamento com o gênero talvez se relacione às dificuldades que enfrentava com *Quatro Pessoas*. Ao que parece, colocava em dúvida a validade simbólica do romance enquanto gênero centrado na história de indivíduos, num momento em que os fatos históricos impunham a força brutal da barbárie. Também explorava no gênero a possibilidade de relacionar-se mais diretamente com o público e escolhia como eixo dessa relação um tema que considerava fundamental.

O objetivo deste trabalho será, então, buscar em *Contos Novos* o material que permita compor a leitura analítica detida e que dê algumas e provisórias respostas interpretativas às questões de conjunto que nesta Introdução foram colocadas. Priorizando o texto literário – e o material que ele põe à mostra, intencionalmente ou não – a análise se guia pelo que pude ir apreendendo. Nesse sentido, a literatura convocou instrumentos da teoria literária e da psicanálise, que buscam estar adequadamente utilizados aqui.

10. Cf. "Contos e Contistas", de 1938, publicado em *O Empalhador de Passarinho*.
11. Mário de Andrade, *Entrevistas e Depoimentos*, org. Telê Porto Ancona Lopez, São Paulo, T. A. Queiroz, 1983, p. 114.

I

Entre as Coisas do Mundo

1

As Vozes Narrativas

Ao tratar de *Contos Novos*, Anatol Rosenfeld aponta o longo trabalho que Mário de Andrade dedicou à coletânea. "Cuidadosamente composta", ela se distinguiria pela "unidade profunda" do conjunto, a ponto de todos os contos "parecerem variações de um só tema: o tema do homem disfarçado, do homem desdobrado em ser e aparência"[1].

De fato, do cuidado com a obra resultou a construção de um peculiar efeito de unidade. Ainda que cada um dos contos realize à sua maneira uma determinada elocução do gênero e encerre em si mesmo seus significados, também parece aspirar à inteireza somente obtida com plenitude em sua reunião, abrindo-se a novas camadas de significação quando articulado ao conjunto das narrativas.

A busca de um efeito de unidade não é projeto apenas de *Contos Novos*. Entre as edições de *Primeiro Andar*, de 1926 e de 1943, e *Os Contos de Belazarte*, de 1934, Mário de Andrade armava ajustes e reajustes, atrás da configuração de um significado de conjunto para cada uma dessas obras: *Primeiro Andar* se fixava

---

1. Anatol Rosenfeld, "Mário e o Cabotinismo", *Texto/Contexto*, São Paulo, Perspectiva/IML-MEC, 1973, p. 193.

como experiência literária, marcada pela desigualdade e pela heterogeneidade de estilos, temas, motivos e procedimentos; *Os Contos de Belazarte* distinguia-se pela unidade, ou "o espírito do livro", em sua "integridade livre e definitiva"[2].

Já em *Contos Novos* a construção mais paciente do efeito de unidade deu-se tanto na realização de cada um dos contos (muitos deles esboçados nas décadas de 20 e 30, e todos preparados durante longos anos), quanto no plano do conjunto do livro. Assim, a idéia que originou "Atrás da Catedral de Ruão" surge em 1927, durante a viagem de Mário de Andrade ao Amazonas[3]; "O Ladrão" é desenvolvimento de uma croniqueta publicada no *Diário Nacional* nos anos 30 e assinada com os pseudônimos de Luís Pinho e Luís Antônio Marques[4]; "Frederico Paciência" foi elaborado desde 1924 até 1942 e, durante esse tempo, alguns trechos migraram para o romance *Quatro Pessoas*, para então finalmente retornarem ao texto do conto[5].

Quanto ao conjunto do livro, a publicação do projeto original de *Contos Novos*, chamados por Mário de Andrade de *Contos Piores*, revela que o autor pensava em doze contos numa determinada seqüência e que, à época de sua morte, algumas das narrativas estavam prontas,

---

2. "Nota (da 2ª edição)". Mário de Andrade, *Os Contos de Belazarte*, 7ª ed., São Paulo/Belo Horizonte, Martins/Itatiaia, 1980, p. 7.
3. Cf. Mário de Andrade, *A Lição do Amigo: Cartas de Mário de Andrade a Carlos Drummond de Andrade*. Rio de Janeiro, José Olympio (s/d), p. 232 (carta de 24/8/44).
4. Cf. Mário de Andrade, *Contos Novos*, 11ª ed., Belo Horizonte, Itatiaia, 1983, p. 38. Todas as citações se referem a esta edição.
5. Cf. Maria Zélia Galvão de Almeida, "*Quatro Pessoas*: uma Edição Crítica", em Mário de Andrade, *Quatro Pessoas*, Belo Horizonte, Itatiaia, 1985, p. 20. O lugar definitivo de "Frederico..." foi assegurado pelo próprio Mário de Andrade, conforme se lê na "Nota da Edição da Livraria Martins Editora, 1947", *Contos Novos*, cit., p. 21.

outras por consertar e outras ainda por escrever[6]. Só o fato de que contos por escrever já tivessem um lugar na seqüência do livro confirma a suspeita de que Mário de Andrade entrevia a unidade a que queria dar forma nesta obra. E, se isso não basta, com certeza ao menos para os contos em 1ª pessoa tal unidade estava pressuposta, como se comprova pela leitura de sua correspondência[7].

Diante desses dados, o efeito inicial provocado por *Contos Novos* torna-se ainda mais surpreendente. A "unidade profunda" mencionada por Anatol Rosenfeld não surge às primeiras leituras; ocorre, antes, certo efeito contrário. Na seqüência em que os contos nos são dados a ler ("Vestida de Preto", "O Ladrão", "Primeiro de Maio", "Atrás da Catedral de Ruão", "O Poço", "O Peru de Natal", "Frederico Paciência", "Nelson" e "Tempo da Camisolinha") o que ressalta é a heterogeneidade de assuntos, temas e procedimentos narrativos aparentes.

Rapidamente, porém, somos convidados a uma aventura de remontagem. Nas narrativas em 1ª pessoa, um eu conta suas reminiscências em ambiente familiar; nas narrativas em 3ª pessoa, relatam-se flagrantes de seres em palcos e circunstâncias sociais bastante diversos. Assim, foco narrativo e matéria temática con-

---

6. Cf. "Nota da Edição da Livraria Martins Editora, 1947", *Contos Novos*, cit., pp. 21-22. Embora no projeto Mário de Andrade tivesse assinalado que "Educai vossos pais" estava "por escrever", já havia uma crônica de sua autoria com esse mesmo título (cf. *Taxi e Crônicas no Diário Nacional*, São Paulo, Duas Cidades/SCCT, 1976, pp. 215-217).

7. Em 1942, Mário de Andrade comenta com Fernando Sabino que terminara um conto "difícil", um tal de 'Frederico Paciência'", sobre o que há "de frágil e misturado nas grandes amizades de rapazice" (Mário de Andrade, *Cartas a um Jovem Escritor*, Rio de Janeiro, Record, 1981, pp. 53 e 54, carta de 6.8.1942). Afirma que não deseja que o conto seja lido em separado, "por causa da delicadeza do assunto" (*apud* Moacir Werneck de Castro, *Mário de Andrade. Exílio no Rio*, Rio de Janeiro, Rocco, 1989, p. 95).

ferem ao conjunto um primeiro sentido de unidade tensionada, oscilando entre os pólos dos relatos do eu e das histórias sobre outros.

E desde a primeira leitura fortes indícios nas narrativas em 1ª pessoa sugerem ao leitor novas possibilidades de remontagem. Em primeiro lugar, trata-se de um eu que enuncia suas reminiscências em "Vestida de Preto", "O Peru de Natal", "Frederico Paciência" e "Tempo da Camisolinha". Esse narrador se deixa identificar por "Juca" nos três primeiros contos citados e em "Tempo da Camisolinha" oculta seu nome. Como naqueles três Juca narra sua própria história, em "Tempo da Camisolinha" se cria um intricado jogo de ocultação da identidade, ao mesmo tempo que se insinuam desvelamentos. Assim, embora o narrador de "Tempo da Camisolinha" não enuncie seu nome, a matéria temática de que trata já aparece na primeira frase do primeiro conto: em "Vestida de Preto" o eu Juca afirma que houvera um tempo em que só existia o amor por si mesmo.

O complexo jogo de encaixes inclui também antecipações e repetições de episódios e de personagens. Dentre os episódios, o "caso das bombas" na escola aparece pela primeira vez em "Vestida de Preto" como motivo aparente da rejeição de Maria a Juca; em "Frederico Paciência" e "O Peru de Natal" retorna como caracterização de Juca. O "amor grande por mim", sumarizado em "Vestida de preto", além de comparecer em "Tempo da Camisolinha", é sugerido em "Frederico Paciência".

Quanto às personagens, além do presença constante (quase inevitável, dados o foco e o assunto dos contos) de pai, mãe e irmãos, Rose está em três deles, marcando o crescimento de Juca e suas vivências sexuais. E Tia Velha, responsável pela expulsão de Juca e Maria do quarto onde brincavam e haviam se beijado, em "Vestida de Preto", retorna nos indícios da tia "detestável" mencionada em "O Peru de Natal".

Decerto os recursos de entrelaçamento de episódios e personagens podem ser considerados apenas técnicas, bastante utilizadas na tradição literária para garantir certa ilusão de realidade. O próprio Mário de Andrade já os empregara em *Os Contos de Belazarte*, ainda que apenas como alternância de personagem secundária para principal. Em *Contos Novos*, porém, o efeito causado por esse enredamento é mais significativo: ao mesmo tempo que não interfere na autonomia de cada um dos contos, sugere uma junção possível dos fragmentos das reminiscências.

Também a estruturação do tempo das narrativas provoca a busca da reordenação. No ir-e-vir das lembranças, Juca avança dos cinco aos vinte e cinco anos em "Vestida de Preto", retorna aos dezenove em "O Peru de Natal", e ainda dos quatorze aos dezessete, dezoito anos em "Frederico Paciência". Em "Tempo da Camisolinha", o narrador remonta à memória mais antiga, dos três aos quatro anos.

Além disso, ocorre uma espécie de suspensão e de acicatamento do interesse pela autobiografia ficcional do narrador. Em um relato, Juca antecipa ou omite fatos de sua história para então, em outro, retomá-los e desenvolvê-los. Em "Vestida de Preto", ao apresentar o pai como "insuportável", afirma que "isso é caso pra outro dia"; de fato, "isso" retornará em "O Peru de Natal"; em "Tempo da Camisolinha", o eu sem nome nos fala das "decisões irrevogáveis" do pai a quem nunca amara. Às vezes, o narrador até "erra", traindo-se em sua sinceridade, e se corrige de um conto a outro. Esse é o caso, por exemplo, da aparente desimportância com que, em "Vestida de Preto", narra a passagem dos dez aos quinze anos:

Dez, treze, quatorze... Quinze anos (VP, p. 26)[8].

Podemos acreditar em Juca e aceitar que nada de significativo ocorrera em sua vida sentimental, ao menos com Maria. No entan-

---

8. Os títulos dos contos aparecerão abreviados a partir daqui.

to, em "Frederico Paciência" descobrimos que naquelas reticências de "Vestida de Preto" escondia-se o início de uma perigosa amizade, urdida com os fios do desejo e da impossibilidade.

Ainda que todos esses procedimentos encontrem justificativa no gênero, o artifício da construção faz mais que apenas realizar o conto de modo particular; antes, dá *forma* ao significado que o narrador pode conferir à sua vida, já revelando, assim, a mão hábil do artista que a escolheu. Por um lado, o narrador quer ordenar suas lembranças, colocá-las sob seu controle, com o poder que a linguagem lhe dá; por outro, os quatro relatos sugerem uma rearticulação que excede a matéria legível e a entrecruza.

Se os contos em 1ª pessoa instigam para que se operem essas (re)ligações, os contos em 3ª pessoa trazem, ao menos inicialmente, o efeito contrário. Isso porque neles se relatam episódios únicos, circunscritos à apreensão, também única e momentânea, de um olhar. As personagens são flagradas em uma situação e permanecem ilhadas nessa malha que as apanhou. Embora o olhar que as fixou, e que se representa numa 3ª pessoa, pareça ser o mesmo em "O Ladrão", "Primeiro de Maio", "Atrás da Catedral de Ruão", "O Poço" e "Nelson", não se efetuam ligações ostensivas entre as diferentes personagens, episódios e cenários. Também é diversa a forma de construção do enredo, com uma narrativa tipicamente de ação ("O Poço"), uma narrativa de atmosfera ("O Ladrão"), duas em que domina a análise psicológica ("Primeiro de Maio" e "Atrás da Catedral de Ruão"), e uma que não se deixa circunscrever com facilidade ("Nelson").

Apesar disso, também nesses contos fica implícito um jogo reordenador imantado pelo foco narrativo e por aquilo que o move. Ao narrador interessa perceber e revelar determinados seres, os homens comuns atomizados nas relações sociais e alienados de seus próprios desejos. Nesse movimento, debruça-se sobre episódios desprovidos de grandiosidade aparente, volta os olhos para a circunstância pequena, focalizando dramas da "gente miúda" e os pequenos flagrantes onde sua consciência e sua inconsciência atuam. Tematiza o acontecimento banal e o homem comum, tratando-os com seriedade, problematicidade e tragicidade, para utilizar os termos com que Auerbach, em *Mimesis*, caracteriza o romance moderno. O olhar desse narrador deseja dar vida aos anônimos, ainda que essa vida se componha de disfarces e fragmentações; deseja, também, dar-lhes atenção em momentos de auto-revelação.

O movimento do narrador solidário já fora tentado em *Os Contos de Belazarte*, mas havia ali algo de artificioso e externo que se evidenciava na rubrica "Belazarte me contou:" e em certo constrangimento do narrador por saber mais que suas personagens, quase condenadas à "inconsciência". Em *Contos Novos*, o movimento do narrador implica redimensionar o próprio poder enquanto voz. Assim, mesmo não abandonando totalmente sua posição de ordenador do mundo narrado, efetua um percurso em que elimina a distância que lhe permite narrar e elide sua voz ao representar o pensamento das personagens em plena atualidade. Como se vê, este narrador tem os olhos e a escrita que uma determinada percepção da modernidade lhe conferiu[9].

As duas vozes distintas de *Contos Novos* organizam as narrativas em dois grupos, ao mesmo tempo que os problematizam. O narrador em 3ª pessoa faz de sua matéria a tentativa de apreensão de seres num momento em que se revelam cindidos. Ainda que nada de heróico ocorra no plano da exterioridade da ação, desen-

---

9. Cf. Erich Auerbach, "A Meia Marrom", *Mimesis*, São Paulo, Perspectiva, 1971.

volve-se nas personagens um processo de elaboração do pensamento em que fica entrevista a possibilidade de o sentido de sua experiência ser desvendado. Nesse processo, o narrador passa-lhes a voz, que atua em fluxos de consciência, e por instantes desaparece a ordem narrativa centralizadora e distanciada.

O narrador em 1ª pessoa, movido pelo mesmo impulso, dirige-o para si mesmo. Em cada um dos contos, um eu reflete sobre a separação entre o passado e o presente, e busca reinstituir-se em sua unidade rememorando os momentos de seus encontros e perdas amorosos. Suas lembranças são o instrumento que tornará possível reencontrar a si mesmo. Na tentativa de ordenar a matéria vivida, porém, o passado vivo das memórias vem à tona e rouba a cena.

Dessa maneira, as duas vozes compõem em seu conjunto uma espécie de contraponto e de dialogação, cujo motivo básico volta, periódica e insistentemente, na própria textura dos contos. Em meio à diversidade, surge a semelhança. Os narradores e todas as personagens, em cenários diversificados e movidos por diferentes motivos, revelam-se como indivíduos separados de si mesmos e dos outros. A identidade do eu, narrador, inclui a sua alteridade – a do menino da memória; a identidade de quem circula no mundo é constituída pela perda de identificação consigo mesmo e com os outros. Como diz Anatol Rosenfeld, todos eles são "seres desdobrados", num tempo histórico que os aliena e torna dividida a consciência.

Percorrer *Contos Novos* nos convida, assim, a defrontar com alteridades, para então processar a construção da (re)identificação. Os narradores que, todos – cada um à sua maneira –, fazem da cisão a sua matéria, têm outro objeto desejado e esquivo: o encontro do eu com seu outro, o encontro do eu com os outros. Esse desejo toma a forma literária e, a princípio, mostra-se justamente pelo seu oposto: a fragmentação, expressa com insistência nos temas complementares do eu em relação ao outro e do eu em relação a si mesmo. No entanto, a essa representação da perda da unidade se sobrepõe a figuração do encontro, na temática, na estrutura de cada conto, na de seu conjunto e, em particular, na atitude dos narradores.

Se o narrador em 1ª pessoa e o narrador em 3ª pessoa dão representação ao olhar voltado para a individualidade ou para a sociedade – pólos tão constantes na produção de Mário de Andrade –, suas vozes ecoam uma na outra e apontam a unidade a que querem chegar, sugerindo o desejo do encontro do eu com o outro, a reunificação dos homens partidos. Para isso, o eu e o outro são mostrados e devassados em suas fragmentações.

2

Uma Voz que Profere "Eu"

"Vestida de Preto", "O Peru de Natal", "Frederico Paciência" e "Tempo da Camisolinha", contos autônomos, produzem no leitor indiscutível efeito de unidade. Em todos eles, o eu que narra sua história, numa autobiografia fictícia, efetua ligações mais ou menos ostensivas entre os episódios e parece querer buscar o sentido da vida na rememoração dos fatos e de seus impactos na formação da própria identidade.

Nesse centro fixo e de ângulo limitado que é o do narrador protagonista, o eu não tem mais que a sua versão dos fatos. No entanto, inicia afirmando:

> Tanto andam agora preocupados em definir o conto que não sei bem se o que vou contar é conto ou não, sei que é verdade (VP, 23).

Assim o narrador institui a *sua* verdade: quer estar confundido com um sujeito real cujo dom de contar deriva diretamente da autoridade e da autenticidade da experiência vivida. Denegando ludicamente as fôrmas literárias, e mesmo a própria literatura ficcional, revela de saída que conhece fôrmas e discussões sobre gêneros literários bem como a distinção entre ficção e realidade, embora supostamente atribua a elas pouca importância para aquilo que pretende contar. Enunciador literário, sua "voz" é a letra que a simula e estiliza.

Além disso, ao enunciar que seu relato "é verdade" cria a desconfiança e sugere que já não a detém senão como representação.

O efeito paradoxal do enunciado que abre a coletânea marca-se pela ironia em diversos graus. A ficção que se proclama "verdadeira", fundada na antiga convenção de autenticidade das narrativas em 1ª pessoa, só pode tratar do que o próprio sujeito viveu ou compreendeu. Sua "verdade", portanto, está sujeita a dúvidas ou, no mínimo, a imprecisões e interpretações subjetivas. Assim, a aparente arrogância inicial de quem declara que proferirá a "verdade" pode ser compreendida como consciência da perda: a letra não é voz, a literatura não é vida. O narrador finge, e parece saber que finge. Reinventa a vida com as palavras, torna presente o que já é pura ausência, e nesse artifício está a sua "verdade", cujo significado, agora, é bastante direto. Trata-se de narrar/fingir/representar, buscando a sinceridade que, veremos, a vida lhe ensinou a *não* ter. Sua "verdade" é o desejo de passar a vida a limpo, com a matéria de seu passado pessoal e o instrumento das palavras.

E da autoridade arrogante do primeiro enunciado o narrador passa rapidamente para a imprecisão:

> Minha impressão é que tenho amado sempre... Depois do amor grande por mim que brotou aos três anos [...] (VP, 23).

O movimento que marcara a enunciação anterior, do presente para o futuro ("andam agora", "não sei", "vou contar"), traz para o centro o passado, de onde se extrai a matéria narrável ("tenho amado sempre", "brotou"). Com o "sempre...", passado e presente se confundem numa mesma permanência que, assinalada pela dúbia circunstância, faz o texto calar-se nas reticências. "Verdade" e "minha impressão" se constituem como a demanda do narrador.

Nessa busca, o narrador quer decifrar o sentido que ou não lhe foi dado pelos próprios acontecimentos ou ele ainda não desvendou. Para isso tem a linguagem, a suposta tradução autêntica do vivido, o instrumento para refletir sobre o passado, reelaborá-lo e reidentificar-se, independentemente das fôrmas da ficção. Com as palavras, refará, reinterpretará e reviverá, solitariamente, seu percurso entre as coisas do mundo.

Confiando no poder da palavra nascida da rememoração, o narrador dela se vale para tematizar encontros e perdas afetivos. Parece saber, desde o passado, que a vida é feita de encontros e separações. Mas deseja resistir à fragmentação de si mesmo, dividido nas instâncias do menino e do adulto, e para isso narrará fragmentos. Mesmo dirigido a seus "ouvintes", o relato responde a uma necessidade interna de interrogar o tempo e buscar nele respostas para as cenas que persistem na memória.

Nesse trajeto, o narrador quer ter controle sobre o vivido. No fluxo contínuo dos acontecimentos e dos dias, recorta eventos significativos, reordena a vida e delimita o tempo, repetidamente marcado nos quatro contos e sempre referenciado em sua subjetividade. Embora sua "verdade" não sejam apenas os fatos vividos, mas a "impressão" que neles ficou inscrita, o narrador quer rastreá-los e colocá-los sob sua organização. Os três primeiros parágrafos de "Vestida de Preto" mostram o procedimento, constante em todos os outros contos em 1ª pessoa:

> Depois de amor grande por mim que brotou *aos três anos* e durou até *os cinco* mais ou menos [...]
>
> [...] ela como eu nos *seus cinco anos* apenas [...]
>
> E só mais tarde, já pelos *nove ou dez anos* [...] (VP, 23, grifos meus)[1].

---

1. Só há uma exceção a esse procedimento, em "Tempo da Camisolinha": "Isso foi, convém lembrar, ali pelos últimos anos do século passado [...]" (TC, 108).

Buscando a terapêutica da memória, o narrador fragmenta seu percurso pessoal, circunscrevendo matérias precisas em cada um dos relatos e submetendo-as à reflexão: a primeira, ou suposta primeira, vivência amorosa (VP); a libertação, ou suposta libertação, da autoridade paterna (PN); a amizade que inclui o amor homossexual (FP); a perda da onipotência infantil (TC).

No esforço voluntário de rememoração, o narrador parece precisar dirigir o espetáculo de si mesmo, reger sua vida reordenando-a e controlando o tempo que se perdeu. No plano da técnica narrativa, os sumários dão forma a essa relação distanciada entre o narrador e o mundo narrado. Em "Vestida de Preto", em três parágrafos o narrador Juca resume sua vida dos três aos nove ou dez anos: aos três, com a referência ao amor por si mesmo; aos cinco, com o encontro do suposto primeiro objeto de amor; aos nove ou dez, na iminência da realização do beijo. Também nos outros três contos o procedimento se repete, com um narrador que descreve planos relativamente extensos de sua vivência. Sua crônica familiar e pessoal tem aqui a elocução do resumo que, filtrado por sua consciência, impõe ordem ao passado e efetua ambíguo distanciamento ao trazê-lo de volta com a palavra.

Os sumários correspondem também a momentos em que, no ato da enunciação, o narrador comenta e avalia. Assim, não apenas ordena sua vida pretérita; busca intervir em seu passado, emitindo juízos e refletindo sobre sua significação, num movimento de desvelar o sentido do que permaneceu oculto na camada epidérmica dos fatos. Apenas um, entre tantos exemplos possíveis:

> Foi então que aconteceu *o caso desgraçado de que jamais me esquecerei no seu menor detalhe*. Cansei de olhar minhas estrelas e fui brincar no canal (TC, p. 111, grifos meus).

Presente em todos os contos, em "Frederico Paciência" essa marca do narrador se acentua, figurando o dilaceramento que a matéria da lembrança lhe traz. Ao tentar o relato da perigosa amizade, elege fatos e depara com a dificuldade de nomear o que movera seus atos. Num movimento atormentado, interpõe repetidamente o discurso reflexivo ao factual:

> Estou lutando desde o princípio destas explicações sobre a desagregação da nossa amizade, contra uma razão que me pareceu inventada enquanto escrevia, para sutilizar psicologicamente o conto. Mas agora não resisto mais. Está me parecendo que entre as causas mais insabidas, tinha também uma espécie de despeito desprezador de um pelo outro... (FP, 89).

Distanciando-se da matéria narrada, o eu dá forma ao desejo de impor a "verdade" de sua consciência. Demonstração de poder que é também sintoma de crise, pois seu controle lhe escapa, e a matéria do passado, substância de sua narração, aproxima-se. A isso corresponde outra técnica de apresentação: a cena. Embora seja recurso rotineiro de toda narrativa, aqui sugere, no plano interpretativo, que a certeza de poder dominar o passado começa a se tornar pouco mais que aparência precária.

Nas cenas, novo movimento: a matéria do passado retorna como presença atual, vive "assombrada"[2]. Em determinados trechos, ressurge um menino, em plena atualidade, e o narrador adulto cede lugar a, ou se vê invadido por ele. Os episódios, en-

---

2. A palavra "assombração" é freqüentemente utilizada por Mário de Andrade em seus escritos, no sentido que a empregamos: fatos pretéritos que se tornam atuais, com o retorno da emoção que se julgava passada. Embora Mário considere "engano isso de afirmarem que a gente pode reviver, tornar a sentir as sensações e os sentimentos do passado", e que "o que a gente faz é povoar a inteligência de assombrações exageradas e secundariamente falsas" ("Memória e Assombração", *Taxi e Crônicas do Diário Nacional*, cit., p. 101), são as "assombrações" literariamente representadas a matéria de que se nutre este narrador em 1ª pessoa. A aproximação com o conceito psicanalítico de "fantasma" é evidente.

tão, reaparecem no *agora*, surpreendidos em pleno desenvolvimento. Dessa maneira, o pretérito se torna presente; os pormenores crescem, diante de nós. De dentro da cena eclode, em drama, a mente do menino[3].

Talvez à revelia, o narrador realiza seu ousado desejo, pois, ao vasculhar o passado, chega ao "sempre", àquilo que no decorrer do tempo paira como enigma. Isso, porém, custa-lhe a submersão da própria voz, ordenadora e distanciada, e, portanto, traz um movimento que o transforma. O eu narrador é substituído pelo eu narrado e, quando retorna, já não é o mesmo. No processo, somos colocados próximos do coração da psique, lá onde os tempos se fundem e o passado permanece íntegro. Se o tempo da suposta vida real separou passado e presente, o relato os traz de volta, atados. O passado retorna vivo.

Em "Vestida de Preto", surgem cinco cenas, espaçadas no tempo cronológico: a do beijo iminente; a da entrada de Tia Velha (ambas aos nove, dez anos); a da rejeição de Maria (aos quinze anos); a do anúncio de que ela o havia amado; a do reencontro com Maria (ambas aos vinte e cinco anos). Justamente porque a elocução narrativa é semelhante nessas cinco cenas, os tempos muito diversos parecem se reagrupar, ao mesmo tempo que a matéria da vida fica circunscrita a esses momentos em que o sentido pulsa. A realização do desejo (1ª cena) se funde com a repressão (2ª cena) e depois com a rejeição (3ª cena), que origina transferências de objeto amoroso – da mulher para os livros, segundo se revela neste conto. E, finalmente, com os vestígios reunidos, inscritos nos motivos sobrepostos de desejo-repres-

---

3. Percy Lubbock chama de "dramatização da mente" o processo pelo qual a análise mental da personagem é exposta à vista do leitor, sem a aparente intervenção do narrador/autor (*A Técnica da Ficção*, São Paulo, Cultrix/Edusp, 1976, pp. 95, 100-108, 117).

são-rejeição-transferências, resultam a consciência do equívoco (4ª cena) e a impossibilidade de viver os desejos com a mulher amada, a não ser por via da mediação e da sublimação com as palavras solitárias (5ª cena).

Revivendo as cenas no ato de narrá-las de perto, Juca adulto não mantém distância e controle sobre o passado; surge outra voz, num discurso híbrido marcado por sinais de emoção e por ambigüidades que o tornam próximo da fala e da lógica infantis, assinalando que a emoção passada está viva, mesmo que seja a "vida das sombras"[4]:

> Fui me aproximando incomparavelmente sem vontade, sentei no chão tomando cuidado em sequer tocar no vestido, *puxa!* também o vestido dela estava completamente assustado, *que dificuldade!* Pus a cara no travesseiro sem a menor intenção de. Mas os cabelos de Maria, assim era pior, tocavam de leve no meu nariz, eu podia espirrar, *marido não espirra* (VP, 24, grifos meus).

O procedimento narrativo de combinar sumário, cena e dramatização da mente, comum aos quatro contos, dá forma a um percurso que, iniciando-se pelo controle e distanciamento dos fatos passados, faz ressurgirem os acontecimentos e a lógica com que os viu o menino. O adulto, narrador, torna-se espelho de sua própria vida pretérita, que retorna com força ao tempo da enunciação. Também perde o poder que até então se representara: sua voz cede lugar a uma outra, que retorna de dentro do adulto. O narrador deixa de reger o espetáculo de sua vida; o próprio espetáculo aflora, para que o presenciemos.

Nas dramatizações da mente infantil estão os conteúdos vitais, os núcleos das experiências que modelaram a identidade.

---

4. A expressão é do próprio Mário de Andrade, em "Reconhecimento de Nêmesis" de *A Costela do Grão Cão*.

Retornam no texto os acontecimentos psiquicamente traumáticos que fraturam o corpo do sujeito e são o suporte de um outro, estranho, não integrado à consciência. Por isso, esses acontecimentos – vestígios de emoção ainda não compreendida – ocupam o centro iluminado do palco, rompem a ordenação do presente sobre o passado e provocam a procura do sentido neles inscrito. Para religar-se, é preciso que o narrador desvele o sentido dessa fala que continua a atuar anacronicamente e provoca retornos, avanços, entrecruzamentos da temporalidade de uma narrativa a outra.

O menino que surge representado nos quatro contos fala, pensa, age, sente e sonha entre as coisas que o mundo lhe dá e lhe rouba. Esse menino desdobra o ser que se figurara imaginariamente na identidade singular e poderosa do *eu*, identificado ou não pelo nome Juca. Em vez disso, a pluralidade: o menino assombrado, mais que vivo na memória, que ocupa a cena e retorna na agitação original de sua mente; o adulto que procura contê-lo e luta para emancipar-se da fantasmagoria[5]. O *eu* é também *o outro*.

O menino e o adulto revelam-se fundidos e confundidos num mesmo tempo de permanências. O narrador porque, freqüentemente misturado com sua criatura, perde o domínio pleno do presente sobre o passado e se mistura com o pretérito do mundo narrado; o menino porque ocupa o seu lugar e toma o corpo do relato, roubando a voz reflexiva e impondo a lógica infantil.

---

5. Utiliza-se a palavra no sentido psicanalítico. Para Freud, a cena fantasma dá figurabilidade a uma emoção ainda não compreendida pelo sujeito e, assim, é ponto privilegiado onde se poderia apreender a passagem entre o recalcamento e o retorno do recalcado. Ao afirmarmos que as dramatizações da mente correspondem a cenas fantasmáticas, não esquecemos que se trata de representação literária do processo; os trabalhos de elaboração primária e secundária, tais como entendidos por Freud, estão aqui subordinados à técnica artística que, intencionalmente ou não, finge-os.

ENTRE AS COISAS DO MUNDO

O menino, que cresce dramaticamente e irrompe no texto como o verdadeiro protagonista, emerge dos/nos fatos e se sobrepõe a eles, assinalando que nos acontecimentos traumáticos estão inscritos os exemplares episódios que talharam o adulto. No esforço de autoconhecimento do narrador, os acontecimentos refletidos na percepção do menino voltam para iluminar o adulto – agora revelado como a testemunha daquilo que desde o passado lhe estava assinalado. Compreende-se, então, por que, mesmo em meio à presença do menino, a voz do narrador adulto se interpõe e busca readquirir maior distanciamento e controle sobre a matéria narrada. E, ainda que readquira a força de sua voz, nos sumários e nas intrusões que retornam, ela está fundamentalmente transformada.

Acompanhemos os movimentos do narrador de "Vestida de Preto". Os sumários iniciais, realizados com comentários, cedem à primeira cena, que prepara e realiza o beijo. Nela surgem as primeiras dramatizações da mente do menino, entrecortadas por intermediações do Juca adulto que, ao final da seqüência, novamente distanciado, comenta a marca da perfeição que o beijo inscrevera em sua vida:

> Nada mais houve. Não, nada mais houve. Durasse aquilo uma noite grande, nada mais haveria porque é engraçado como a perfeição fixa a gente. O beijo me deixara completamente puro, sem minhas curiosidades nem desejos de mais nada, adeus pecado e adeus escuridão! Se fizera em meu cérebro uma enorme luz branca [...] (VP, 25).

A seguir, o narrador introduz a cena da repressão, encarnada em Tia Velha, após a qual vem o sumário da vida de Juca, dos dez aos quinze anos. Entremeada por comentários, entra a cena do "caso do bombeado", ao final da qual sobrevém com força a mente do menino, no momento da rejeição:

Afinal das contas eu era um perdido mesmo, Maria tinha razão, tinha razão, tinha razão, que tristeza!... (VP, 27).

Reinicia-se o movimento: sumário com comentários (inclusive a irônica menção a Mário de Andrade[6]), seguida da cena e da dramatização da mente, no momento em que, aos vinte e cinco anos, Juca se dá conta de que teria havido um equívoco responsável pelos descaminhos dele e de Maria. Nesse instante de clímax, o reconhecimento é apenas parcial: o narrador julga ter descoberto seu involuntário engano na passada vida adulta. Só mais de quinze anos depois lhe parece que o sentido de algo se desvendara: havia lido mal as atitudes de Maria após o beijo, que, à época, lhe pareceram cheias de "indiferença" e "antipatia"; também errara a interpretação de suas palavras quando, aos quinze anos, ela dissera à amiga que não se casaria com "bombeado". Mas inelutavelmente o tempo decorrera, e as marcas que o passado nele deixara o impossibilitavam de viver o amor por Maria:

E percebi horrorizado, que Rose! nem Violeta, nem nada! era Maria que eu amava como louco! Maria é que amara sempre, como louco: ôh como eu vinha sofrendo a vida inteira, desgraçadíssimo, aprendendo a vencer só de raiva, me impondo ao mundo por despique, me superiorizando

---

6. Cf. "Mário de Andrade conta num dos seus livros que estudou o alemão por causa duma emboaba tordilha..." (VP, 27/28). A referência provável é ao poema "Louvação da emboaba tordilha" e ao subtítulo de *Losango Cáqui*: "Afetos militares de mistura com os porquês de eu saber alemão". Mas tanto no poema como no subtítulo, o autor não explicita a relação de causalidade entre a aprendizagem da língua e a paixão. Assim, Juca cita o Mário poeta – homem público, portanto –, mas sobre ele tem mais conhecimento do que seus livros permitiriam obter. A ironia reside aí: o autor superpõe figura real e criatura ficcional – uma brincando de saber mais que a outra, o que, de certa forma, também está espelhado nas instâncias do eu narrador e do eu narrado.

em mim só por vingança de desesperado. Como é que eu pudera me imaginar feliz, pior: ser feliz, sofrendo daquele jeito! Eu? eu não! era Maria, era exclusivamente Maria toda aquela superioridade que estava aparecendo em mim... (VP, 28).

A esse, segue-se o relato em que Juca narra a irremediável constatação de que o brinquedo virou verdade; agora, a fantasia de "brincar de família", de ser gente grande, que antes causara ocasião para o beijo, é a realidade inevitável do crescimento e do medo. Diante dela, ao ver Maria, sente-se "estarrecido" – palavra que pela quarta vez aparece no conto e já fora sublinhada anteriormente pelo próprio narrador, chamando a atenção para esse estranho temor que se fixa como sacralização íntima[7] e o impossibilita de viver o desejo, pois inscrito como "pecado" e "crime", agora de adultos:

> Um segundo, me passou na visão devorá-la numa hora estilhaçada de quarto de hotel, *foi horrível* (VP, 29, grifos meus).

Resta ao narrador o que lhe vem à mente: livros e palavras, os mesmos objetos que, desde o passado, sublimam o desejo pela prima por quem se sentira rejeitado. O que era experiência dos quinze anos – a sublimação – retorna, e a cena anterior insinua-se e se sobrepõe como aquela que determinara a forma possível de viver o desejo. Naquela cena, Juca "pousara" a boca em uma

---

7. Ao sublinhar que utilizara a palavra estarrecido pela "terceira vez [...] neste conto" (VP, 28), o narrador nos alerta para que contemos quantas vezes ele a usa, em quais situações e com que significados possíveis. A primeira ocorrência se dá diante do convite de Maria para que deite ao lado dela e inscreve-se como emoção ambivalente, entre desejo e medo; a segunda refere-se à rejeição de Maria; a terceira, diante da revelação da mãe de Maria, assinala o estado de Juca, associando-se ao desejo. Na quarta e última ocorrência, diante de Maria adulta, o "estarrecimento" indicia o desejo e, ao mesmo tempo, a dificuldade psíquica de vivê-lo.

capa de livro, "suja de pó suado". E a sublimação do beijo, assim compreendida pelo próprio narrador anos depois, lhe servira para efetuar o salto dos quinze anos, em plena redescoberta da sexualidade, diante não apenas da rejeição de Maria mas também, como se dirá em outro conto, diante do proibido amor por Frederico Paciência[8].

Aqui, aos vinte e cinco anos, Juca tem Rose e Violeta, uma para "de noite", outra para "de dia". Já dissociou sensualidade e ternura. Mas, diante de Maria, desejando um outro e último "beijo", destina-lhe apenas em pensamento uma frase de livro, um trecho que tematiza a sexualidade, escrito em outro tempo, sob os cânones e o imaginário de um Romantismo que, longínquo na história, está atualíssimo em sua mente. A volúpia se representa como discurso do outro, na forma de um texto vindo do passado. Vem o viril Castro Alves, com amor e sem medo[9], oposto a Juca, este hesitante, amedrontado:

"Boa-noite, Maria, eu vou-me embora..." meu desejo era fugir, era ficar e ela ficar mas, sim, sem que nos tocássemos sequer (VP, 29).

Cessam as cenas, o narrador retoma o controle. De quê, mesmo? De sua falsa solidão, habitada por fantasmas e palavras que os fazem

---

8. Em "Frederico Paciência", além de o estudo estar qualificado pelo narrador como "abortivo" (p. 84), o livro "História da Prostituição na Antigüidade" é o motivo temático para que Juca instigue os desejos do amigo e acabe "com aquela amizade besta" e "aquela infância" de Frederico (p. 84). O desejo reprimido retorna ao mesmo objeto que se colocava a serviço da censura e da sublimação.
9. Glosamos o título do conhecido ensaio de Mário de Andrade sobre a poesia romântica, em que aponta o medo do amor "principalmente entendido como realização sexual", em poetas como Álvares de Azevedo e Casimiro de Abreu, em oposição à "sensualidade sadia, marcadamente viril" de Castro Alves (cf. "Amor e Medo", *Aspectos da Literatura Brasileira*, cit., pp. 200 e 207).

ressurgir. Vêm as reticências, as incompletudes e as impossibilidades. Juca não completou seu percurso. Cita seus "quatro amores", sugerindo novos relatos, onde os mesmos procedimentos se repetirão[10].

Nos quatro contos em 1ª pessoa, a apresentação e o tratamento do material, nos constantes movimentos de sumário a cena e dramatização da mente, figuram a impossibilidade de narrar a matéria vivida de forma distanciada e, portanto, de sobre ela estabelecer controle. Não é o narrador a única voz a conduzir o discurso, já que nas cenas pode-se ouvir a voz do menino que ele foi. No ato de narrar-se o narrador se transforma com a presença do outro que julgava pretérito ou sob o crivo da reflexão.

Talvez se possa compreender, então, por que o narrador caminha em busca de novas cenas em outras idades e por que novos relatos se desfiam. Finalmente, por que, em "Tempo da Camisolinha", o eu não mais se identifica como Juca e se mostra como um adulto revisitando o menino que ainda é. Buscar o sentido do que viveu – seu ambicioso projeto – implicou encontrar-se com os acontecimentos vitais, ainda não desvelados. Talvez também por isso o andamento em vaivém da temporalidade narrativa se marque pela fragmentação e pela regressividade, à procura das memórias mais antigas que fundaram a identidade do sujeito.

---

10. Ao mencionar os "quatro amores eternos" Juca e Mário de Andrade parecem se (con)fundir. Isso porque no poema V, de "Girassol da Madrugada" (de *Livro Azul*), o eu lírico, confessional, escreve sobre seus quatro amores, e o primeiro sugere associações com o de Juca: "moça donzela". O texto poético, de 1931, publicado apenas em 1941, sofreu alterações de seu autor que, intencionalmente ou não, deixaram assinaladas possibilidades de superposição artística entre ficção e lirismo confessional.

Dos 5 aos 25 anos (VP), os 19 anos (PN), dos 14 aos 17, 18 anos (FP), os 3 anos (TC) – é provável que haja aí a busca da primeira experiência, oculta memória que desliza em cenas posteriores e retorna condensada e deslocada em outras faces: no evento do beijo e da repressão (VP), no ato de liberar-se da incômoda figura do pai morto (PN), na tortura de relatar o amor homossexual (FP), no que se representa como violento corte de cabelos e como trágica doação da estrela-do-mar (TC). Esses fatos únicos expressam ao mesmo tempo seu caráter fantasmático. São cenas que ocultam e revelam uma outra experiência, anteriormente tecida no imaginário[11].

A "verdade" do primeiro parágrafo de "Vestida de Preto" está no encontro do reticente – essa permanência. O narrador, desejoso de reencontrar as cenas e assim compreender o sentido que, diante delas, os pensamentos infantis inscreveram em sua vida até o presente, defronta-se com a significação que se contrai, escrita em sinais que, para caírem em esquecimento, exigem decifração. Nesse mundo híbrido da vida psíquica, que ambivalentemente é passado e é presente, as vozes e visões vindas do passado, e ainda vivíssimas, deram figurabilidade a conflitos primários. O menino e o adolescente permanecem vivos num canto da memória do narrador, retornam com o sopro que ele lhes dá ao vascular voluntariamente seu passado e suscitam interpretações. Dão corpo ao que não tem mais corpo, pura assombração: o velho e mais primitivo menino.

O *eu* é, assim, *esses outros,* e todos são figurações de uma força singular, que neles atua: a do passado vivo, a da emoção primordial inscrita em letras no inconsciente, a que se dará vazão com o

---

11. Mário de Andrade constrói seus narradores e a matéria de sua vida com elementos claramente tomados à psicanálise, representando-os literariamente. Neste caso, pode-se relacionar o material narrado com as "memórias ocultas" tratadas por Freud (cf. *Psicopatologia da Vida Cotidiana,* 5ª ed., Rio de Janeiro, Zahar, 1966, cap. IV).

trabalho de enunciar a palavra e rememorar a vida. Essa força faz o presente surgir como eco do passado e mesmo este, redivivo, apenas ecoa um som original, inaudível, porque anterior à linguagem. A falta alimenta o texto e este se inscreve com os sinais do desejo da completude: fingir literariamente o reencontro, que se nutre da recordação.

3

A Voz que Profere o Outro

"O Ladrão", "Primeiro de Maio", "Atrás da Catedral de Ruão", "O Poço" e "Nelson", com foco narrativo em 3ª pessoa, tratam de personagens aparentemente diversas: peões do campo (P) ou trabalhadores da cidade (PM e L), professora (ACR) e desocupados e solitários rapazes (N), moradores do bairro operário na paulicéia industrial (L) ou da cidade provinciana (P), e um único patrão (P).

Apesar das diferenças, todas ligadas ao lugar social de sua atuação, surgem semelhanças entre elas: são indivíduos anônimos de uma certa História, que só atribui identidade aos autores das grandes façanhas. O narrador quer vê-los, e mais que isso, revelá-los: à frágil inteireza e identidade desses sujeitos logo se sobrepõe a fragmentação, o desdobramento do "homem disfarçado". O narrador que os observa vê a máscara e re-vela-lhes a face.

Nessa escolha do narrador pode-se ver o exercício do projeto de Mário de Andrade, que elegia como seu objeto a "gente miúda" do cenário contemporâneo, em suas pequenas infelicidades, incapazes de, em si mesmas, mover a transformação da História. Surgindo a qualquer um em qualquer cenário desse nosso tempo, a tragediazinha cotidiana tem em si a potência de representar a força enorme que causa a miséria dos homens e nos impede de ser o que somos[1]. Mademoiselle, de "Atrás da Catedral de Ruão", é exemplar desse ponto de vista: sua identidade não nos é dada a não ser pela via da máscara, o próprio "nome" que ela recebe no texto, já que é donzela e professora. Nessa máscara atua o *derrière*: por ser virgem, aos 43 anos, seus impulsos sexuais vêm à tona, no rosto, na mente, no texto. Ela *não se chama* Mademoiselle; ela *é* Mademoiselle, e disso decorre sua tão grotesca tragediazinha pessoal.

Também as diversas ambientações dos contos apresentam semelhanças. No bar (N), na rua à noite (N, L, ACR), na cidade diurna sitiada (PM), no pesqueiro (P), no jardim público (PM) ou privado (ACR), na casa cuja porta está entreaberta (L, ACR), na casa fechada (N) – em todos esses ambientes há um entrecruzamento invisível do público e do íntimo, que o narrador buscará. No espaço público, lugar da *práxis*, atua a máscara e se forma a imagem dos homens; também é aí que as personagens encontram-se consigo mesmas, no trajeto que une pensamento e percepção externa e as faz sentirem-se solitárias, oprimidas, desidentificadas. É também no espaço público que o conhecimento se abre ao narrador, que o revela a nós, leitores. Esse mundo, multiplicado em aparências, refere-se a um mesmo espaço histórico-social, que sitia autoritariamente os trabalhadores (PM, P), impõe o ritmo do trabalho e a lógica arbitrária do patrão (L, P), forja a alienação (P, PM, L), limita a realização dos desejos, imposta pela lei da cultura e acentuada pela divisão social (L, ACR, PM, N) – e dá a substância do material narrativo.

As personagens que atuam nesses espaços são determinadas por eles e atuam com os pés na História, crivadas de fragmentações. O narrador não-representado, que não se mostra na categoria lingüística do texto, identifica-se ao escolher *estes*, e não outros, seres. Particulariza-os, no Brasil de Vargas e de nossas elites tradi-

---

1. Cf. Mário de Andrade, *71 Cartas de Mário de Andrade*, Lygia Fernandes (org.), Rio de Janeiro, São José, s/d, pp. 50 e 51 (carta a Amando Fontes).

cionalmente autoritárias e paternalistas, para assim dar representação a uma forma de conceber a vida moderna: para além do cenário visível, na cidade ou no campo, na vida íntima ou na vida pública, ela cria homens separados de si mesmos e dos outros.

Nos modos da organização do enredo, problematiza-se a herança realista do século XIX e se incorporam, já em superação, as conquistas dos primeiros tempos modernistas. O sentido do mundo narrado, que tradicionalmente coube ao narrador garantir, aqui é minado pelo perspectivismo, pela pluralidade de vozes que emergem e trazem outra ordem de significações ao material da épica[2].

Com diferentes modos narrativos, personagens e cenários, os contos armam semelhanças: todos se ocupam de episódios banais, e mesmo invisíveis, pois ficam ocultos no prosaísmo de um mundo em que as vivências subjetivas não contam e em que a arbitrariedade e o autoritarismo se constituem como voz hegemônica. E os narradores de episódios tão diversos quanto os desvarios sexuais de Mademoiselle (ACR) e os desmandos de Joaquim Prestes (P) ocupam-se dos mesmos gestos: aproximar-se do homem comum e olhar a cena da cultura em sua manifestação histórica específica, num Brasil em que o atraso é a condição do progresso; surpreender, com seus recortes, a diversidade de matérias narrativas e por meio disso gravar a imagem de seres semelhantes, no hiato entre pensamento e ação.

Os narradores, predominantemente neutros, recortam cenas, diminuindo a distância entre eles e o mundo narrado. Por vezes interferem com comentários irônicos, que lhes permitem distinguir-se daqueles de quem não querem se aproximar, como D. Lúcia, a mãe das adolescentes de "Atrás da Catedral de Ruão", ou o vigia, de "O Poço":

2. Cf. Anatol Rosenfeld, "Reflexões sobre o Romance Moderno", *Texto/Contexto*, cit., p. 84; E. Auerbach, "A Meia Marrom", *Mimesis*, cit.; T. Adorno, "Posição do Narrador no Romance Contemporâneo", em W. Benjamin e outros, *Textos Escolhidos*, São Paulo, Abril, 1980, pp. 269-273.

[...] esse caipira da gema, bagre sorna dos alagados do rio, maleiteiro eterno a viola e rapadura [...]. Esse agora, se quisesse tinha leite, tinha ovos de legornes finas e horta de semente. Mas lhe bastava imaginar que tinha. Continuava feijão com farinha, e a carne-seca do domingo (P, 62).

Iniciando-se in medias res, as narrativas flagram os pequenos acontecimentos da gente comum: um grito de "Pega!" que acorda o bairro (L), o despertar cheio de desejos de um trabalhador sem nome (PM), um arrepio e um pedaço de conversa da professora com suas alunas (ACR), a chegada a um pesqueiro (P), uma conversa de bar (N). Pontuando as cenas, os narradores situam o quadro narrado, com raros sumários regressivos (ACR, P). Colhem recortes e perfis de experiências, e assim nos trazem a *sua* visão dessas imagens da vida, diversas e dispersas. Em "O Ladrão", temos pouco mais que as duas horas de um bairro acordado pela força do grito de "Pega!". Em "Primeiro de Maio" caminhamos junto com a personagem e atravessamos com ela a cidade, em suas quase doze horas de perambulação. Em "Atrás da Catedral de Ruão" somos lançados em meio a aulas de francês e de malícias e, juntos com Mademoiselle, vamos até sua pensão, conhecendo seus desvarios e devaneios sexuais. Em "O Poço" saímos da cidade e vemos o autoritarismo se manifestar em sua máxima potência. Com "Nelson" entramos num bar e dele saímos, num sábado à noite, sem descobrir o mistério que envolve o estranho e esquivo sujeito.

Os narradores perambulam, vêem, fazem-nos ver e nos provocam para que se busque semelhança na diversidade. A princípio, tal semelhança está na voz que conduz a história e em sua forma de elocução, que inicia distanciadamente, num foco exterior (tratamento pictórico), e logo passa a cena para dentro dos olhos de seus personagens (tratamento pictórico-dramático). Em "O Ladrão" o movimento sugere a trucagem cinematográfica. De início o ângulo é exterior e de cima:

[...] O berro, seria pouco mais de meia-noite, crispou o silêncio no bairro dormido, acordou os de sono mais leve, botando em tudo um arrepio de susto (L, 30)

Logo a seguir altera para um ângulo "com" a personagem:

Não perdeu tempo mais, porque lhe parecera ter divisado um vulto correndo na esquina *de lá* (L, 30, grifos meus).

Rapidamente, porém, os olhos do narrador cedem lugar ao que a própria personagem vê:

[...] uma preta satisfeita de gorda, assuntava. Viu que a porta do 26 rangia com meia luz e os dois Moreiras saíram por ela, afobados, enfiando os paletós. O Alfredinho até derrubou o chapéu [...] (L, 31).

O narrador-cineasta de "O Ladrão" não esgota as possibilidades dos focos narrativos em 3ª pessoa de *Contos Novos*. Eles também atuam na elisão de sua voz, efetuando uma entrega. Os narradores, que tudo *podem saber*, *não querem* apropriar-se da linguagem pela qual suas personagens apreendem o mundo. Essa linguagem só pode ser escrita com a representação das vozes delas, no instante da reflexão. Os narradores dão legitimidade e lugar aos pensamentos daqueles que não encontram voz no espaço público.

Em "Primeiro de Maio", o dueto de vozes se explicita desde as primeiras linhas. De início o narrador exerce plenamente a onisciência, de dentro e de fora da personagem, dominando seu passado e presente mais imediato:

No grande dia Primeiro de Maio, não eram bem seis horas e já o 35 pulara da cama, afobado. Estava bem disposto, até alegre, ele bem afirmara aos companheiros da Estação da Luz que queria celebrar e havia de celebrar. Os outros carregadores mais idosos meio que tinham caçoado do bobo [...] (PM, 39).

Desde aqui, porém, a onisciência não é neutra, já que o dia "grande" irmana narrador e o 35 na percepção comum da importância da data, embora o abstrato desejo de "celebração" do 35 não seja compartilhado pelo narrador.

Logo a seguir, emerge o pensamento do 35, com a conseqüente eliminação da distância entre narrador e matéria narrada, concretizando o signo "celebração" com as fantasias de festa e luta que são do 35:

> Ia devagar porque estava matutando. Era a esperança dum turumbamba macota, em que ele desse uns socos formidáveis nas fuças dos polícias (PM, 39).

A solidariedade das vozes do narrador e do 35, porém, fratura-se quando o narrador intervém para revelar, com sutileza, as diferenças de suas visões de mundo. O narrador sabe que o corpo que o 35 admira pelo espelhinho do banheiro, tal como um Narciso degradado, está "desarmoniosamente" desenvolvido "nos braços, na peitaria, no cangote" pelo esforço imposto ao corpo que se alienou. Mas o 35, com seu ar "glorioso e estúpido" "se agradava daqueles músculos intempestivos".

Nos exemplos dispersos é possível configurar o movimento desses narradores em 3ª pessoa. Iniciam como orquestradores das diversas cenas do mundo, aparentemente sob seu domínio. Têm o poder de recortar a vida em imagens, nas cenas que se desenvolvem à nossa frente, em diferentes ambientações. Posicionam-se em diferentes ângulos, ora aproximando-se, ora distanciando-se das personagens "miúdas" que privilegiam, deslocando o olhar junto com elas. Mas a gente comum é flagrada num momento em que um forte imperativo, vindo da exterioridade ou da interioridade, sendo ordem ou desejo, produz o impacto de uma revelação. Também os narradores passam a atuar sob o impacto dessa força, e é ela que traz a passagem da voz do narrador à dramatização da mente das personagens, sem nenhuma intermediação:

> E ele ficou todo fremente, quase sem respirar, desejando 'motins' (*devia ser turumbamba*) na sua desmesurada força física, ah, as fuças de algum... polícia? polícia. Pelo menos os safados dos polícias (PM, 41, grifos meus).

Dos olhos à voz do narrador, desta aos olhos dos protagonistas e à audição de um pensamento não proferido – esses são os movimentos entrecruzados num ágil ziguezaguear narrativo que revela a transformação possível das personagens. Assim os narradores dão forma a seu desejo: não querem apenas revelar a vida em seus recortes aparentes, mas também apreender aquilo que vai dentro, mesmo que isso lhes custe a perda do local privilegiado em que se encontravam. A objetividade narrativa, que distingue eu e outro, esgarça-se e então se representa a perspectiva subjetiva, interior, de um pensamento que ilumina e (re)identifica as coisas do mundo.

Escolhendo não formalizar uma integridade exterior, como se ela fosse possível num mundo reificado, os narradores apresentam o decurso de alguns poucos momentos na vida de seres comuns, nos pequenos fatos de que é feito o cotidiano. Fazem-no, porém, para que neles se revele o sentido da vida, feito de hiatos e de desejos que não encontram realização.

A problemática identificação do narrador com o sujeito comum, construída nesses contos, pode ser observada com mais clareza em "Primeiro de Maio". A ação que comanda o desenvolvimento da intriga é a de *caminhar* em busca da realização de um desejo: encontrar, no corpo da cidade, o espaço legítimo da celebração do Dia do Trabalhador. O narrador está *com* a personagem, já desperto quando ela desperta. Mas o 35 é movido pela ânsia trazida pelo dia que imagina festivo e também pela alienação que a lógica do trabalho lhe impôs. Ao narrador não escapa que o 35 não conhece o descanso do corpo; antes das seis da manhã está acordado, com os músculos prontos.

Também não escapa ao narrador a consciência dúbia do 35. Se para muitos de seus companheiros de trabalho o Primeiro de Maio é apenas "feriado", o 35 sabe que este é um dia de "celebração". Esse signo se preenche, em sua fantasia, com os conteúdos contraditórios da festa e da luta ("turumbamba"). Mas nesse Primeiro de Maio historicamente marcado pela repressão não há sinonímia simples entre *celebrar* e *lutar*. Ao conjugar os dois desejos, o 35 se mostra em sua consciência dividida, que pensa a si mesmo e à sua classe ora segundo a lógica dominante, reproduzindo a ideologia no signo "celebração", ora segundo a lógica do dominado, que prepara na fantasia a *práxis* da luta.

O 35 quer seus iguais, ele que não é operário. Caminha para buscá-los, e eles não estão à mostra. Seu movimento é similar ao do narrador, que busca alguém com quem identificar-se. Mas o narrador *sabe*, e o 35 só entrevê pela linguagem do jornal, que esse é, de fato, um dia de luta[3]. No centro de uma cidade que já mobilizou levantes e greves operárias, as forças repressivas da ditadura dos "gaúchos" estão instaladas, e o 35 parece pouco conhecer dos tempos de exceção em que vive.

O centro narrativo se configura nesse tempo histórico encarnado em espaços sitiados que o 35 *ainda não vê*. No decurso de quase doze horas, o 35 se põe em ação, movido pelo desejo de celebrar/lutar que, desde logo, confunde-se com o ato de buscar um espaço e, nesse processo, ler/interpretar o que vê e assim transformar-se.

A ação, que se inicia com o ritual de se preparar para ir às ruas, logo se tensiona. Como num sábado, dia da "festa do descanso", o 35 se barbeia, pensando no internacionalismo operário, mesmo

---

[3]. O 35 lê jornais de direita e de esquerda, como se pode ver em "Rússia, só sublime ou só horrenda".

que não saiba exatamente onde ficam as cidades que viu noticiadas como focos de luta e mesmo que se atordoe com as informações contraditórias dos diferentes jornais a que tem acesso. Assim, prepara-se para *a festa* pensando *a luta* (internacionalista), e se veste com as cores da bandeira do Brasil. Recorda a escola, já em tempos tão distantes de sua realidade atual de trabalhador, apesar dos vinte anos, e pratica o velho ensinamento ideológico do nacionalismo: canta, alegremente, trechos do Hino Nacional. Sua imagem não revela a ambigüidade do que lhe vai por dentro – e parece ser esse o interesse do narrador.

As tensões entre pensamento e ação, imagem e consciência, tornam-se o dilema que move a intriga. No próprio corpo do personagem surge o nó narrativo: a mente o leva a procurar o espaço da celebração povoado pelas fantasias da luta; os pés o conduzem ao espaço do trabalho. Concretiza-se, assim, sua alienação, pés e mente divididos:

> Mas parou de sopetão e se orientou assustado. O caminho não era aquele, aquele era o caminho do trabalho (PM, 40).

Peão da cidade, o 35 carrega malas para as levas de imigrantes que chegam à Estação da Luz e, nos músculos de que se agrada, não sabe que é, em sua própria corporeidade, aquilo que a ideologia forjou. Ele gosta de seu corpo, gosta do bigodinho que imita ao galã de cinema. O narrador, porém, sabe que o 35 é 35, um número, no esfacelamento da subjetividade que é própria às relações capitalistas. Talvez por isso se aproxime dele, buscando o instante em que o 35 se torne sujeito de sua história, transformando-se no processo de buscar o que deseja.

Para isso, o narrador que pontua as cenas por vezes "desaparece" nos fluxos de consciência do 35, cada vez mais constantes. Importa-lhe flagrar o 35, até esse dia aprisionado pelo trabalho na plataforma da Estação da Luz, acompanhando-o em seus passos pela cidade, sempre movido pelo desejo que não encontra lugar de realização. Na Estação da Luz, lugar para onde seus pés o levam pela força do hábito, o desejo colide com a humilhação, e seu pensamento conhece a raiva, manifesta por sua própria linguagem:

> Chegou lá, gesticulou o bom-dia festivo, mas não gostou porque os outros riram dele, *bestas* (PM, 40, grifo meu).

A partir daí, o 35 continua a saber o que quer, mas não sabe aonde ir. Perambula pela cidade que surge a nossos olhos mediada por sua apreensão. São Paulo lhe aparece desconhecida e vazia, e ele ainda não sabe atribuir um sentido a esses primeiros sinais:

> Pouca gente na rua. *Deviam de estar almoçando já*, pra chegar cedo no *maravilhoso* jogo de futebol escolhido pra celebrar o grande dia. Tinha mas era muito polícia, polícia em qualquer esquina, em qualquer porta cerrada de bar e de café, nas joalherias, *quem pensava em roubar!* nos bancos, nas casas de loteria. O 35 teve raiva dos polícias outra vez (PM, 40, grifos meus).

Perambula, em busca do que vai percebendo que não há: nem companheiros, nem festa, nem luta, nessa cidade vazia de gente e cheia de marcas da repressão. Vai ao Jardim da Luz, espaço contíguo ao do trabalho, que tem de atravessar novamente para de novo ser humilhado. Só que dessa vez é a necessidade, e não a alienação, que o faz mover-se através da Estação, em meio a companheiros com quem, embora não esteja nem em desejo nem em consciência, tece os conflitantes vínculos da afetividade ("era tão amigo deles"/ "odiou os camaradas").

No Jardim da Luz, vê o banco *escondido* e no qual quer *se esconder*. O narrador o acompanha nesse caminho em que a consciência se forma, por meio da apreensão do fato exterior e de sua rearticulação com o interior. Pensamentos e sentimentos começam a se transformar, e elimina-se a distância narrativa, com presença forte dos discursos indiretos livres que figuram o pensamento conflitante: a alienada identificação com os "'operários da nação'", noticiados pelos jornais que o 35 lê, e o desejo dos motins ("devia ser turumbamba") que o unem a seus pares de classe.

O 35 não conhece as palavras, mas já "por demais machucado pela experiência" começa não apenas a desconfiar, como também a refletir sobre antagonismos inconciliáveis. Não sabe a palavra "motim", apreende-a aos poucos, e mantém o seu "turumbamba". Não parece identificar seus antagonistas na classe dominante e no patronato, mas sabe que a polícia atua para defender uma ordem que não é a sua, uma ordem que coíbe os desejos, separando os corpos, ali mesmo no Jardim da Luz. A associação, no fluxo do 35, é imediata: se a função da polícia é proibir, desconfia do que ela permite. No espaço para o qual se dirigiu com o passo "em férias", redescobre que o dia é de luta. Embora atribua o incômodo ao sol, sua consciência se perturba e dá um passo: o 35 se recusa a aceitar o permitido.

A recusa move um devaneio de futuro que acentua o plano da luta e dilui o da "celebração". O 35 quer incendiar algo. Não sabe o quê: o Palácio das Indústrias? a igreja de São Bento? Não, pois nesses lugares ele confusamente se reconhece. Então, sonha o futuro no confronto político: é o (palácio do) Governo que precisaria atacar, queimar e destruir. Não porque identifique aí a ditadura, mas simplesmente porque "torce" pelos paulistas, odeia os gaúchos. (O narrador faz questão de insinuar que essa gente miúda que ele escolheu não sabe a história da ditadura, não conhece o significado da Revolução de 32 nem o do Estado Novo.)

Seu devaneio termina e o jornal que está sob seus olhos o "salva" de se entregar à luta em nome de seus iguais, ou de se isolar em fantasias com a "moça do apartamento". No conflito interno, vence o desejo da identificação social, sem luta porém. Em vez de ir ao Palácio das Indústrias, local de que desconfia pois é permitido pelos policiais, e que teme pois se imagina em confronto com as forças do Estado, dirige-se à Estação do Norte. Lá estariam os deputados trabalhistas, os "grandes homens".

Difícil caminho, já que a Estação do Norte lhe parece a "estação rival". Alonga-o também para evitar a Estação da Luz. Teme ter perdido a hora, quer ver o homem de que todo mundo acha graça pois fala sempre um mesmo discurso ("Vós, burgueses"), tem raiva também desse homem, sem saber por quê, deseja ter perdido a hora. Mas chega. Nesse movimento às tontas, chega e avista o que não desejava: pouca gente, automóveis oficiais.

O 35 já não é o mesmo de poucos instantes atrás. Vê a si mesmo, desdobrado, pelos olhos dos outros. Percebe-se como "um moço bem vestidinho, decerto à procura de emprego por aí, olhando a rua". A alegria das seis horas da manhã foi substituída por um sentimento a que ele não sabe dar nome. O narrador sabe, e sabe também que o 35 não consegue chamá-lo de outra coisa a não ser "fome". Ao intervir, o narrador, que deseja dar voz a esse outro, não quer identificar-se com suas alienações:

> Havia por dentro, "por drento" dele um desabalar neblinoso de ilusões, de entusiasmo e uns raios fortes de remorso. Estava tão desagradável, estava quase infeliz... *Mas como perceber tudo isso se ele precisava não perceber!...* O 35 percebeu que era fome (PM, 43, grifos meus).

Transformado, o 35 caminha para satisfazer a fome que julga sentir. Já sabe, porque leu, que há uma comemoração oficial, a que ele resiste; já sabe que a cidade não está vazia por acaso; já sabe que o desejo de se juntar com outros, iguais a ele, trouxe-lhe desamparo. Em casa, seu corpo humilhado não consegue sequer o prazer de saborear a "esplêndida macarronada".

Sob o sol forte das 13 horas, sai novamente em busca de sua gente. No Palácio das Indústrias – espaço patronal – encontra a multidão. A cidade está povoada, mas só nesse seu pedaço permitido, organismo vivo de uma cidade ocupada:

> [...] o parque já se mexia bem agitado. Dezenas de operários, se via, eram operários endomingados, vagueavam por ali, indecisos, ar de quem não quer. Então nas proximidades do palácio, os grupos se apinhavam, conversando baixo, com melancolia de conspiração. Polícias por todo lado.
> [...] Pararam bem na frente do Palácio das Indústrias que fagulhava de gente nas sacadas, se via que não eram operários [...]
> Foi uma nova sensação tão desagradável que ele deu de andar quase fugindo, polícias, centenas de polícias [...]. Nas ruas que davam pro parque tinha cavalarias aos grupos, cinco, seis, escondidos na esquina querendo a discrição de não ostentar força e ostentando. [...] O palácio dava idéia duma *fortaleza enfeitada*, entrar lá dentro, eu!... (PM, 43-44, grifos meus).

Nesse trecho, que corresponde ao clímax da narrativa e à revelação, tudo brota do olhar que se organiza em consciência. Pela primeira vez em seu percurso, o 35 não está só; encontrou o 486, um companheiro, encontrou gente. E aprendeu que todos lhe são estranhos. Apreendeu que a realidade está no escondido: das esquinas (são "polícias", a instituição instalando-se sobre as pessoas); dos trajes (são "operários endomingados", e não companheiros); do discurso cujo sentido é o oposto do que aparenta (a fala policial que manda entrar para efetuar o trancamento). A realidade da sonhada celebração não é mais que "melancolia de conspiração", desejo impotente, fraturado pelos tempos históricos. A única forma pela qual uma efetiva celebração poderia se dar, a luta, está interditada. Não há vínculo entre pensamento e ação, nem entre o eu e o outro, ou entre o corpo do indivíduo e o corpo social:

> De repente o 35 pensou que ele era moço, precisava se sacrificar: se fizesse um modo bem visível de entrar sem medo no palácio, todos haviam de seguir o exemplo dele. Pensou, não fez (PM, 44-45).

A palavra "celebração", que tantas vezes se apresentara à consciência do 35, agora se torna uma interrogação e desaparece de sua mente e do texto:

[...] todos aqueles companheiros fortes tão fracos que estavam ali também pra... pra celebrar? pra... O 35 não sabia mais pra quê (PM, 44).

O caminho do 35 continua, agora num clima de dissolução da alegria. Ele que se achara "tão lindo", depois "bem vestidinho", agora se percebe "ridiculamente vestido". Antes acreditara que poderia realizar seu desejo de celebrar com os companheiros e se recusara a aceitar o prazer individual com a "moça do apartamento" que várias vezes recordara. Agora, depara com a desconfiança e as impossibilidades, nomeadas com sua própria linguagem, em pensamentos reticentes e vazios. Pensa em se sacrificar, entrando sem medo na "fortaleza enfeitada", mas não o faz. Sente piedade, amor, fraternidade – desejos de comunhão – e vive o desamparo. Não é casual que a palavra de que se apossa o narrador nesse momento faça ressoar o mito. Aos olhos desse narrador tão próximo, o 35 é "sarça ardente", a ordenar a libertação do jugo[4].

A dissolução do desejo ingênuo da celebração, que o movera até aqui, provoca sentimentos antagônicos: a alegria inicial torna-se ódio, não só dos policiais mas também de seu companheiro 486 e quase da vida; o signo "fome" já não lhe serve, pois o 35 parece saber que apenas agindo eliminará a angústia.

Caminha ainda, vai até a Sé, o coração da cidade, para ali apreender o vazio. Vê, concentrada, a cidade cheia de gente, a multidão que tanto queria e que em sua consciência representaria a efetivação

---

4. Cf. *Êxodo*, cap. III, relativo ao episódio em que Deus, manifesto na "sarça ardente", ordena a Moisés que liberte os judeus do jugo egípcio.

da luta, "os motins de tarde no Largo da Sé". Mas não acredita mais na imediata realização do desejo de luta e de festa, nem acredita no que vê. Descobriu que a verdade não está visível. E assim reinicia seus passos, numa ação a que o narrador chama de principiar "enxergando o mundo outra vez". Os olhos que se turvavam diante do real obtiveram a triste sabedoria, "uma paz sem cor por dentro", na cidade onde as ruas estão "totalmente desertas".

A partir daqui, o narrador assume o discurso, predominantemente, e, em pé de igualdade com o 35, ironiza a lógica dos dominadores que foi apreendida pelo carregador de malas:

> Os cafés, *já sabe*, tinham fechado, com o pretexto magnânimo de dar feriado aos seus "proletários" também (PM, 45, grifos meus).

No último percurso, o 35 retorna à Estação da Luz, cheio de experiência. O narrador, que continua a caminhar com ele, observa-o de fora mas com ele se identifica. São iguais, sendo diversos. O 35 sente fome, readquire vigor e prazer no ato de desalienar-se, unindo pés a mente ao caminhar para o seu "domínio".

Na Estação da Luz, espaço do trabalho, se efetuará alguma comunhão possível e talvez aí se possa continuar a caminhada em direção à realização do desejo. O conto insinua essa leitura, já que termina construindo novas identificações, quando o 35 aproxima-se do carregador de número 22, propondo rachar o trabalho mas não a "féria". 35=22, embora um seja jovem e o outro velho, embora um tenha obtido experiência em suas andanças pela cidade e o outro tenha ficado preso à plataforma. O 35 quer solidarizar-se com o 22, mesmo que este o veja a princípio como seu rival [5].

---

5. A identificação "35=22" é achado de Francisco Foot Hardman, em "Impasse da Celebração", *Nem Pátria, nem Patrão*, 2ª ed., São Paulo, Brasiliense, 1984, p. 170.

A leitura que "Primeiro de Maio" dá à História faz pressupor que a celebração só é possível na experiência e na solidariedade de classe, e seu lugar é o espaço do trabalho, três vezes negado, mas finalmente aceito pelo 35. Inversamente ao choro mítico[6], o 35 ri. O conto termina com o retorno da alegria, com dois sujeitos que, como ao início do texto, caminham. Só que agora o 35 e o 22 caminham juntos, no espaço do trabalho e para fora do texto, talvez dentro da História.

O narrador, que caminhara com 35, fica parado. O movimento, que é das personagens, sugere a possibilidade de que, nesta leitura do mundo empreendida na narrativa, eles é que construirão a História, respondendo à repressão com a solidariedade entre os iguais. Para isso, parece-nos, o narrador aproximou-se do 35 e deu voz à consciência do carregador de malas. Ao final, sua voz distanciada retorna para dizer que mais não pode contar. Contou não apenas os conflitantes desejos do menino; contou também sua transformação e a solidariedade prazerosa entre 35 e 22, no soco "só de pândega" que traz o toque entre os corpos. Mostrou que o solitário 35 se tornou outro, solidário. Espelhou-se nele este narrador, também solitário, que despertara antes das seis da manhã para amorosamente aproximar-se de um outro com quem desejou identificação. Esse narrador que pode contar e mostrar a transformação da personagem, não pode, porém, transformar a História real dos homens.

———◆———

O procedimento do narrador em "Primeiro de Maio" ocorre de maneira similar nos outros contos em 3ª pessoa: algo se revela

---

6. Cf. *São Mateus*, cap. XXVI, vv. 69 a 75, no episódio em que Pedro nega Cristo três vezes, chora e então se torna fiel propagador de suas idéias.

às personagens e isso as transforma. O processo, narrado pela ótica das próprias personagens, faz pressupor um narrador que não quer narrar de fora e passa a voz ao pensamento delas. Assistimos, então, ao drama que ocorre no palco das mentes e permite atuar entre as coisas do mundo. No interior das mentes, dá-se a percepção do fragmentário e, só assim, da possibilidade de reconstruir a reidentificação.

No conjunto desses contos, figura-se uma conquista: a do encontro com o outro. Para isso, escolheu-se uma técnica narrativa: a onisciência neutra cede lugar à multisseletividade e ao perspectivismo; a voz do narrador perde seus contornos nítidos porque outra/outras soam, fundem-se e se misturam com ela. Identificado com suas personagens, o narrador é também uma delas, à medida que mistura sua voz para a proferição desse (seu) outro. Unido a suas personagens, sobre elas tem domínio só até quando experienciam momentos significativos em que se dão conta da fragmentação. Nesses momentos, ouve-se aquilo que ainda não foi proferido: o pensamento ocupa o texto e elide o lugar do narrador. Esse "ele" é, assim como os outros, *um deles*.

Esses narradores derivam, assim, de uma mesma atitude criadora, que elege a técnica narrativa como *forma*. A identificação desejada não se faz com a velha consciência exterior à matéria narrada que, de antemão, detém o sentido e a verdade. Escolhe eliminar as distâncias que separam narrador e mundo narrado, e assim se constrói a identidade deles, no ato mesmo de flagrar o pensamento e reinventar a ação. Desejosa de totalidade, a consciência criadora encontra fragmentos: homens dispersos em cenários diversificados.

4

As Vozes Narrativas e a Voz Autoral

Apresentando narradores em 1ª e em 3ª pessoa, *Contos Novos* nos conduziu a reordená-los, buscando as semelhanças que os modos de elocução deixavam entrever: construir com o máximo de estilização a maior proximidade entre narradores e personagens. A ilusão narrativa que daí decorre torna possível, no plano interpretativo, figurar a tensão entre passado e presente, sujeito e objeto, eu e outro.

Narrar as alteridades psíquicas e sociais implica representá-las nos temas e na estrutura da obra. Em meio às histórias, personagens e narradores, pode-se ouvir a voz de Mário de Andrade. Sua imagem se forma nas histórias e nos narradores que escolhe, nas falas que proferem, nas personagens que agem e pensam, e nos conduz a uma leitura do mundo[1].

Ora, como leitores entramos no relato a partir de um fingimento contratual: acreditar que a ficção, escrita, não está escrita, não é ficção. A ilusão de realidade – acima dos modos que a história da literatura lhe foi sobrepondo – está a serviço do real. Aceitamos a convenção de que a literatura imita a vida, embora com ela

---

1. Cf. W. Kayser, "Qui Raconte le Roman?", *Poétique*, Paris, Seuil, 1970, n. 4; W. C. Booth, "Distance et Point de Vue. Essai de Classification", *Poétique* n. 4, e *A Retórica da Ficção*, Lisboa, Arcádia, 1970.

não se confunda, para voltarmos à realidade empírica mais plenos de significação. O livro é encanto cativo que nos aprisiona a ele para nos devolver à vida transformados, preenchidos com novas aprendizagens, outras verdades.

O Mário de Andrade de *Contos Novos* nos faz prisioneiros do encanto da ficção – que suspende a realidade para a ela nos devolver – e, afinado com as conquistas técnicas da narrativa contemporânea, recusa-se a assumir

[...] a certeza ingênua da posição divina do indivíduo, a certeza do homem de poder constituir, a partir de uma consciência que agora se lhe afigura epidérmica e superficial, um mundo que timbra em demonstrar-lhe, por uma verdadeira revolta das coisas, que não aceita ordens desta consciência[2].

Se há ordem no mundo, ela se encontra nas camadas da consciência, nos homens comuns, perspectivisticamente aprofundadas a partir do acontecimento miúdo, no instante qualquer[3].

Criando diferentes narradores que experimentam o percurso da derrocada da voz unívoca e centralizadora, Mário de Andrade mergulha na vida de seu tempo, incorporando criticamente o passado e a tradição literária, no longo projeto desde o primeiro Modernismo. Com a escolha habilidosa de seus disfarces, feitos de palavras e de silêncios, de técnicas narrativas que dão forma à obra, deixa entrever seu vulto e chega mesmo a se trair em certa mistura entre autor e narrador. A correspondência e os manuscritos documentam o processo pelo qual Mário de Andrade se vale de sua experiência biográfica para transformá-la em material literário que a disfarça; também evidencia que, se

2. A. Rosenfeld, "Reflexões sobre o Romance Moderno", *Texto/Contexto*, cit., pp. 86 e 87.
3. Cf. E. Auerbach, *Mimesis*, cit., pp. 480-483.

vida e literatura estão imbricadas, o que cria a força da obra é o fingimento literário[4].

Contos Novos se abre a nós dando representação à busca da identidade e da (re)identificação. Os narradores escolhem como seus objetos os sujeitos incompletos e insatisfeitos, sejam eles o menino abandonado pelo tempo ou trabalhadores oprimidos e desorganizados. Não esquecem as diferenças que os separam deles e isso não impede a reunião. Ao se identificarem com desejos frustrados e com a percepção do poder repressivo das instituições sociais, os narradores reidentificam-se consigo mesmos.

Falíveis, sem deter o conhecimento distanciado e centralizador, esses narradores, em 1ª e em 3ª pessoa, acompanham personagens que *buscam* – uma caneta no poço, um ladrão no bairro, uma comemoração política, a verdade das memórias infantis – e *erram*. Sua sabedoria, aliás, nasce da descoberta do engano, como na "fome" que o 35 de "Primeiro de Maio" julga sentir para então perceber a "inexistência fraudulenta, cínica" da realidade da ditadura.

Mário de Andrade toma corpo nessa errância permanente através de suas máscaras – narradores, personagens e o leitor que cria – e assim constrói sua busca do sentido da vida e da resistência numa realidade histórica que nos aliena de nós mesmos e dos outros. Por via do fingimento literário, fraturas, enganos e falhas literariamente representados dão forma também ao desejo do en-

---

4. Nos manuscritos, datilografados, de "O Poço" é possível flagrar um passo do processo: "Mario (Seria bom me dar um outro nome nestes contos tão fantasiosos: não é justo que êle [sic], si bastante autobiograficos, pareçam autênticos por indicações definitivamente autênticas). Mario, você ontem fez uma coisa [...]." A mão que datilografa o texto e já antecipa a correção com os parênteses, continua a "errar" e mantém o nome Mário, logo na seqüência. Será preciso que num outro momento, tal como fica gravado no manuscrito, o autor inscreva à mão o nome "Juca". O material se encontra nos Arquivos "Mário de Andrade", do IEB, São Paulo (ver Adendo).

contro. Os fragmentos da vida, reunidos nas nove narrativas, instigam ao mosaico.

Desdobrado numa 1ª ou numa 3ª pessoa, Mário de Andrade cria o eu e o ele para mostrar um mesmo. Aponta para o tempo histórico que nos desagrega, por meio das leis e suas representações na Família, no Estado, na Moral, na Propriedade, no Patronato. Responde a elas com a escolha pela solidariedade com os simples e os despossuídos. Ele os vê, lhes dá atenção, reencontrando-se neles, esses *seus outros*. Seu esforço é o de resistir, por meio da arte. Ao representar os homens comuns, perdidos na multidão, combate pelo encontro com os iguais. A literatura, jogo ilusório, está a serviço dessa verdade, capaz de contribuir para transformar a realidade. A tarefa do artista Mário de Andrade, em seu destino de "homem-só", criador "fatalizado" na percepção do outro, parece estar na recusa de aceitar o visível e sonhar, construindo com arte e técnica o "sonho grande" da resistência[5].

---

5. Palavras recorrentes do próprio Mário de Andrade, como se pode ler em vários trechos de sua correspondência. Cf. Georgina Koifman (org.), *Cartas de Mário de Andrade a Prudente de Moraes, neto*, Rio de Janeiro, Nova Fronteira, 1985, p. 122.

II

A Secreta Ação Expressiva

1

Tensas Palavras

O conjunto da produção de Mário de Andrade indica com clareza a atividade de quem viveu as contradições de sua condição de intelectual formado na cultura da classe dominante[1] e as contradições de sua época. Como artista, impunha-se o projeto ético de com a arte contribuir para "mais humanidade", sem deixar de lado a consciência estética, entendida também como pesquisa incansável da técnica[2].

Na formulação de João Luiz Lafetá, desde as poéticas da juventude Mário de Andrade buscava equacionar o conflito entre o projeto estético da modernidade, ligado à experimentação permanente que criava abismos cada vez maiores entre obra e público, e

---

1. Entre outros documentos que registram a crise, veja-se a carta de 5 de abril de 1944, a Carlos Lacerda, em que Mário de Andrade analisa a fatura, em três versões, de *O Carro da Miséria* (cf. *71 Cartas de Mário de Andrade*, cit., pp. 89, 92 e 93).
2. Em "O Artista e o Artesão", de 1938, Mário de Andrade formula com contornos definidos a distinção, subjacente em outros textos, entre artesanato, virtuosismo e técnica pessoal (*O Baile das Quatro Artes*, São Paulo, Martins, s/d, p. 9). Sobre o desejo de com a arte "criar mais humanidade", essa é expressão comum em sua correspondência. Cf., entre outros, *Mário de Andrade – Oneyda Alvarenga: Cartas*, São Paulo, Duas Cidades, pp. 266 a 298, carta de 14.10.1940.

o projeto ideológico, que pressupunha o engajamento do artista e sua produção voltada para o social[3].

Já na década de 20, Mário de Andrade afirmava ter sacrificado seu destino de "artista individual" à literatura brasileira, em nome da defesa programática e estratégica da causa nacional nas artes. Nessa época uma das pontas de lança de seu projeto é a deliberada estilização da "língua falada", o "brasileiro", à escrita literária[4].

A intencionalidade foi atacada pela crítica, que a considerava responsável pelo artifício exagerado que limitava o alcance da obra, excessivamente marcada pelo momento estético dos primeiros tempos modernistas[5]. Mário de Andrade, porém, estava certo da necessidade das pesquisas e experimentações, mesmo que trouxessem à obra "aspereza" e "transitoriedade"[6]. "Não estou fazendo obras, estou fazendo ações", escrevia em 1927 a Carlos Drummond de Andrade, no exercício do "cabotinismo consciente", que, segundo José Miguel Wisnik, também pode ser entendido como as máscaras em que o artista burguês se desdobra para fazer frente à dominação de um padrão cultural[7].

3. *1930: A Crítica e o Modernismo*, cit., especialmente "Ética e Poética".
4. A correspondência do autor documenta o processo. Cf., entre outros, *A Lição do Amigo*, cit., carta de 10.11.1924, e *Cartas a Manuel Bandeira*, Rio de Janeiro, Ediouro, s/d, carta de 7.11.1924.
5. Nesse sentido, é exemplar a severa crítica de Álvaro Lins, de 1942, no artigo "Mário de Andrade: A Imaginação de um Homem e a Imagem de um Movimento Literário em sua Obra Poética", *Os Mortos de Sobrecasaca*, Rio de Janeiro, Civilização Brasileira, 1963, pp. 39 a 46.
6. Cf. *Mário de Andrade Escreve Cartas a Alceu, Meyer e Outros* (Coligidas e anotadas por Lygia Fernandes), Rio de Janeiro, Editora do Autor, 1968, especialmente a carta a Alceu Amoroso Lima, de 23.12.1927, e as duas cartas a Sousa da Silveira, de 1935.
7. *Dança Dramática* (Tese apresentada ao Departamento de Línguas Orientais e Teoria Literária), FFLCH-USP, 1980, p. 36 (mimeografada).

A SECRETA AÇÃO EXPRESSIVA

No projeto de trabalhar com a complexa questão da suposta "substância brasileira", era necessário dar legitimidade literária a nossos assuntos e à nossa maneira de expressá-los. Mesmo que para isso cometesse excessos, que o repugnavam, pretendia encurtar a distância entre a "língua geral brasileira", em suas diversas manifestações, e a "língua literária", para que a literatura, em seu artificialismo construtivo, pudesse chegar à generalização de fenômenos particulares[8].

O projeto nacionalista não se limitou, como se sabe, a pesquisas estilísticas, nem sequer a literárias, ampliando-se para a música, a pintura, as artes populares. Para Mário de Andrade, o "nacional" tornaria possível o reconhecimento de nossa cultura, já que seria a partir do caráter peculiar, específico, de nosso povo que se chegaria a valores universais na arte brasileira[9]. A defesa do "nacional" não se confunde, como se vê, com a prática do nacionalismo, entendido como postura política "perigosa para a sociedade, precária como inteligência", como o autor dirá posteriormente em *O Banquete*. Trata-se da pesquisa das pluralidades culturais que nos constituem, bem como da análise das fraturas entre cultura popular e cultura erudita, dois modos de ser do Brasil que remetem à divisão das classes. O artista não se compromete com a nação, domínio da política no sentido estrito, mas com a coletividade a que pertence e com quem escolhe se comprometer[10].

---

8. Cf. carta a Sousa Silveira, de 15.2.1935, em que avalia a realização do projeto de "abrasileirar a língua escrita", *Mário Escreve Cartas a Alceu...*, cit., p. 150.

9. Cf. *Música, Doce Música*, São Paulo, 1933, p. 137.

10. Desde *Ensaio sobre a Música Brasileira* (escrito em 1928), o "nacionalismo" aparece como conformação da produção humana do país com a realidade nacional, utilizando-se o critério social, de arte de combate, ainda que isso possa torná-la arte de circunstância (cf. "Música Brasileira", principalmente).

Junto e interdependente dessa meta, cultural e política, o projeto estético de Mário de Andrade inclui a busca da identidade pessoal. A obra se abre à pesquisa da representação do "eu profundo", o que, em suas poéticas, supõe a estilização da "espontaneidade" e da "sinceridade", na grafia artística do "lirismo"[11].

A procura da identidade, coletiva e individual, não é específica a Mário de Andrade, nem sequer ao Modernismo. No quadro da cultura brasileira, aliás, ela nos *forma*[12]. Mas torná-la programaticamente princípio da "sinceridade", na busca da auto-expressão imediata, pressupõe, segundo Anatol Rosenfeld:

[...] perda da unidade e simplicidade em épocas de transição entre a tradição e a renovação, quando o indivíduo, desenvolvendo a plenitude da sua subjetividade (e, no caso, também a consciência da sua peculiaridade nacional), passa a sentir-se separado do espírito dominante, que, ainda assim, o determina em larga medida. Dessa duplicidade decorrem tensões agudas. A própria exigência da sinceridade é, então, sintoma da crise, ou seja, da cisão e do sentimento de fragmentação[13].

A crise expõe a fratura entre a sociedade e o cidadão, o público e o privado, o consciente e o inconsciente.

A obra de Mário de Andrade, afim à sensibilidade de seu tempo, incorporará a busca da identidade como tema e como estruturação literária. Em toda a sua produção, marcada pela diversidade, figura-a não apenas como imagem da utopia ("Mas um dia afinal eu toparei comigo", diz o poeta), mas também como manifestação objetiva de um projeto estético que supõe a pluralidade como sua forma pecu-

---

11. Cf. as formulações das primeiras poéticas, "Prefácio Interessantíssimo" (de dezembro de 1921) e "A Escrava que não é Isaura" (de novembro de 1924), em que "lirismo" é concebido como "impulso criador", pré-consciente.
12. Cf. A. Candido, Prefácios [da 1ª e da 2ª ed.) e "Introdução", *Formação da Literatura Brasileira*, 5ª ed., São Paulo/Belo Horizonte, Edusp/Itatiaia, 1975, pp. 9 a 39.
13. "Mário e o Cabotinismo", *Texto/Contexto,* cit., p. 189.

liar. Assim concebida, a unidade se constituiria como síntese de diversidades e fragmentos, movimento de superação das tensões, feitas de real e ideal, história e utopia. A criação artística formalizaria distâncias e cisões, sonhando a eliminação das fraturas, na composição que grava sinais de não-conformismo e de impulso participante e solidário. Ela quer converter, qual profana religiosidade, o sentimento individual à expressão coletiva, o "eu" fragmentado à reidentificação com o outro. Ao mesmo tempo implica uma "confissão" da própria subjetividade, tornada "sinceramente" artística.

Assim, se a linguagem literária de Mário de Andrade se quer "sincera", esse projeto, decerto sintoma de crise, é também sinal de resistência contra as perdas. Diante das determinações sócio-culturais que deslegitimavam a "fala brasileira" na norma literária culta e aceitavam como literário apenas o acadêmico, o autor lutava pela legitimação de uma outra linguagem, a que se poderia chamar "nossa dicção", que afirmasse as pluralidades da fala e a pesquisa técnica e cultural que sua representação implica. À inautenticidade percebida no plano da cultura, em que o dominante pretende se tornar regra sem exceção, sobrepunha a incorporação dos resquícios da cultura do dominado e se insurgia contra a nascente indústria cultural[14]. Em outro plano, dele interdependente, investigava as "paisagens do eu profundo", materiais da subjetividade que escapam às máscaras sociais, para sua transformação "cabotina" e "nobre", na lírica[15].

A linguagem de Mário de Andrade, querendo-se "sincera", sabe-se dupla representação. Em primeiro lugar porque os signos sofrem determinações sociais e psíquicas, cristalizam convenções e

---

14. Inicialmente apresentada em "Música de Pancadaria" (de *Música, Doce Música*), a discussão ganha maior complexidade em *O Banquete*.
15. Desde "Prefácio Interessantíssimo", Mário de Andrade concebia o impulso criador da poesia como "lirismo", "paisagens do eu profundo", a que necessariamente se acrescia o esforço técnico, nomeado como "arte".

trazem as marcas da ideologia e da repressão[16]. Em segundo, porque a linguagem literária é artifício, elaboração técnico-estética, sempre "insincera" portanto. Objetivando, em sua obra, diversos falares estilizados, Mário de Andrade busca o que só se revela em fragmentos: a identidade cultural e a identidade pessoal. Deseja trabalhar essa matéria que a cultura criou — cisão e duplicidade. Expressa, então, "insinceramente", os desvãos por onde a resistência se manifesta e o recalcado vem à tona: coletivamente, na permanência em resíduos da chamada "cultura popular"; individualmente, nas falas que se insurgem, ainda que timidamente, contra a dominação e a repressão; e, em ambos, no plano da psique individual e coletiva, nos sons e nos silêncios que dão lugar ao retorno disfarçado do reprimido.

Fato social e fato psíquico se articulam, nas linguagens dos indivíduos que proferem suas falas num mundo histórica e culturalmente determinado. A elaboração estética se configura como o espaço privilegiado em que se dá representação a indivíduo e sociedade, consciência e inconsciência, transformando-se em poesia e em fabulação objetivada. Ao narrar histórias atuarão as falas da cultura e as do desejo, a língua da dominação e os signos que trazem marcas do que retorna em tateios e em disfarces. Ao formalizar, em temas e procedimentos, a cisão do sujeito consigo mesmo e do sujeito com a coletividade, a obra grava o desejo de identificar-se com o coletivo, resistindo à fragmentação.

16. Leitor de Freud desde 1923, Mário de Andrade preocupava-se especialmente com teorias do recalque e da sublimação, como atestam suas notas marginais a obras do psicanalista (cf. Telê P. Ancona Lopez, *Mário de Andrade: Ramais e Caminho*, São Paulo, Duas Cidades, 1972, pp. 104-110). Em *O Turista Aprendiz*, a alegoria dos Dó-Ré-Mi figura a linguagem como o espaço de conflitos entre o princípio da realidade e o do prazer, como o demonstra a análise de José Miguel Wisnik em *Dança Dramática*, cit. (pp. 2-27).

2

Sinais de Fala, Sinais de Silêncio

No final da década de 30, o projeto ideológico de Mário de Andrade encontra seu caminho no interior do próprio projeto estético. Nas palavras de João Luiz Lafetá, trata-se de

[...] uma proposta de engajamento constante, em todas as direções: o artista não deve alienar-se nem de si mesmo, nem de seu artesanato, nem da história. A postura ética, de participação, é transformada para dentro da postura estética, e a "técnica" é vista como um esforço de desalienação, que implica em constante e insatisfeita procura. Dizemos que essa "procura" é "desalienadora" porque ela representa, em última análise, um esforço do artista para reconhecer-se, no objeto que produz e no mundo em que vive. Para que o artista se realize é preciso que seja capaz de assumir esses três níveis e pesquisar nos três a sua verdade pessoal. Essa última se identificará, por fim, aos anseios de seu tempo[1].

São dessa época obras que aliam experimento técnico, elaboração estética e ruptura com os esquemas de dominação, tanto nos artigos críticos ("O Artista e o Artesão", de 1938, "Atualidade de Chopin" e "O Movimento Modernista", de 1942), na produção lírica (*Café*, de 1942, 3ª versão de *O Carro da Miséria*, de 1943, e

---

1. *1930: A Crítica*, cit., p. 161.

Lira Paulistana, de 1944 e 1945), quanto na prosa (*Contos Novos*, com narrativas escritas ou retomadas entre 1938 e 1944) e na poética (*O Banquete*, de 1944).

A essa altura, a questão propriamente estilística da representação literária da "fala brasileira" já estava incorporada à nossa tradição, sem mais a nota do exagero. Corriam-se agora riscos opostos, o do amaneiramento e o da falsificação do popular, no populismo que se serve da superfície das dicções populares[2].

Em *Contos Novos* o redimensionamento dos modos de representação das falas implica dar voz aos homens comuns, sem a nota do excessivo presente em *Primeiro Andar* e ainda em *Os Contos de Belazarte*. Ao estilizar falares e pensamentos dos homens comuns, da cidade e do campo, *Contos Novos* resgata-os do anonimato forjado pela dominação social. Busca, assim, o mais "autêntico", que não está apenas na exterioridade da dicção, em seus torneios lexicais e sintáticos, mas principalmente na construção de um pensamento no mundo, feito de interioridades não proferidas, de vislumbres e de marcas de incompletude.

Além disso, ao romper os esquemas da representação realista fundada na causalidade e no decurso exterior da ação, com a eliminação da distância narrativa e o registro do fluxo dos pensamentos das personagens, a obra também desnuda os artifícios de representar a vida[3].

Em *Contos Novos*, há diferentes representações da fala que, atuando em conjunto, podem ser identificadas separadamente:

---

2. A estilização pitoresca e amaneirada do popular, sem pesquisa estética e com desvio de sua função crítica, é discutida na linguagem musical, em *O Banquete*.
3. Cf. J. L. Lafetá, "Psicologismo e Ruptura da Linguagem", *1930: A Crítica*, cit.

A SECRETA AÇÃO EXPRESSIVA

1. a da fala proferida, das vozes que soam em suas diferentes dicções, na exterioridade da pronúncia;
2. a do pensamento, numa fala interna que reflete ou percebe sensivelmente as leis do mundo e as contradições da vida pessoal ou social;
3. a do pré-consciente, no momento em que reaparecem, deslocados, desejos reprimidos, impulsos inconscientes;
4. a do silêncio, que é anseio de completude, diante do qual a linguagem se cala, ou é sinal de perda e impossibilidade.

A estilização da fala aparece nas enunciações de um narrador em 1ª pessoa, cujo tom é coloquial, e nos freqüentes diálogos nas narrativas em 3ª pessoa. Nestas, mesmo que os narradores em 3ª pessoa não dialoguem diretamente com o leitor, domina o estilo que imita a oralidade:

Ali pelas onze horas da manhã o velho Joaquim Prestes chegou no pesqueiro (P, 61, grifos meus).

Na representação do pensamento ainda não proferido, no momento em que alguém percebe o mundo ou sobre ele reflete, dominam os discursos indiretos livres, na representação da "fala" interior, sem as mediações da voz externa:

Ele mesmo nem sabia certo, entrara do trabalho, apenas despira o sobretudo, ainda estava falando com a mãe já na cama, pedindo a benção, quando gritaram "Pega!" na rua. Saíra correndo, vira o guarda não muito longe, um vulto que fugia, fora ajudar. *Mas aquele demônio medonho da asma...* O anulou uma desesperança rancorosa (L, 35, grifos meus).

Na representação do pré-consciente e dos deslizamentos de pulsões inconscientes, não aparece propriamente a proferição de uma voz, mas núcleos reticentes de devaneios fabulatórios, equívocos e interrupções discursivas, inscritos em unidades menores que a frase, em interjeições e reticências:

> Teve uma nítida, envergonhada sensação de pena. Morrer assim tão lindo, tão moço. A moça do apartamento... (PM, 42, grifos meus).

Nas reticências, nas repetições, nos paradoxos, a linguagem também figura o silêncio, que expressa a emoção intraduzível, de plenitude e de perdas irreparáveis:

> Mas dentro de mim, Maria... bom: acho que vou falar banalidade (VP, 29);
>
> Tinha piedade, tinha amor, tinha fraternidade, e era só. Era uma sarça ardente, mas era sentimento só. Um sentimento profundíssimo, queimando, maravilhoso, mas desamparado, mas desamparado (PM, 45).

Além desses registros estilizados das modalidades de vozes em suas fraturas sociais e psíquicas, os textos trazem também sinais de corpos – falas e gestos – imitados pelas letras que nomeiam o possível, mas apontam sua própria incompletude. Todos os contos, cada um à sua maneira, finalizam anunciando ambigüidades, gestos ou silêncio: em "Vestida de Preto", o narrador afirma que a escrita banalizaria a emoção; em "O Ladrão", a luz das casas se apaga e permanecem apenas as vozes daqueles que esperam o bonde; "Primeiro de Maio" finaliza com os passos do 35 e do 22; em "Atrás da Catedral de Ruão", o choro é a última palavra; o gesto final de "O Poço", quando Joaquim Prestes joga fora a caneta arranhada, fala por si mesmo; "O Peru de Natal" termina em reticências, apontando o desejo que irá realizar-se; em "Frederico Paciência", o desfecho chistoso aponta para o irresolvido do desejo, adiado para um sempre depois; em "Nelson", a menção à porta fechada com três voltas de chave mantém o enigma indecifrado do "homem estranho".

A SECRETA AÇÃO EXPRESSIVA

"Tempo da Camisolinha" põe fim a esse percurso, não apenas porque é o último dos contos da coletânea ou porque aí o narrador chega às memórias mais regressivas. Também nele as palavras apontam suas impossibilidades, na imagem de um choro inaugural:

> Eu corri. Eu corri pra chorar à larga, chorar na cama, abafando os soluços no travesseiro sozinho. Mas por dentro era impossível saber o que havia em mim, era uma luz, uma Nossa Senhora, um gosto maltratado, cheio de desilusões claríssimas, em que eu sofria arrependido, vendo inutilizar-se no infinito dos sofrimentos humanos a minha estrela-do-mar (TC, 112/113).

Contos Novos se completa com o paradoxo desses soluços abafados, ocorridos num tempo revisitado pelo narrador e reapresentado em suas memórias que retornam nas letras. São a figuração da descoberta do menino de que a fantasia não muda o mundo, ao mesmo tempo que determinaram, no adulto que relata, a necessidade de retornar às experiências que iluminaram sua consciência.

Selecionando as vozes a que quer dar lugar literário, a fala fingidamente "genuína" do ser comum, *Contos Novos* também estiliza as rupturas que caracterizam todas as falas, na lacuna entre a esfera íntima e a existência pública, o indivíduo e a sociedade, o desejo e a moral, a inconsciência e a consciência. Nessa melodia, em que se apontam sons de timbres variados, a escrita literária dá representação às falas plurais, percorrendo os espaços da intimidade subjetiva ou os espaços da vida social, aproximando-se das errâncias e das andanças das vozes do mundo. Assim corporifica vozes, tematiza e formaliza fraturas e cisões, e sonha a unidade.

O enunciado inicial de *Contos Novos* ganha aqui outras significações: "Tanto andam agora preocupados em definir o conto que não sei bem se o que vou contar é conto ou não, sei que é verdade. Minha impressão é que tenho amado sempre..." (VP, 23). No jogo irônico, a ficção finge a vida e figura o local privilegiado para desvendá-la. A escrita finge a fala que remete à literatura e à escrita para denegá-las, mas, ao final das contas, é escrita e é literatura. Na "fala" de Juca, o trocadilho "conto"/ "contar" aproxima escrita e oralidade, literatura e vida, ao mesmo tempo que chistosamente as separa.

Na linguagem literária, em que tudo é artifício, os mesmos signos que imitam a situação dialógica do narrador com seus ouvintes servem também como sintoma da separação entre os tempos da oralidade e os da escrita. As mesmas letras que servem para representar as falas proferidas dos homens comuns também fingem o fluxo descontínuo de um pensamento que, na vida social, não tem lugar de proferição; também fazem ouvir/ler o que sequer chegou à camada da consciência das personagens e aponta realizações fantasmáticas de desejos. Nesses movimentos a escrita se desvenda no seu máximo de artificialidade construtiva para impor a releitura da vida.

3

As Falas do Eu

Nos contos em 1ª pessoa, a voz que conduz a enunciação está construída de maneira a simular o tom dialógico, na conversa direta com o leitor: "Mas isto é caso pra outro dia" (VP, 26); "Olhem: eu sei que a gente exagera em amor, não insisto" (VP, 29)[1].

A representação da oralidade implica o trabalho com o léxico, para marcar a especificidade de uma dicção, em sua fluência coloquial: "Percebi tudo num tiro de canhão" (VP, 28); "O diabo é que a Rose [...]" (PN, 79); "[...] fui numa chispada luminosa [...]" (TC, 110)[2]. Também os nexos para indicar a passagem do tempo ou reforçar a importância dos eventos são os da linguagem falada: "Bom", "Foi então", "É que", "Me lembro", "Não sei...".

Os ritmos ágeis criados com a parataxe imitam na escrita a dinâmica oral, ora pontuando-as em períodos curtos, ora encadeando fluxos de orações:

> Maria, por seu lado, parecia uma doida. Namorava com Deus e todo o mundo, aos vinte anos fica noiva de um rapaz bastante rico, noivado que

---

1. A relação dialógica com o ouvinte/leitor é mais freqüente em "Vestida de Preto" do que nos outros contos em 1ª pessoa.
2. Os polêmicos "pra", "para", "si", "se", ou as colocações proclíticas em início de frase, que atentavam contra a norma culta nos primeiros tempos modernistas, a essa altura estão incorporados à tradição.

durou três meses e se desfez de repente, pra dias depois ela ficar noiva de outro, um diplomata riquíssimo, casar em duas semanas com alegria desmedida, rindo muito no altar e partir em busca duma embaixada européia, com o secretário chique seu marido (VP, 27).

A pontuação por vezes rompe a lógica da escrita e impõe os torneios da ênfase oral, obedecendo ao ouvido, e não à norma: "E o peru, estava tão gostoso [...]" (PN, 78).

Também a voz emocionada está expressa em palavras e exclamações que se repetem, substituindo o que na presença física é gesto e olhar, respiração e ofego: "Maria falada, Maria bêbeda, Maria passada de mão em mão, Maria pintada nua ..." (VP, 28); "E quando me negaram, eu sei, fiquei feliz, feliz! [...] Fiquei feliz, feliz!" (FP, 93).

Mesmo o gesto ou aquilo que ainda não se exteriorizou no corpo e é pura afetividade inscrevem-se nas letras, fragmentando a frase, impedindo-a de seguir o nexo sintático e materializando-se na lógica de uma sintaxe emotiva:

Então eu quis morrer. *Se Frederico Paciência largasse de mim... Se se aproximasse mais...* Eu quis morrer. Foi bom entregar o livro, fui sincero, pelo menos assim ele *fica* me conhecendo mais. Fiz mal, posso fazer mal a ele. *Ah, que faça!* ele não pode continuar aquela "infância". Queria morrer, me debatia. *Quis* morrer (FP, 84, grifos meus).

Na imitação da oralidade a voz discursiva também se sabe letra, e o narrador expõe seu texto como escrita:

Ia escrever "felicidade gustativa", mas não era só isso não (PN, 79, grifos meus);

Não guardei este detalhe para o fim, pra tirar nenhum efeito literário, não. Desde o princípio que estou com ele pra contar, mas não achei canto adequado. Então pus aqui porque, não sei... [...] (FP, 93).

A SECRETA AÇÃO EXPRESSIVA

Em enunciações como essas a voz em 1ª pessoa revela a consciência de que a "conversa" sobre o passado é reelaboração e reescritura da vida. O narrador mostra que está montando uma fala sobre a sua vida e que, no ato de seleção e colagem, reinventa o real.

Os comentários metalingüísticos, certos torneios frasais, o vocabulário, a densidade de expressão típica da escrita construída indicam que, distanciado da oralidade e do ouvinte, o narrador sabe que *escreve como se falasse*. E nesse hiato conhece a diferença entre as falas que se perderam na história pessoal ou coletiva e a escrita que a simula e busca-a. Sabe também que a essa escrita torturada competem as sínteses das experiências, nas imagens ou nos torneios rigorosos da reflexão. Sobrepõe-se ao tumulto desordenado das vozes passadas que ainda ressoam, para impor revelações ordenadoras:

> Foi este o primeiro dos quatro amores eternos que fazem de minha vida uma grave condensação interior. Sou falsamente um solitário. Quatro amores me acompanham, cuidam de mim, vêm conversar comigo (VP, 29).

> Admirava lealmente a perfeição moral e física de Frederico Paciência e com muita sinceridade o invejei. Ora, em mim sucede que a inveja não consegue se resolver em ódio, nem mesmo em animosidade: produz mas uma competência divertida, esportiva, que me leva à imitação. Tive ânsias de imitar Frederico Paciência (FP, 80).

Nesses exemplos, fica evidenciado que para esses narradores o espaço da escrita significa voltar-se para, relendo e interpretando o que poderia ter se dissolvido na seqüência dos dias e dos fatos. A escrita, que busca a espontaneidade perdida do que já fora vivido/imaginado, também supõe buscar o que se escondeu nessas falas, em lacunas, disfarces, paradoxos:

> – Não senhora, corte inteiro! só eu como tudo isso!
> Era mentira. O amor familiar estava por tal forma incandescente em mim, que até era capaz de comer pouco, só pra que os outros quatro

comessem demais. E o diapasão dos outros era o mesmo. Aquele peru comido a sós, redescobria em cada um o que a quotidianidade abafara por completo, amor, paixão de mãe, paixão de filhos. Deus me perdoe mas estou pensando em Jesus... Naquela casa de burgueses bem modestos, estava se realizando um milagre digno do Natal de um Deus. O peito do peru ficou inteiramente reduzido a fatias amplas.
— Eu que sirvo! (PN, 77).

No trecho, a linguagem reproduz a fala direta, que vem do passado, abre-se para a recordação das emoções advindas no momento em que a cena ocorria e reflete sobre ela do presente. O momento da escrita, evidenciado em "estou pensando", reorganiza o significado da cena, traduzindo o que se calara e se sobrepondo à aparente banalidade do fato.

Em "Frederico Paciência" o movimento do narrador, similar ao que acima se descreveu, dá forma ao pensamento torturado que busca a significação de uma vivência proibida. O desejo homossexual, interditado na fala e reprimido na vida do adolescente Juca, retorna como escrita ao presente da enunciação. O desejo que não tivera espaço de *realização* na vida pregressa é *nomeado*, na situação presente do narrador, na metáfora que reafirma a censura e nas justificativas suspeitas:

Não se trocou palavra sobre o sucedido e forcejamos por provar[3] um ao outro a inexistência daquela realidade estrondosa, que nos conservara amigos tão desarrazoados mas tão perfeitos por mais de três anos. Positivamente não valia a pena sacrificar perfeição tamanha e varrer a florada que cobria *o lodo* (*e seria o lodo mais necessário, mais "real" que a florada?*) numa aventura insolúvel. Só que agora a proximidade da separação justificava a veemência dos nossos transportes (FP, 91, grifos meus).

3. Dado o erro gráfico na edição utilizada (que, aliás, mais parece ato falho: "prazer"), citamos aqui de acordo com a 1ª edição, da Martins, de 1947.

A SECRETA AÇÃO EXPRESSIVA

Também no plano estilístico do discurso indireto livre pode ser observada a representação de duas vozes soprepostas. Nas cenas em que aflora o passado do eu, se dá forma lingüística à voz do menino, que emerge das sombras, atravessa a enunciação do narrador adulto e dela se distingue, pelo vocabulário, pela sintaxe fundamentalmente paratática, pelas construções gerundivas, pelo predomínio das interjeições e reticências, pelos tempos verbais no presente, pelas fragmentações sintáticas:

> Meus passos tontos já me conduziam para o fundo do quintal fatalizadamente. Eu sentia um sol de rachar completamente forte. Agora é que as estrelinhas ficavam bem secas e davam uma boa sorte danada, acabava duma vez a paralisia da mulher do operário, os filhinhos teriam pão e Nossa Senhora do Carmo, minha madrinha, nem se amolava de enxergar o pintinho deles. Lá estavam as três estrelinhas, brilhando no ar do sol, cheias de uma boa sorte imensa. E eu tinha que me desligar de uma delas, da menorzinha estragada, tão linda! justamente a que eu gostava mais, todas valiam igual, porque [sic] a mulher do operário não tomava banhos de mar? mas sempre, ah meu Deus que sofrimento! eu bem não queria pensar mas pensava sem querer, deslumbrado, mas a boa mesmo era a grandona perfeita, que havia de dar mais boa sorte pra aquele malvado de operário que viera, cachorro! dizer que estava com má sorte. Agora eu tinha que dar pra ele a minha grande, a minha sublime estrelona-do-mar!... (TC, 112).

Nesta, como em outras cenas em que vem à tona o pensamento infantil, a escrita figura as tensões do menino e o narrador adulto apenas pontua a ação ou intervém em comentários. O secreto toma o seu lugar.

Nesses movimentos, a voz do eu, portadora do "sei que é verdade" do primeiro período de "Vestida de Preto", acaba por trair-se e revelar-se em seus desconhecimentos e impossibilidades. A construção estilística, assim, se nutre do máximo poder da ilusão literária para conjuntamente limitar com contornos muito precisos a possibilidade de a linguagem apreender o real. Cria um narrador cuja voz é próxima à do analisando, no divã do psicanalista. Num primeiro sentido porque escolhe como matéria temática o relato de suas experiências de iniciação amorosa e sexual, nos momentos em que a lei da cultura inscreve suas marcas no corpo do sujeito e ele, depois de adulto, julga poder localizá-las. Num segundo sentido porque, ao imaginar ter poder sobre ela, a linguagem o trai. Ao recontar o passado vivido, irrompem desconhecimentos e falhas, pequenas traições que fazem da linguagem a manifestação da cena fantasmática. O vivido consciente é, assim, revelado como imaginário e, ao mesmo tempo, como a forma possível pela qual se chega próximo da energia recalcada – que retorna sob a face dos disfarces.

A linguagem fabula as cenas das fantasias vividas pelo sujeito, investidas de pulsões. No movimento por dentro das fantasmagorias ele pode chegar ao que nelas se revela e ao mesmo tempo permanece oculto – inscrito como símbolo à espera de decifração. Nos contos em 1ª pessoa, na autonomia dos fragmentos e na regressividade que vai dos 25 aos 3 anos da personagem, ou ainda na atualidade de um narrador sem nome até seu encontro com a fotografia anterior ao corte dos cabelos, surge como figura viva um menino não contado. A foto do menino com longos cabelos cacheados fora rasgada pelo adulto, mas se insinua como símbolo da completude a que o texto só chega a dar corporeidade em alusões. Insinua-se ao esconder o nome do narrador de "Tempo da Camisolinha", identificado como Juca nos outros três. Insinua-se num vazio, na incerteza que impõe ao leitor quanto à identidade do narrador. Insinua-se ao não poder desvelar-se de todo.

Nas vozes dos narradores em 1ª pessoa, a estilização da oralidade está a serviço do relato de casos que forjaram a(s) identidade(s). Na privacidade de sua vida, os narradores já não detêm sabedoria – e a busca do sentido de suas vivências se configura como a exemplaridade que tais relatos podem ter, em tempos históricos que dissociaram o sujeito e o separaram dos outros.

4

Falas e Corpos nas Narrativas em 3ª Pessoa

Nos contos em 3ª pessoa, não domina o explícito tom dialógico entre narrador e leitor/ouvinte evidenciado nas narrativas em 1ª pessoa, embora o registro coloquial esteja presente na enunciação.

Nas falas das personagens gravam-se suas peculiaridades. Embora subordinadas ao padrão da dominação, contêm traços inalienáveis de cada sujeito. O 35 tem a dicção específica do semiletrado e sua identidade se inscreve também no vocabulário feito de "turumbambas", "drento" e "fuças dum polícia". Os moços do bairro periférico, os trabalhadores do campo e a Mademoiselle letrada e culta diferem também em suas palavras, referenciadas em experiências também lingüísticas muito diversas entre si.

Narradores se diferenciam de suas personagens, ainda que aqueles queiram aproximar-se destas – e isto se revela também nos padrões discursivos a que se dá representação. O 35 (PM) pensa "turumbamba" ao ler nos jornais a palavra desconhecida ("motins"). A diferença dos padrões, no entanto, não impede a consciência de mover-se. O 35, que não domina o padrão culto da língua, aprende, em suas andanças pela cidade, que o Palácio das Indústrias, fingindo a festa trabalhista e impondo a festa patronal, não é o *seu* Palácio; é a "fortaleza enfeitada" onde as forças getulistas querem manter aprisionados os proletários. Sua consciência, vinda da experiência nas ruas, é traduzida em sua própria linguagem, nos torneios de palavras, sintaxes e silêncio, que fazem o desejo de celebração diluir-se no "gesto de desdém".

O narrador, em "Primeiro de Maio", inicialmente também se diferencia de sua personagem pela linguagem, com aspas e correções gramaticais; no decorrer do relato, porém, os indícios dessa diferenciação são eliminados ou mesmo invertidos. Narrador e personagem se aliam na cumplicidade de um mesmo saber, ainda que com vocabulários distintos:

> E ele ficou todo fremente, quase sem respirar, desejando "motins" (devia ser turumbamba) na sua desmesurada força física, ah, as fuças de algum... polícia? polícia. Pelo menos os safados dos polícias (PM, 41).

Em "Atrás da Catedral de Ruão" o procedimento de diferenciação e de identificação das marcas de linguagem de narrador e personagens atinge um ponto máximo de representação. Isso ocorre seja porque o narrador se utiliza de uma diferença gritante de línguas (o português e o francês), seja porque a verdadeira protagonista é a linguagem, espaço onde emergem desejos que, recalcados, retornam em fragmentos e em núcleos fabulatórios.

Desde sua gênese, o conto "Atrás da Catedral de Ruão" nos interessa. Em *O Turista Aprendiz*, Mário conta que, ao chegar a São Paulo de Olivença, durante a viagem do grupo de paulistas ao Amazonas, em 1927, topou com uma professora, "com a idadezinha bem à mostra", que se expressava perfeitamente em inglês. Mais surpreso ainda ficou Mário de Andrade com a confissão "meia melancólica" da professora de que "tinha sido virgem em Londres e Paris, quanto heroísmo"[1].

---

1. *O Turista Aprendiz*, 2ª ed., São Paulo, Duas Cidades, 1983, p. 102.

A SECRETA AÇÃO EXPRESSIVA

O tom picante do registro do turista já lembra o Mário leitor de Freud que desde 1923 conhecia a *Introdução à Psicanálise* e *Três Ensaios sobre a Teoria da Sexualidade*. Da observação nascia não apenas o registro do fato, mas também os primeiros esboços de "Atrás da Catedral de Ruão", a que se dedicaria entre 1943 e 1944. Na fatura literária, a professora real entrevista lá no Amazonas não é mais que uma sombra diante da personagem criada, a inesquecível Mademoiselle, professora de francês, a pobre "velhota" virgem, com seus quarenta e três anos.

O narrador, parodiando ostensivamente o investigador psicanalítico, não sem ironias, compõe a psicopatologia da vida cotidiana de Mademoieselle, pondo em cena uma série de situações em que a sua personagem se revela profundamente motivada pelas complexas forças psíquicas que nela atuam. Narra as pequenas aventuras da mulher, suas conversas com as alunas adolescentes – casos sem casos, aventuras imaginárias e miúdas, marcadas pelo desejo reprimido: conversinhas maliciosas, recordações suspeitíssimas aqui, perigosas confidências ali... até que, no ambiente estalante que se cria nas aulas de francês, eclode o que está encruado no corpo da "velhota". O narrador nos revela, então, sua Mademoiselle em pleno delírio sexual. A professora é invadida pelo que não viveu e, andando pelas imediações da Igreja de Santa Cecília, seu corpo é tomado pelo desejo. E ela apenas sonha, sonha, e espirra, para então, definitivamente só e virgem, retornar a sua pensãozinha e, na tragediazinha de sua vida cotidiana, dar-se conta de sua condição. Esse, em linhas rápidas, o assunto do conto. Assunto "freudiano", que serve de suporte à fatura artística do material.

Com relação à construção da personagem, chama a atenção que a professora de francês não tenha nome. Sua identidade consiste em ser "Mademoiselle": donzela fora do tempo, sem lugar. Ausente da França há anos, utilizando como linguagem o francês que persiste sem atualização, a donzela não tem pátria nem "mátria", e vive no Brasil a ensinar a língua que já fora a sua.

O francês das aulas a aproxima de Lúcia e Alba, duas adolescentes "estalantes de experiências próximas", e desnuda a linguagem da malícia, das "reticências e curiosidades malignas" dos desejos que afluem. Essa linguagem é a *outra* língua em que se instalam conversas cujo referencial está ao mesmo tempo parcialmente oculto e revelado.

Na primeira cena do conto, gestos e falas duplos aparecem nos diálogos em francês. A língua portuguesa serve ao narrador, que assinala os fatos externos, situa-nos na narrativa e devassa os movimentos psíquicos de Mademoiselle, sem misturar-se a eles. No cotidiano aparentemente ingênuo das singelas aulas de francês a moças burguesas, instala-se o aflorar dos desejos recalcados, sem lugar de realização, sempre aspeados – a indicar a outra língua. O primeiro índice disso aflui abruptamente, às primeiras linhas do conto, com o aparecimento do termo "afrosa". O sentimento que domina e identifica Mademoiselle, expresso apenas numa linguagem dúbia – mistura intraduzível de medo, horror, espanto –, desagrada-a profundamente pois parece fazer ecoar algo ao mesmo tempo desconhecido e velho conhecido, jogado para o esquecimento. O que causa esse desprazer descomedido e incongruente são os sinais de desejo do que Mademoiselle não conhece na realidade objetiva mas vive intensamente na fabulação: a presença de um homem imaginário ambiguamente nomeado por ela de *personnage*.

Nessa primeira cena do conto, o narrador mantém distância de suas personagens e intervém analítica e explicativamente para nos situar nesse tortuoso caminho das duplicidades da linguagem e da semiconsciência em que permanece Mademoiselle. Transcrevendo suas frases truncadas e repletas de duplo sentido, registra a presença viva dos desejos reprimidos, manifestos em gestos aparentemente imotivados, em fantasias que invadem a realidade visível em palavras dúbias: " – Il y a des jours où je sens à tout moment qu'un 'personnage' me frôle!" (ACR, 47).

Nesse enunciado, entrecortado pela intervenção do narrador que explica quer a hesitação, quer as reticências evidenciadoras do perigo iminente, quer as risadas falsas e a importância da confidência, a confissão aparece dissimulada. O "nojo despeitado" de Mademoiselle se expressa na entonação que dá ao vocábulo *personnage*, mas ela se trai na ambigüidade do verbo que utiliza: *frôler* significa roçar, encostar de leve, tocar ligeiro de corpos. As pulsões sexuais invadem a fachada artificialmente alvíssima do rosto de Mademoiselle e o rubor trai a presença da volúpia deslocada.

No diálogo subseqüente, desnuda-se o que ainda restava de oculto para o leitor. A adolescente pronuncia *mal* e Mademoiselle ouve *mâle*. Macho e mal se confundem e identificam no universo reprimido da professora que, imediatamente, ao se dar conta do "erro", desculpa-se e profere um outro, mais antigo, que já se inscrevera como marca de sua linguagem pessoal. Ela diz o "je me suis trompée de lisière", enunciado que para a personagem é inocente expressão pessoal. No entanto, o narrador parece saber que, em ambos os casos, a linguagem trai/atrai Mademoiselle, pois nela deslizam, em atos falhos e em atos sintomáticos, os desejos irrealizados que se condensam e se deslocam em outros sinais. São a marca do perigo a que Mademoiselle procura escapar. Mas, como sabe o narrador, não escapa.

De posse da *persona* de Mademoiselle, o narrador historia seus enganos, numa linguagem que alude explicitamente ao "freudismo" em voga nas elites de então. Parodiando o psicanalista, o narrador mostra seus conhecimentos da teoria e se exibe ao aplicá-la, analisando a origem do ato falho "je me suis trompée de lisière" e de seu uso deslocado e compulsivo, o que o transforma em marca repressiva. A origem da expressão "se tromper de lisière" está no cruzamento da situação de Mademoiselle – ou antes, de sua condição de virgem, aos quarenta e três anos – com trechos de uma canção infantil cuja letra se imprimira em sua consciência feminina, no desejo encantado do "reino mágico" do encontro amoroso, encarnado em Lisette e um príncipe disfarçado de simples cavaleiro. Na canção, Lisette encontra-o na "lisière du bois", num cenário idí-lico em que colhe margaridas do campo. Para Mademoiselle, desde a infância até os trinta anos, a fantasia do encontro amoroso se realizava no entoar a canção infantil. Até que

> Um dia porém, sem querer, cantarolando a sua canção, no momento em que alcançou a "lisière", *Lisette* parou sufocada, sem poder mais cantar. O que houve? o que não houve? Mademoiselle ficara assim, boca no ar, olhos assombrados, na convulsão duma angústia horrível. Nem podia respirar. Quando pôde respirou fundo, era mais um suspiro que respiro, e não se compreendeu (ACR, 48, grifo meu).

Revelando conhecimentos do que está definido por Freud como ato falho, o narrador se esmera no entrecruzamento de fenômenos desse tipo: Mademoiselle "esquece" a canção, cria uma expressão substitutiva ("se tromper de lisière", aplicado a todos os enganos posteriores) e o narrador ironicamente finge que comete, ele próprio, um ato falho, ao deixar penetrar o universo da personagem em seu discurso (pronuncia "Lisette", em vez de "Mademoiselle"). Mademoiselle se recusa a lembrar, conscientemente, o desprazeroso de sua condição já que, nessa lembrança da velha melodia, evocaria seus próprios velhos desejos irrealizados. Mas também o narrador, ao "esquecer" que fala de Mademoiselle, confundindo-a com a fantasia que é dela, ainda que intencional e ironicamente contamina-se com a personagem que, por sua vez, projetava-se em Lisette. Assim, com o "apagamento" de Mademoiselle e do narrador, sobra Lisette – a que viveu desejos –, figurando o desejo que, não realizado, continuará a atuar sob múltiplos disfarces.

A SECRETA AÇÃO EXPRESSIVA

Num ciclo de associações, específico a Mademoiselle, esquecer a canção implica reprimir o desejo do encontro com um companheiro, o desejo do ato sexual, e, assim, recalcar sua própria condição de virgem, sem possibilidade de encontro amoroso. Não é casual que ela a tenha esquecido aos trinta anos, quando começava a se inquietar com o fato de ser solteira e virgem; também é sintomático que a tenha esquecido justamente no trecho em que "Lisette" entrava na *lisière* onde se daria o encontro com o príncipe travestido de simples cavaleiro. Na orla do bosque se anuncia a fronteira entre dois mundos, o conhecido e o desconhecido, o permitido e o proibido, mediados pelo crespo das árvores que, metaforicamente, aludem e condensam a imagem do encontro genital.

Reprimir esse desejo é a condição de Mademoiselle e, por sua vez, é essa situação que a determina. Em função disso, o que fora reprimido na vivência e na linguagem desloca-se e ludibria o controle que Mademoiselle julga exercer sobre seus desejos. Retorna sob a forma dos atos falhos e dos patéticos atos sintomáticos, no terrível engano de não ter vivido. Pobre Mademoiselle, sempre cuidando em deixar as rendinhas engomadas da blusinha professoral – alvíssima! – sempre mais crespas, na irônica e de-vassadora alusão ao deslocamento do desejo masturbatório. Sua *lisière* não aponta para nenhum bosque; não é mais que o limite imposto ao seu tecido corporal, revestido de rendas que, como ourelas, amarram-na em si mesma e tutelam sua virgindade[2].

No entanto, também é verdade que, nesse trecho em que narrador e personagem perdem os contornos que os identificavam cada um em sua linguagem, ainda se mantêm as diferenças entre

2. Aproveitamos aqui os diferentes significados da palavra *lisière*: limites, fronteira; ourela de tecido; pano grosseiro para amarrar calçados; tiras que prendem a criança que começa a andar, para que não caia; e, na expressão *tenir en lisière*, "exercer tutela".

eles. A personagem comete o ato falho; o narrador *finge* que o comete, em benefício de uma determinada estrutura narrativa: a que constrói a impressão da afluência do próprio fluxo psíquico. Tanto assim que o narrador continua a ordenar a análise, aspeando as palavras de sua criatura, distinguindo-as de sua linguagem, em português. Tem o poder do domínio do tempo, conhece presente e passado de sua personagem, pode focalizá-la em *close* em meio à sua vivência com as adolescentes e D. Lúcia, a mãe delas. Recorta segmentos importantes do seu passado, chegando mesmo a forçar a nota para marcar o ambíguo enunciado em que retorna o recalcado.

Assim é que se pode explicar a sobreposição, no plano da narrativa que trata do passado recente, de uma historieta mais antiga, guardada nos arquivos da memória da personagem e escolhida a dedo pelo narrador. Trata-se do relato do suposto assassínio no *hall* do hotelzinho. O narrador que o faz atuando em discurso indireto e, resumindo a fala de Mademoiselle, registra os signos da "cartola", do "cavanhaque" e do "fraque", nas insinuações fálicas a que remetem. Mas deixa à *outra* língua e ao discurso direto a enunciação do mais dúbio: *pointu, pointu!* e *pistolet*. O latente vem à tona: "[...] nous entendîmes les cinq coups du pistolet. *Dans le ventre!*[...] Poum! poum! poum! et poum!... [...]. J'ai manqué un poum: çà fait cinq" (ACR, 49, grifos meus).

A representação do deslizamento do reprimido se dá na letra, habilmente construída: entre o *entendîmes* e o *dans le ventre* há diferenças significativas. O uso da língua evidencia duas posições de Mademoiselle que, assim, se revela como dois atores diferenciados. Na primeira oração, ela escuta, do *hall*; na segunda, coloca-se fantasmaticamente dentro do quarto, já que vê/imagina onde penetram os tiros do revólver. O verbo supostamente elíptico não é *viser*, que suporia a preposição *à* (e Mademoiselle não comete erros gramaticais, tão ciosa da linguagem não "egratinhada"...), mas sim *tirer*, justamente aquele que na linguagem popular significa, na expressão *tirer un coup*, manter relações sexuais. *Pistolet* e *ventre* parecem condensar uma imagem metafórica e substitutiva de penetração sexual. Duas sintaxes se imbricam e tornam-se símbolos em que também atua a fusão das temporalidades na língua: o arcaico *entendîmes*, no *passé simple* alheio à linguagem viva da fala, mistura-se ao *dans le ventre!*, coloquial enunciação. Arcaico desejo, sempre reatualizado.

Ainda nesse relato de Mademoiselle, ela recorre ao termo *personnage*, e assim não sabemos se se trata de uma fabulação ou do relato de um fato objetivo – pois essa palavra fora utilizada por ela mesma ao referir-se às suas fantasias. Também não sabemos se é relato de assassínio ou de violação.

Deixando a personagem expressar-se em sua própria linguagem, o narrador dela se diferencia, montando um sutil e articulado emaranhamento entre sexo e violência. *Poum* associa-se a descarga e alívio, signo escatológico e sinal simbólico do orgasmo apenas imaginado por Mademoiselle. A ela, que só ouve objetiva ou fantasmaticamente o *poum!*, cabe apenas a emissão do "atchim". Novamente dois fatos se misturam, vindos de tempos diferentes, engatados pela mesma ânsia de descarga. O "atchim", substitutivo de um outro desejo – o *poum!* –, lhe vem do voyeurismo praticado todas as noites, espreitando os gatos, com os olhos, ouvidos, "a cara toda enfim", e escutando o seu "esperanto fácil". Dessa linguagem universal, de gemidos e sexualidade, Mademoiselle compartilha apenas com um pedaço de si, deslocado: ouvidos, olhos, palavras e sons que emitem ânsia e alívio, toscamente parciais.

O narrador, distanciado dessa linguagem mas dela conhecedor, é profuso nos exemplos que se encadeiam: conversas sobre grumete, que é *mousse* em francês, palavra com tantas outras significações possíveis: algo pouco penetrante; excremento. O *mousse* do relato das meninas contém ambiguamente múltiplas e maliciosas alusões. É justamente a partir desse relato que nova palavra se incorpora ao vocabulário passivo de Mademoiselle: *frotter*, que significa esfregar, mas, pronominalmente utilizado, tem a conotação ambivalente da carícia ou do ataque corporal. Esse verbo não será pronunciado por Mademoiselle, mas engendrará em seus devaneios fabulações em que encostar, desejar e atacar se fundem. Sonha o *frotter*, ainda que se permita apenas a pronúncia do mais ambíguo e menos comprometedor *frôler*: "Ela sentia masculinos 'ces personnages' que a frolavam no escuro do quarto, na fala das meninas, na desvirginação escandalosa das ruas" (ACR, 51).

Assim como as meninas que mencionam o ambivalente *tarlataner*, o narrador também enreda e cruza os fios da tramóia em que os desejos envolvem Mademoiselle, numa relação com as palavras que intencionalmente exagera a conotação sexual, e assim redescobre seu próprio prazer. Brinca com os signos, mostra que, ao reconhecer na personagem o cuidado de não utilizar o ambíguo termo *constipation* (que em francês significa inequivocamente prisão de ventre), conhece a referência escatológica ao prazer de reter, alvo das primeiras proibições no desenvolvimento da sexualidade infantil, fixação e regressão para quem não viveu outras penetrações. Ainda que reprimido, o prazer de Mademoiselle permanece, mesmo porque ela procura não indicá-lo evitando a palavra *constipation* que, então, penetra no dicionário íntimo de suas obscenidades e perversões particularíssimas – retorno a tendências primárias de auto-erotismo. Mademoiselle insiste na palavra *bronchite*, e o narrador sabe que ela pensa "'constipação', pxx!".

O narrador que se esmera no entrecruzamento dos fios distancia-se e chega mesmo a diagnosticar o caso clínico de que se encarrega: trata-se de "cio", um "vendaval de mal de sexo". Diagnostica a necessidade sexual excessiva e a aversão sexual exagerada (e, creio, basta lembrar como sua linguagem se tece de malícias, marcadas pelas interrupções, pelos silêncios em "pxx"), também ele intencionalmente exagerando para, sem que seja preciso nomear o quadro patológico, modelarmente configurar Mademoiselle num caso típico de histeria.

Devassa atos e intenções de sua personagem, num movimento que parte do presente e tem de retornar ao passado para que se entendam as fixações e os significados peculiaríssimos que Mademoiselle atribui às palavras. Assim ocorre com o "derrière la Cathédrale de Rouen", expressão que marca o que é ao mesmo tempo proibido e desejado. Esses signos indicam o devaneio sexual, fazendo despontar a "outra cara"[3]. Não só a fantasia está escondida e se revela por detrás da fachada; também os atos prazerosos se dão "atrás" das aparências, como forma única de realização.

Bastante polissêmica, a expressão "derrière la Cathédrale de Rouen" funde diversas conotações. Por um lado, lembra a expressão popular do encontro "atrás da igreja", índice malicioso de exercício da sexualidade, que profana o proibido; deslocado para a língua francesa, esse índice dissimula-se e significados ainda mais proibidos deslizam. Assim, passa também a remeter para a expressão literária: em *Madame Bovary*, de Flaubert, a cidade de Ruão é um dos lugares desejados por Emma, por representar luxo e prazer, a antítese do mundo em que vive. O cotidiano medíocre em que decorrem seus dias, seja em Tostes seja em Yonville, ilumina-se apenas quando algo lhe chega de Ruão; é de lá que lhe vêm as roupas, os livros, o teatro e também o romance com seu segundo amante, Léon. Na catedral de Ruão, onde pretende negar-se a amores adúlteros, Emma acaba por ser "raptada". A Catedral, em que Emma quer evitá-lo, torna-se o local de passagem para o adultério. Erotizada, essa catedral suspende o desejo dos amantes e o excita, para que, distendido ao máximo, tome livre curso no trotar de uma carruagem que, das 11 às 18

3. Em "A Metáfora", Octavio Paz trata do "cu" como "a cara recalcada do corpo" e retoma as oposições entre o princípio do prazer e o princípio da realidade (*Conjunções e Disjunções*, São Paulo, Perspectiva, 1979, pp. 9-22).

horas, atravessa a cidade e, recenseando as ruas, dá nome escamoteado à efetiva realização do desejo. Nessas cenas Flaubert dá expressão ao que em sua correspondência chamou de "mousses de moisissure de l'âme".

Além dessas referências (a popular e a culta, imbricadas), não se pode deixar de notar que Ruão é, na história da Guerra dos Cem Anos, o território em disputa, em que, posteriormente, Joana D'Arc – *La Pucelle d'Orleans* – foi queimada. A "santa"/virgem, considerada "bruxa" pelos inimigos, morre, e então se perpetua como símbolo do que resiste. Tal como Joana D'Arc, a que o nome Ruão se associa, o corpo de Mademoiselle é um território em disputa, na luta entre dinâmica pulsional/dinâmica social e moral. A esse respeito, lembre-se que Joana D'Arc foi canonizada nos anos 20, e sua história, portanto, estava bastante vívida quando Mário de Andrade iniciou a fatura do conto (1927).

Na expressão utilizada aqui, acredito que se cruzam todas essas virtualidades de significação, num jogo em que aparece a consciência criadora de Mário de Andrade e também aquilo que, no deliberado cacófato, a trai: o seu desejo se inscreve, longinquamente, com o sinal advindo do modelo da literatura realista do século XIX, nessa alusão a *Madame Bovary*, e indiretamente profana a figura que a igreja acabara de canonizar.

Na seqüência do conto, temos o estranhamento de Mademoiselle com relação ao fato de um casal de operários se dar a mão em plena rua, às claras, em riso aberto. Diante dessa manifestação imprevista do "esperanto", que para ela é sempre noturno e se traduz em sons audíveis mas em gestos apenas entrevistos, Mademoiselle é apresentada com o rosto grotescamente deformado. A calmaria retorna apenas com a definição traidora de que tais atos são *"cochonneries"*: contatos físicos, "s'embrasser sur la bouche", "une chair vive contre une chair vive, pxx!"[4]

4. Neste conto que realiza a "psicopatologia da vida cotidiana" de Made-

A SECRETA AÇÃO EXPRESSIVA

O narrador poderosamente seleciona o vocabulário especial de sua criatura, recolhendo de seu movimento psíquico as expressões "se tromper de lisière", "derrière la Cathédrale", *cochonnerie*, *frôler, personnage*. Estranhamente, porém, ele parece ter dificuldade para situar o tempo dos acontecimentos. Sabe-se que houve um momento em que Mademoiselle "esqueceu" a canção, sabe-se que houve conversas maliciosas versando sobre as viagens das adolescentes, sabe-se que "três dias antes" sucedera o caso dos operários. Mas, por mais que o narrador assinale o tempo com indicações precisas, o centro temporal a partir do qual se narra permanece indefinido. O conto inicia-se num "agora" e finaliza num "agora" bastante posterior ao primeiro, e ambos já concluídos. Trata-se de algo que, atual ou antigo, está sempre presente.

Assim, na composição da narrativa que fala num retorno permanente do reprimido, também os fatos parecem se situar mal numa seqüência cronológica linear. O antes e o depois servem à reatualização do mesmo. Se o narrador mantém, até certo momento, o domínio sobre sua personagem, distinguindo-se de sua linguagem, quando realiza a ordenação temporal perde a delimitação precisa.

E justamente aquilo que não se doma – pulsões sexuais transferidas – e é estilizado pela linguagem ordenadora do narrador, é transformado pelo trabalho estético e dá forma ao conto. Assim, o que surge em aparência como perda da ordenação linear da narrativa, justamente por isso é expressão do poder máximo da literatura: engendrar palavras vivas, umedecidas com o material vis-

---

moiselle é curioso observar que a palavra *cochonnerie* também aparece na tradução francesa de "Os Atos Falhos" (de *Introdução à Psicanálise*), quando Freud dela se vale para exemplificar a manifestação e o deslizamento do reprimido. Isso pode corroborar a estreita relação entre narrador/psicanalista, já observada no início desta análise, uma vez que não parece casual – ato falho? – a repetição da palavra de Freud em um texto criado por um leitor de Freud em que se dá voz a um narrador conhecedor da teoria psicanalítica.

guento de que tratam. A plasticidade da linguagem literária dialeticamente amolda-se a esse material, dando representação à dinâmica pulsional que atua para fora dos limites da delimitação temporal, o "sempre" reprimido.

Nas cenas de rua, Mademoiselle não apenas deseja como também vê o que deseja; seu impulso se impõe sobre ela e realiza satisfação fantasmática e angustiante. O narrador a devassa nesse momento e aí então se revela, mais do que antes, a fragilidade da separação dos discursos. Os verbos se atualizam, os monólogos interiores se tornam dominantes, sem distinção da passagem da voz do narrador para a consciência da personagem. Nos dois flagrantes então encenados – um em certo dia, outro em outro dia; um durante a tarde, outro à noite –, fala-se do mesmo ato: caminhar para o *derrière*, avançar na ousadia de representar Mademoiselle invadida pela pulsão sexual.

A linguagem da personagem, o francês aspeado ou o dos diálogos ambíguos, concentra-se. As várias peças espalhadas no léxico da protagonista, e selecionadas numa espécie de irônico repertório clínico do narrador, são ajuntadas nas duas alucinações: o *se frôler*, a história do assassínio, o *personnage*, o "afrosa" – todos esses termos se combinam na vivência do "sonho diurno", em que, já com a noite perigosamente avançada, atuam fabulações compensatórias, sobredeterminadas por fantasias anteriores. O narrador, por sua vez, não se distancia mais de sua criatura, simulando perder, ele também, o domínio sobre sua linguagem: o francês se aportuguesa, literalmente. O discurso da personagem invade as palavras do narrador:

> [...] chega *o medo* horrível, mil braços que a enforcassem, mil bocas, "une chair vive contre une chair vive", lhe rasgam a blusinha, *no ventre!* e ela tropeça sem poder mais (ACR, 55, grifos meus).

No clímax da narrativa, entre as 20 e 21 horas de um dia qualquer, todas as fantasias acumuladas se realizam fora de tempo, lugar e voz. Ao perceber que a noite avançara, e mesmo antes de sair da casa de D. Lúcia, a professora é tomada por devaneios sobre o que poderia ocorrer-lhe no bonde. A seguir, fica à mercê da força primária do desejo sexual, que lhe rouba a consciência e institui seu poder fabulatório sobre ela. No bonde e andando no *derrière* da Igreja de Santa Cecília, a linguagem que dá corpo ao relato já não é mais, então, nem a do narrador, que aspeava e se apropriava ironicamente da linguagem maliciosa de sua personagem, nem a de Mademoiselle. Antes, parece dar representação à voz deslocada dos desejos. Não é casual que um de seus primeiros sinais seja a palavra "kidnapar", em que se insinua uma terceira língua. No delírio que começa a se formar, Mademoiselle é também *kid*, criança ainda com esperanças de vivenciar os desejos, embora para isso tenha de ser raptada da máscara social que recobre a fêmea. A ciosa professora de francês, que não admite estrangeirismos, emprega em sua fantasia uma outra língua, raptada ao inglês.

Nesses trechos de clímax, em que o texto dá forma ao delírio do desejo, o narrador, misturado a sua personagem, já não organiza distanciadamente o relato. O narrador pleno, agora, é a voz dessa personagem oculta, a representação da pulsão — e também aqui se revela a maestria da elaboração estética. No deslocamento da arcaica Catedral de Ruão, cenário matriz das velhas fantasias eróticas de Mademoiselle, para a Igreja de Santa Cecília, o desejo permanece atuando, no gozo de ocupar todos os espaços, todas as vozes:

> [...] chegou no largo de Santa Cecília. Seguirá reto? É só atravessar o largo pela frente da igreja e, uns cem passos mais, a porta salvadora da pensão... Mademoiselle sabe disso, decide isso, quer decidir isso, mas agora é tarde, os passos a contrariam e a conduzem *atrás da catedral de Ruão*. É um silêncio de crime, o bairro dorme em paz burguesa. Mas tinha que suceder. Duma das ruas que desembocam na curva da abside, saltam dois homens, *"avec une barbe?"* não viu bem, mas "très louches", que se atiram a persegui-la.

Atchim! que ela explodiu, exagerando o grito de socorro com volúpia. [...] E atchim! ela repetiu mais uma vez, sem vontade nenhuma de espirrar, ameaçadora, se escutando vitoriosa no deserto da praça. *Poum... poum... poum...* Os dois perseguidores vinham apressados, passo igual. E o som dos sapatões possantes, eram possantes, devorava o atchim espavorido da *pucela* (ACR, 58, grifos meus).

Nessa outra língua que une narrador e personagem, os contornos se diluem e tudo é contado na "meia-língua", eivada de metáforas suspeitas. O "atchim" da ação objetiva é e esconde, ao mesmo tempo, o *poum* prazeroso e escatológico, o avançar da realidade imaginária. Os signos "*poum... poum... poum...*" são, ao mesmo tempo, a marca do avanço dos homens na noite e o desenrolar fantasmático do desejo que sonha em encontrar via de realização.

O pedaço da cidade apreendido por esse olhar que atravessa e une Mademoiselle e narrador é todo ele proibidas "catedrais desmoronando", multiplicadas em vertigem. A própria igreja de Santa Cecília transfigura-se como catedrais fantasmáticas – condensação de proibidos desejos –, espaços eróticos, símbolos acumulados de falos. Nomeados com francesismos (os "coruchéus" que despencam em "linha reta sobre ela" e os "arcobotantes" que, agitados, se enrijam), ou representados como objetos penetrantes e sonoros percorrendo os ares em busca de nichos sagrados, tanto mais tentadores quanto mais proibidos e menos profanados (em a "flecha zuninte da abside"), esse falos multiplicados se cravam no espaço da cidade e mais especificamente da igreja como corpos em ereção e em movimento de penetração. Símbolos de um desejo que só pode ser vivido, mesmo na fantasia, como profanação contra a qual a personagem Mademoiselle disfarçadamente imagina/simula lutar:

[...] o crime seria hediondo porque ela havia de se debater com quanta força tinha, só a encontravam no dia seguinte desmaiada, as vestes rotas, sangrentas, o que diriam as meninas! muito sangue, poum... poum... já lhe punham, se lhe pusessem as mãos gluantes nos ombros, ela havia de berrar.

A SECRETA AÇÃO EXPRESSIVA

Afinal um dos homens agarra-a pelo pescoço. Mas segura mal. [...] Mas o monstro agora alargava muito o passo e ela percebeu, a intenção dele era estirar a perna de repente, trançar na dela bem trançado e com a rasteira ela caía de costas pronta e ele tombava sobre ela na ação imensa. Porém ela fez um esforço ainda, um derradeiro esforço, deu um pulinho, passou por cima da perna e aqui ela chorava. Quis correr, não podeia, porque o outro monstro veio feito uma fúria, ergueu os braços políticos e espedaçou-lhe os seios que sangravam. Mademoiselle deu um último gritinho e virou a esquina (ACR, 59).

Nesse espaço fantasmático, o erotismo reprimido surge, em seu clímax, nos objetos que se colocavam a serviço da repressão. Identificada ao espaço da igreja, Mademoiselle é o corpo sagrado, porque não conseguiu ser profanado, e se identifica projetivamente com a abside, centro do corpo da igreja. O arcaico desejo, simbolicamente nomeado como a medieval Catedral de Ruão, lavra a sua escavação para fora e se inscreve em signos arcaicos – a "pucela" –, similarmente aos velhos desejos que retornam vívidos ao corpo já velho de Mademoiselle.

Mas é esse corpo que a conduz para casa e a faz reaprender a dimensão da realidade objetiva. Coincidindo com o retorno à "normalidade", a voz do narrador reassume o controle, repetindo compulsiva e ritmadamente as suas frases:

[...] Mademoiselle deu um último gritinho e virou a esquina.
Mademoiselle virou a esquina da sua rua. Mademoiselle virou a esquina. Sua rua (ACR, 59).

As linguagens se diferenciam e o narrador retoma o tom da ironia, parodiando sua própria criatura:

[...] ela teve que atender ao tiroteio dos espirros. E foram atchim, atchim, atchim e atchim. "J'ai manqué un atchim, n'est-ce pas?" (ACR, 59).

Compreende sua personagem nos movimentos psíquicos que fizeram dela o espaço povoado pela linguagem das pulsões e, ao finalizar, utiliza, ele próprio, uma última metáfora suspeita, um último francesismo: as ilusões "ecruladas", transformação da imagem da potência em impotência, desmoronamento. O conto termina com a *outra* língua que une narrador e Mademoiselle e que no início se apresentara como o que distinguia, caricaturalmente, um do outro.

Contaminados pelo espaço fantasmático do desejo, projetados no terreno da criação literária, narrador e personagem retornam a si mesmos para, por via da mão de seu criador, nos lembrarem que, nos desvãos, nos sons e silêncios da linguagem, se dá lugar ao retorno disfarçado do reprimido. A linguagem literária aqui não se conforma a apenas dar forma ao que falta. Quer mais e, munindo-se do instrumental psicanalítico, aponta para a cisão do sujeito – sua máscara, sua face. Constata um outro em nós, na dominância das pulsões.

O Mário de Andrade, surpreso em 1927 por encontrar a heróica virgem de Londres num cenário amazonense, surpreende ainda mais a nós, que lemos o recalque se inscrevendo na vida social e individual, e vemos as pulsões, que movem todas as falas, deslizando e retornando à linguagem – nos equívocos, nas duplicidades, nas interrupções e traições do discurso.

O Mário de Andrade leitor de Freud, criador de Mademoiselle, se revela aí, no ato de dar corpo a uma personagem que não se sabe equivocada e que vivencia devaneios escatológicos na cidade erotizada. Mademoiselle parece estar perigosamente próxima de seu narrador – que tão bem a conhece – e também de seu criador, ele próprio enunciador lírico de desejos deslocados, como se pode ler em "A Costela do Grão Cão", de *Grão Cão do Outubro*, ou no poema "As Cantadas" – no registro da chegada do autor ao Rio de Janeiro, cidade que lhe aparece com as tintas eróticas de quem quer, mudando de lugar, dar corpo ao desejo de fusão:

Penetro as fendas dos morros
Desafogos de amor, jorros

A SECRETA AÇÃO EXPRESSIVA

De sensualidades quentes,
Ai, ares da Guanabara,
Sou jogado em praias largas,
Coxas satisfeitas, feitas
De ondas amargas.
Ai, que eu vou me calar agora,
Não posso, não posso mais[5].

O movimento, radicalmente realizado em "Atrás da Catedral de Ruão", está presente também nas outras narrativas em 3ª pessoa. Parece indicar que a voz do narrador, diferenciada da de suas personagens, ganha corpo e o cede aos corpos, gestos e falas de seus protagonistas – e todos eles são invadidos pelas pulsões que os unem, no hiato entre a esfera íntima e a máscara pública. Paradoxalmente, o poder máximo da linguagem desse narrador está no entrecruzamento de sua voz à do outro, para apontar as incompletudes e os desejos deslocados e para dar representação ao que rouba os corpos e a identidade inequívoca.

5. *Apud* M. W. Castro, *Mário de Andrade. Exílio no Rio*, cit., pp. 92-95.

5

O Corpo Literário

Em "Nelson" está em causa o poder da voz e do conhecimento possível sobre o outro. O conto se inicia por um diálogo no bar – ponto de encontros, ponto de conhecidos –, a respeito de uma estranha personagem:

– Você conhece?
– Eu não, mas contaram ao Basílio o caso dele (N, 94).

Desde aí se nota que o "caso contado" adquire papel importante no desenvolvimento da ação e na caracterização estilística. Fundado no "ouvi dizer", o conto dará representação às histórias contadas sobre o sujeito desconhecido e estilizará a fala e os modos de enunciação de diferentes narradores orais, sentados à mesa do bar:

– [...] Diz-que foi até bastante rico (N, 95);
– [...] sei...Sei o que me contaram (N, 97).

O sujeito, anônimo, alvo da curiosidade dos rapazes, será investigado pelas vozes que sobre ele discursam e que figuram a invasão sobre os limites fechados de seu corpo, infenso à participação na conversa. Sua identidade é o móvel em torno do qual gira a ação, que consiste no relato de vários relatos sobre ele. À volta de sua imagem, as vozes, porém, não contarão mais do que pedaços de histórias, e a identidade do suposto Nelson permanece para além delas. A história são *versões de história*: a do Alfredo, a do quarto rapaz, a de Diva e também a do narrador. Cada voz instala um núcleo narrativo, um modo de narrar, uma linguagem – e também uma impossibilidade de apreender o sujeito.

A primeira narrativa, de Alfredo, funda-se em outro relato, o de Basílio, "que sabe a história dele bem", e conta um caso de amor. O homem, de Mato Grosso, apaixonara-se por uma paraguaia e com ela vivia em sua fazenda. Passara todos os bens para seu nome, dava-lhe presentes caríssimos, mas, apesar do amor forte entre os dois, a moça entristecia. Após uma viagem ao Paraguai, ela, que voltara alegre, começa a se comportar de modo estranho.

Neste ponto a história de Alfredo se interrompe, pois, marcada por uma linguagem de desvios e interrupções que visavam a instigar a curiosidade, irrita os ouvintes:

– [...] adivinhem pra o que ela deu!...
– Ora, deu pra ler as revistas!
– Não!
– Deu pra ficar triste outra vez.
– Não!
– Se acostumou...
– Não!
– Ora[,] foi ver se você estava na esquina, ouviu!

Os rapazes estavam totalmente desinteressados da história do Alfredo (N, 96).

Com a pretensão de conhecer "a história dele completinha", a narrativa de Alfredo se suspende e não apresenta mais que um caco da história; sua fala, que se compõe de interrupções, é alvo do corte de seus ouvintes.

A SECRETA AÇÃO EXPRESSIVA

O segundo fio narrativo e o segundo modo de narrar surgem com a garçonete Diva, que, no entanto, se nega ao relato. Suas frases iniciais não são mais que negações – um "Nada!" agressivo, ou o " 'Não', 'Não sei!' " – de um segundo núcleo fabulatório que se instala no conto e persegue a estranheza do homem, explicitada, neste passo narrativo, nas mãos do sujeito, que as esconde.

A terceira voz do relato pretende elucidar o mistério dessas mãos. Sem interrupções, a fala contínua e longa do "quarto rapaz" não pretende provocar curiosidade mas, ao contrário, eliminá-la, relatando direto ao centro do interesse: a mão mutilada e sua origem. Essa outra versão em nada se conecta à anterior, de Alfredo: o desconhecido se envolvera numa luta entre facções do exército e revolucionários, à beira de um rio. Mergulhando para não ser visto nem ser morto, acabara matando seu oponente nas águas. No entanto, para sobreviver e sem poder surgir à superfície do rio, deixara-se mutilar por uma piranha que lhe devorara parte da mão esquerda.

Apesar de essa história se completar e elucidar a estranheza atual do comportamento do desconhecido – sempre escondendo as mãos – a presença física do homem é mais forte que o relato sobre ele. Algo ainda se furta à explicação e isso faz retornar a voz interrompida de Alfredo. Ao retomar o fio narrativo, seu estilo se altera, feito agora de afirmações sem desvios. Alfredo tenta retomar seu poder, ao mudar a dicção e ao incorporar a história do outro rapaz à sua, criando relações de causalidade: o homem se envolvera na luta política por causa do desvario em que ficara após o abandono amoroso. Após a viagem a Assunção, a paraguaia destruíra seus próprios bens pessoais e, como índice da motivação de seu gesto, deixara intacto um livro que denunciava o genocídio do povo paraguaio realizado pelo povo brasileiro durante a Guerra do Paraguai e inscrevera "Infames!" na última página do capítulo sobre a guerra.

As duas falas constroem duas histórias muito diferenciadas, apesar do ponto de contato articulado por Alfredo e apesar de terem nascido de um mesmo objeto. Mais que isso, rivalizam entre si: a de Alfredo centra-se no enredo amoroso; a do quarto rapaz, no social, na luta política. Os casos contados de boca em boca não se integram sem disputa e põe-se em causa a autenticidade das versões:

– Ah, não! isso não deve ser verdade senão o Querino me contava!
– Por que que só o Querino é que há de saber!
– Ele entrou vários dias na casa pra instalar o gás, já falei!
– Uhm... (N, 102).

Na seqüência narrativa, retorna a voz de Diva que, ao afirmar que tudo aquilo "era mentira muito besta", instala a dúvida e impõe a hesitação de quem conhece e não quer falar. Novo núcleo e nova história se insinuam: o homem não quis manter relações sexuais com Diva, o que engendra nos rapazes a hipótese de algum problema, de ordem sexual:

– Isso de delicadeza... deve ser é algum viciado, vá ver que não é outra coisa (N, 102).

A quarta voz, subjacente a todas as outras – a voz do narrador onisciente neutro –, assume então a condução do desenvolvimento do enredo. No texto que imitava a fala dos contadores, institui explicitamente o escrito. Seu poder de onisciência permite-lhe registrar as falas dos personagens, intercalar-se entre elas, modificar os focos de luz, deslocando-se em direção aos movimentos que ocorrem no bar, ora com o desconhecido, ora com um dos quatro rapazes que conversam, ora com Diva. Permite-lhe também expulsar os rapazes do texto e sair do bar com o homem. Anulado em sua visibilidade, o narrador exercita seu poder de a tudo assistir, sem ser visto, transformado em "ninguém":

A SECRETA AÇÃO EXPRESSIVA

Olhou em torno e não tinha *ninguém*. Certificou-se ainda se *ninguém* o perseguia, mas positivamente *não havia pessoa alguma* na rua morta [...] (N, 103, grifos meus).

O narrador confirma a mutilação da mão do homem, pois a vê, e dá a conhecer o estranho comportamento do sujeito, escondendo-se e sentindo-se perseguido também na rua. Pinta o espectro quase desumano do homem mutilado, mutilando-o também na descrição: mostra-o apenas no rosto sombrio, nos passos mecânicos. Sua imagem corporal, grotesca[1], condensa-se num enigmático sorriso:

[...] quase esgar, apenas uma linha larga, vincando uma porção de rugas na face lívida (103).

O poder do narrador, porém, *não resolve* o mistério. Seu relato se torna mais um que se soma aos outros, busca conectar as várias outras histórias, mas isso não resulta em decifração e totalidade. A constatação de que a mão do homem era de fato mutilada não só não resolve o enigma como o aumenta, pois o narrador parece ver que importam não apenas as mãos do homem ou seu estranho comportamento de esconder-se. Mais misteriosa é a atitude desse homem, de espreitar, e com prazer desmesurado, a cena banal em que um guarda repreende três operários barulhentos na madrugada de sábado. O homem que busca ver sem ser visto tem prazer em espreitar e o ato lhe traz ânsia; olhar, escutar e esconder-se o reanimam, e seu corpo, há pouco quase mecânico, ganha vida nesses movimentos de tomar posse de um conhecimento. O enigmático homem, o suposto Nelson, construído sob a aparência da mão que se esconde e da revelação da mão mutilada, não fora apreendido

1. Cf. M. Bakhtin, *La Cultura Popular en la Edad Media y en Renascimiento*, Barcelona, Barral, 1974, cap. V.

ou decifrado. Ele é, agora, olhos que espreitam. Sem unidade corporal, permanece: olhos-só, o sujeito parece escapar à compreensão do narrador.

Depois que guarda e operários se vão, o desconhecido fica "calmo" outra vez. No cenário vazio da rua, seus gestos voltam a ter placidez e ele retoma o seu procedimento que, antes estranho, agora surge como habitual: o que se disfarça, o que se esconde, o que se tranca:

[...] se dirigiu quase num pulo para a porta, abriu-a, deslizou pela abertura, fechou a porta atrás de si, dando três voltas à chave (N, 105).

Atrás da porta, permanece o misterioso sujeito de cuja história e de cuja identidade não se sabe mais do que aquilo que instiga: versões a que se apõe, apenas no título, um nome, "Nelson". A voz do narrador se cala porque, diante do homem que se fecha, ela perde o poder e a onisciência. Atrás dela, atua a consciência criadora que lança mão de diferentes narradores para representar e preservar a imagem inquietante do sujeito enigmático.

Assim todas as vozes do conto ficaram à volta do desconhecido e revelaram-se incapazes de decifrar o mistério, pois dele não se soube mais do que versões incompletas. No conjunto, as falas cujo alvo era a apreensão do significado dessa personagem, estilhaçaram-se e revelaram-se apenas como sinais – marcas do desejo de explicá-la, marcas que disfarçavam o temor em curiosidade e loquacidade. O homem mutilado, o suposto "Nelson", escapa a todas elas e só se mostra em seus pedaços, até no anagrama imperfeito que o nomeia.

No limite, "Nelson" questiona radicalmente a possibilidade de um apreender o outro; de uma versão, ou de sua somatória, dar conta do significado. A própria ficção se desnuda como imitação da vida que já não apreende a totalidade da significação.

A SECRETA AÇÃO EXPRESSIVA

A personagem, ser *ficcional*, ser *de linguagem*, desvenda-se como convenção que formaliza literariamente o destino histórico de nossas impossibilidades de conhecer o outro. O protagonista de "Nelson", cuja corporeidade se apresenta aos outros, torna-se explicitamente pura constituição verbal: ele *é* o que *falam* dele. Além disso, essas falas múltiplas de Alfredo, do quarto rapaz, de Diva e do narrador, por mais que o tentem, não conseguem apreender a totalidade a que ele dá corpo com sua mutilação. Sua figura sombria projeta fantasias e fantasmas. Além disso, as vozes que tentam apreendê-lo quase não são mais que um nome, uma identificação precária, pedaços de seres ficcionais. E elas próprias surgem como figuras da mutilação, pois se mostram impotentes para, mesmo em suas pluralidades, circunscrever o indivíduo em sua totalidade significativa. O homem, suposto Nelson (seu nome é um arbítrio do título, no texto que não o nomeia a não ser aí), escapa a essas falas: a imagem instiga, mas não desvenda a pessoa. As vozes de Alfredo, do quarto rapaz ou de Diva tentaram fazê-lo; e a voz mais poderosa, a do narrador, que dera lugar e existência a todas as personagens, cala-se diante do ser que fecha a porta atrás de si, impermeável a qualquer decifração.

Está em causa, em "Nelson", uma versão do paradoxo da narrativa contemporânea: para permanecer fiel a sua herança realista, renuncia ao realismo que só reproduz a fachada[2]. A narrativa que se entrega à apreensão externa dos fatos resulta em impotência da apreensão do sentido da vida, que se tranca obscura e enigmática atrás da porta, para além das vozes. No entanto, se a vida não se revela de todo na aparência, simulando corpo fechado, não totalmente apreensível pela literatura, o narrador percebe e escreve sinais cifrados que a tornam identificável. A mão mutilada e os olhos

---

2. Cf. T. W. Adorno, "Posição do Narrador no Romance Contemporâneo", cit., p. 270.

espreitadores permanecem como símbolos cuja ressignificação (re)atua em cada leitor. Adiando indefinidamente a resolução do enigma de "Nelson", o texto se recusa à mentira da representação, que julga crível conceber o indivíduo como integridade explicável. Lança novas questões, recusando a morte da narrativa enquanto tal: suscita outras vozes a desafiar o que fica inscrito como desafio. A mão mutilada e os olhos espreitadores permanecem, e irão retornar, também à análise.

III

O Estratagema da Palavra

1
Os Bastidores Vêm à Cena

As diversas histórias de *Contos Novos* estão tramadas de modo tal que um mesmo fio furtivo parece entrecruzá-las. No plano temático, as narrativas de homens quaisquer sugerem um conjunto de significações em que se grava o embate das forças primárias do desejo com forças que as interditam. Se em algumas delas, como os contos em 1ª pessoa ou "Atrás da Catedral de Ruão", os sinais do desejo estão representados na esfera da vida íntima, em outras a superfície aparente do texto não os revela, embora esbarre em imagens enigmáticas que fazem ressoar um insólito *outro* sentido, como a mão mutilada de "Nelson".

Nesses contos, rompe-se a linha divisória entre bastidores e palco; nas cenas narradas, às vezes ostensiva às vezes sutilmente os personagens se traem em desejos reprimidos, e as histórias abrem-se em lacunas. Rompem-se as relações de causalidade entre os fatos, e, ainda que as circunstâncias da vida exterior permaneçam idênticas, algo fundamental se altera no âmbito da consciência, ou antes, da pré-consciência, indiciando uma possibilidade de transformação. As histórias, então, escrevem os movimentos do desejo, numa representação que se quer estilização da linguagem do pré-consciente. Nem sempre inscritos na fábula, os sentidos latentes se urdem na trama, no olhar que observa a vida e na voz que a conta[1].

1. Sobre a distinção fábula/trama, cf. Tomachevski, "Temática", em Eikhen-

Em "O Ladrão" esses procedimentos podem ser divisados de maneira extremamente significativa, e um dos motivos para isso é estar baseado numa fábula bastante simples em que o tema do desejo – especificamente o sexual – surge de forma difusa ou, no máximo, localizada em um momento da ação. À trama, porém, interessa desentranhar a corrente subterrânea dos personagens, à Tchékhov. O acontecimento quase esvanecido – o "conto de ambiente, desses 'sem caso'", como dirá Mário de Andrade[2] – é o pretexto para que se arme a intriga e se desvende a tramóia em que os personagens são apanhados.

A fábula se resume ao fato de um grupo se formar para perseguir um ladrão e, duas horas depois, estar desfeito. No plano da trama, porém, a banalidade do acontecimento é subtraída desde o início, porque a cena irá se desenvolver no hiato entre o dia e a noite, no intervalo que suspende o sono e instala uma vigília forçada. A importância desse caráter de hiato está diretamente relacionada ao universo social referido no conto e à opção pela "procissão dos seres" comuns a que se refere Mário de Andrade[3].

Trata-se de um flagrante num anônimo bairro de trabalhadores em que os sujeitos estão desprovidos de grandiosidade. Sua identidade parece residir de início no fato de se constituírem como indivíduos semelhantes, um grupo social historicamente determinado: trabalhadores que moram num bairro típico, periférico, com o inevitável cortiço – na confusa e precária comunhão de bens dos despossuídos –, casas operárias, sobradinhos de "burguesia difícil", na reprodução das diferenças sociais em espaços

---

baum e outros, *Teoria da Literatura. Formalistas Russos*, 2ª ed., Porto Alegre, Globo, 1976, pp. 172-184.

2. *Cartas a Murilo Miranda*, Rio de Janeiro, Nova Fronteira, 1981, p. 91.
3. Carta a Amando Fontes, em *71 Cartas de Mário de Andrade*, cit., pp. 50 e 51.

contíguos. Nesse aspecto, "O Ladrão" se constitui como registro histórico-literário da vida dos trabalhadores assalariados de meados da década de 30 (quando da primeira versão do conto) e 40 (quando da segunda e terceira versões). A vida urbana aqui representada já assinala as condições que o crescimento fabril trouxera à cidade, com nova leva de inchamento, que faz proliferar bairros distantes e acentua a desigualdade social.

Como símbolos da cidade moderna circulam pelo bairro o bonde que conduz para o trabalho e o Ford dos "ricos" da região. O guarda que ronda encarna a defesa da propriedade privada, em nome da qual toda a comunidade será convocada, no meio da noite.

Os habitantes do bairro surgem como tipos: o português das galinhas, a preta, a "mocetona" *vanity-case* de metalzinho esmaltado na mão", a italiana, os compadres vizinhos – gente miúda, diferenciada e misturada, para quem, no entanto, há uma mesma lei, nascida das determinações sociais. Para eles, o prazer está duramente subordinado ao princípio da realidade: o dia é trabalho e a noite, descanso. Apenas a conclamação para defender a ideologia no momento em que a propriedade está ameaçada rompe essa quase infalível equação.

"O rapaz", "o guarda", "os corpos entrecortados", os "Moreiras", o "Alfredo" – personagens planas para indicar seres comuns –, vão, porém, ganhando perfis singulares. Nesse delineamento, a trama não lhes dá individualidade plena, se com isso se entende a inscrição, para o leitor, de um rosto inequívoco em meio à multidão. Em vez disso, acaba por revelar que o rapaz asmático, os Moreiras, a italiana, são variações da mesma gente comum apesar de suas diferenças aparentes. Todos eles são movidos por determinações da lei e da ordem e por impulsos proibidos, desordenadores; em cada um atuam a força que os contém e a força que reage.

Nesse mundo definido em seus contornos, recorte da vida dos trabalhadores paulistas das primeiras décadas do século, vai se desenrolar a cena de um intervalo excepcional. Nos cortiços ou nos sobrados se abrirão janelas, "inundando de luz a esquina", e de cada uma delas um rosto espreitará a noite, um corpo se colocará em ação. Como as janelas que se abrem, o "de-noite" descerrará a vida mais privada de cada um, criando jogos de claro e escuro em que se revelarão ações, consciência e desejos dos personagens.

O enredo trama a formação do grupo que em aparência se constitui pela solidariedade. Esse altruísmo é, no entanto, quase intransitivo; trata-se de ajudar, não se sabe a quem. Não importa o sujeito; importa proteger um território coletivo em nome da inviolabilidade da propriedade privada. Na trama, algo da tramóia já pode ser entrevista [4].

A solidariedade entre as personagens se realiza com a ação de perseguir um ladrão que, além disso, durante todo o conto é apenas suposto, pois existe apenas pela *palavra* de um rapaz. A palavra mobiliza o grupo, e, dando margem à fabulação, o "ladrão" se torna outras palavras: "ele", o "facínora". A sombra imaginada, que se esgueira entre as árvores, esconde-se nos telhados,

---

4. Penso tanto no conceito aristotélico do *mythos* como trama dos fatos numa unidade orgânica, quanto no efeito de "ilusão", "engano" – "tramóia" – provocado pela representação literária. Em "O Ladrão" – e, como veremos, em vários dos *Contos Novos* – o narrador parece se utilizar internamente da ambivalência, duplicando-a: no plano da enunciação, narra a trama e revela a tramóia não deliberada em que estão envolvidas as personagens. Mas tudo isso supõe o ardil de na trama se desentranharem os fios e revelar-se uma verdade subjacente que envolve ao mesmo tempo o leitor e o próprio autor, em cumplicidade implícita.

não é vista de fato, mas a sanha de perseguir ou o medo a tornam "real" para os habitantes despertos.

O ladrão precisa ser cercado porque encarna a idéia da transgressão contra a qual todos se insurgem. O que fizera esse ladrão, se é que fizera, também está oculto. Invadira uma casa? Roubara um passante? Cometera qual "crime horroroso", que logo vem à cabeça dos personagens? A trama não se preocupa com isso. A única certeza é a de que a mera suposição de sua presença viola de fato o silêncio e a calma da rua; o guarda não impedira o descontrole da paz do bairro. E tudo isso se dá no âmbito do miúdo, sem nenhum grande conflito, na mornidão simples do mundo dos pequenos.

A intriga se desenvolve flagrando a formação do grupo de vigilantes e perseguidores. O solitário rapaz que corre a perseguir o ladrão, no início do conto, está pouco depois cercado de vinte pessoas. Assim como a *palavra* ladrão dá existência à transgressão e à defesa da ordem, também é a *palavra* "pega!" – berro imperativo que desperta os moradores e inicia o conto – que forma o grupo. "Pega!" e "Ajuda!" constituem o par que move a intriga, e da perseguição chega-se à solidariedade. Numa ambivalência paradoxal, o cerco reúne.

No intervalo do sono reparador, que restabelece as forças para o trabalho do dia seguinte, surge algo que escapa à vigilância e que, percebido, provoca um grito de cerco e de repressão. As conotações que daí advêm não são gratuitas: a defesa da propriedade, lema ideológico, equaciona a todos no mesmo código, e aqueles que pouco têm perseguem o transgressor, defendem a inviolabilidade.

Além disso, talvez não seja improvável afirmar que a ação objetiva do conto também está em relação de similaridade com os processos da vida psíquica, em que, condensado e deslocado, o reprimido retorna nos próprios objetos que servem à repressão:

na defesa do inviolável, vaza o mais íntimo[5]. Essa similaridade pode ser entrevista nos significados que a palavra "ladrão" admite: duto que faz escoar o excesso de líquido, ou reservatório que o recolhe, evitando assim o transbordamento excessivo; canalização, portanto, que supõe e evita o seu contrário, o excesso sem limite. No anedotário popular, essa conotação fica registrada como chiste: o "ladrão" é o transgressor desejado, a figura ansiosamente esperada para que, por meio do "roubo", obtenha-se satisfação.

Nos desdobramentos do conteúdo simbólico desse acordar à força, movido pela presença de algo perigoso porque transgressor, o par solidariedade/perseguição torna-se o palco roubado por uma outra cena em que atuarão os móveis dos desejos, à flor da pele. Não por acaso, o suposto e não-visível ladrão deixa de ocupar o primeiro plano e seu lugar é pouco a pouco preenchido por um *outro* que, invisível e poderoso, não traz solidariedade mas competição. Esse outro, que escapa a toda vigilância possível, condensa-se nas fantasias de cada perseguidor e se origina nas instâncias pulsionais. O impulso, fundamentalmente sexual, desloca-se em devaneios de heroísmo e de sucesso em que o desejo erótico atua como segundo termo, oculto. No cenário humilde do bairro periférico, ser herói significa salvar meninos, a honra está em ser o primeiro a perseguir e a ambição limita-se a ostentar a farda que des-

---

5. Interessante que essa similaridade se dê também em metáforas intertextuais, como se verá. Em *Introdução à Psicanálise*, Freud, desenvolvendo sua Primeira Tópica, menciona as instâncias do consciente, préconsciente e inconsciente figurando-as espacialmente em três habitações: a antecâmara vasta (a instância do inconsciente), o salão (a do consciente) e a porta com sentinela em que ocorre o cerco e a expulsão dos impulsos reprimidos (a do pré-consciente). Na metáfora de Freud, a sentinela pode ser ludibriada e os impulsos obtêm passagem, por meio de deslocamentos e condensações (*Obras Completas*, Madrid, Biblioteca Nueva, 1948, vol. II, p. 211).

toa da "coleção morna de pijamas comprados feitos, transbordando pelos capotes mal vestidos". Mas, mesmo contido e canalizado, o erotismo vaza e chegará mesmo a afluir diretamente, no sexo que clama realização e exige a corporeidade, com a presença desejante e desejosa da "mulher do português das galinhas".

Um primeiro sinal da ação deslocada desse outro ladrão aparece na corrida pela primazia do grupo. O rapaz que iniciara a perseguição vê-se desalojado da liderança por um retardatário "mais expedito". Esse é o primeiro roubo *efetivo* que ocorre na narrativa: subtraído de sua condição de líder, o rapaz se torna apenas vigia. Para enunciar esse fato, a cena dramatiza a mente do personagem, no discurso indireto livre: "[...] ele! Justo ele que viera na frente!..." (L, 31).

Assim, à medida que se constitui aquilo que podemos chamar de conteúdo manifesto, cujo núcleo são as ações de perseguição e de cerco ao indivíduo que transgride a lei social da propriedade privada, também se trama no plano do enredo o cerco aos personagens e se perseguem seus móveis profundos, latentes.

Flagrando o visível, o enredo trabalha com dois núcleos iniciais e complementares. O primeiro é o da rápida multiplicação dos perseguidores e observadores, em pouco mais de uma hora – de um para dois, de dois para quatro, de quatro para cinco, de cinco para seis, de seis para oito, do grupo de oito perseguidores e muitos observadores para o grupo de vinte perseguidores cercados de olhares. O segundo núcleo arma o fechamento do cerco, com a ação de isolar o quarteirão e depois os sobradinhos. A agilidade narrativa é aqui similar à rapidez com que se forma o grupo e se monta o cerco, com o predomínio do discurso direto e da pontuação cênica, ágil e entrecortada.

Configurado nesses dois núcleos de ação, o cerco também provoca um ar de festa anunciado nas luzes que se acendem desde o início. A perseguição, movida contra o transgressor da propriedade, permite que a noite seja transformada no espaço de congraçamento no bairro de trabalhadores e que o tempo do descanso seja violado. A força da ideologia acorda os corpos cansados, mas a noite, como tempo de exceção, faz despertar os desejos e mostra os pequenos heroísmos, as pequenas covardias, pequenos encontros e pequenas emoções que, nesse mundo, caracterizam-se como grande fato. Na urbanidade difícil de quem se levanta às quatro da manhã, "com o trabalho em Pirituba", ou de quem às duas já – ou ainda – espera o bonde que leva ao trabalho ou devolve à casa, só a imperativa lei da defesa da propriedade privada e a absoluta falta de grandes acontecimentos parecem explicar que um acontecimento quase banal e apenas suposto ganhe tanta importância.

Nesse percurso a intriga atingiria seu clímax e teríamos um conto dentro das tradições realísticas da narrativa de ação, em que no quadro das determinações sociais e históricas se traça a ação e a psique do indivíduo comum. No entanto, não se trata disso. A força da narrativa não decorre apenas do fato de revelar os pequenos dramas da vida do bairro de trabalhadores nem da técnica de iluminar espaços gerais e espaços internos, fragmentando a notação da causalidade cerrada entre as ações e alternando a visão do geral ao particular. Parece-nos também que a ação entrecortada dá forma ao alvo do narrador, que realiza, também ele, o cerco aos móveis psíquicos. Sob outra perspectiva, esses móveis reinstalam o par solidariedade/perseguição e instituem disputa, rancor e frustração, tensionando a coletividade forjada pela ideologia.

Os impulsos pedem passagem e atuam no cenário em que a lei se impõe. Fazem-no em deslocamentos e condensações, ocultamentos furtivos, pensamentos que não chegam a ser proferidos. Os fluxos de consciência que vêm à tona do texto fazem ver e dissecam aquilo que para a personagem é ação "seqüestrada"[6]. Assim, o "primeiro rapaz", substituído na liderança do grupo pelo "rapaz mais expedito", frustra-se, e sua emoção, proferida para dentro, permanece guardada até explodir em pequena vingança. Ao alcançar o grupo de perseguidores, exterioriza sua raiva no guarda – representante do poder do qual, sob outra máscara, ele fora há pouco subtraído: "– Deixa de lero-lero, seu guarda! assim ele escapa" (L, 31).

Também um dos Moreiras, irritado com o papel insignificante que lhe coube, não se contenta em desejar "lá no escuro do ser" que o ladrão escape, mas atribui a si mesmo a autoridade de amedrontar um garoto trêmulo de frio: "– Vai pra casa, guri!... de repente vem um tiro..." (L, 32). O rapaz asmático, a quem a doença e o excessivo cuidado materno impediam demonstração de heroísmo, inferiorizado em sua fragilidade, desloca seu sentimento para outro:

Virou *com ódio* pro sabetudo:
– Quem lhe contou que é ladrão? (L, 34, grifos meus).

Todos esses pequenos atos são palavras de vingança, roubo das emoções guardadas que encontram satisfação em objetos substitutivos. Pequenas retaliações, casos corriqueiros que passam despercebidos no ambiente geral em que quem tem a primazia aparente é a solidariedade na perseguição ao suposto ladrão – e não algo que viola os espaços de que foi expulso.

6. A expressão, do próprio Mário de Andrade, é constante no autor, e talvez se origine de sua leitura, provavelmente em 1923, de *Três Ensaios sobre a Teoria da Sexualidade*, de Freud. Em seu exemplar, o leitor Mário destacara os títulos "refoulement" e "sublimation" (cf. T. P. A. Lopez, *op.* e *loc. cit.*). Ainda segundo Telê Ancona Lopez, a palavra "seqüestro" foi escrita por Mário de Andrade ao lado de um trecho de *La Psychologie et la Psychanalyse*, de Politzer, em que se trata do "sonho acordado", entendido como objetivação, dramatização e vivência de um desejo.

O narrador parece querer flagrar como esse *algo*, primário, encontra lugar de expressão. Revela que o desejo se disfarça na fantasia da fama, do heroísmo, ou em seu contrário, no medo do fracasso. Mostra-o deslizando na aparente banalidade dessas pequenas ambições e temores, que se escondem no intervalo entre intenção e ação – face e máscara. Assim, o guarda, imagem do poder, mascara seus temores e mostra a face aparente da coragem, na "volada ambiciosa na cola do rapaz". Os mesmos que desejam salvar o menino, num "ardor de generosidade", têm também um medo pouco compreensível, já que são muitos a enfrentar supostamente um:

[...] todos tinham corrido pra junto do homem que vira [o ladrão], se escondendo com ele, sem saber do quê, de quem, a evidência do perigo independendo já das vontades (L, 33).

Na cena da vida pública em que vaza a intimidade, forças contrárias entram em confronto, em recôndita representação. Assim, quando atinge um de seus pontos máximos, a perseguição é nomeada e qualificada como "a caça" que "continuava sanhuda" (L, 34). A palavra "caça" conota um duelo vital, em que alguém deve ser abatido para que o outro sobreviva, além de metaforizar a aproximação sexual, num jargão que dissocia sexualidade e afetividade. Além disso, ela é "sanhuda": causa medo e contém fúria e rancor.

Algo se revela nesse irônico exagero do narrador ao nomear de "caça" a perseguição ao ladrão que, se existe, parece inofensivo, e qualificá-la como "sanhuda", acentuando o contraste com o quase cômico cerco amedrontado dos que se mobilizam para o ataque mas fogem diante de qualquer perigo de fato entrevisto. Essa "caça sanhuda", quando associada a significações latentes, faz sugerir algo que, à força de ser reprimido, tornou-se assustador, desconhecido, e retorna em disfarces. A palavra "sanha" vem de *insânia*, do que escapa à razão – e conota movimento de pulsões.

No conto em que exagero, ambivalência e tom ambíguo do narrador, entre jocoso e sério, têm lugar simbólico – entendido o símbolo também em sua acepção psicanalítica, isto é, como representação de conteúdos latentes e reprimidos –, o insólito é carregado de significações. Para se defender a propriedade privada e, portanto, a lei social, caça-se um ladrão, cerca-se e invade-se uma casa. Transgride-se a lei em nome da lei – e afluem os desejos. Não é por acaso que basta apenas a *palavra*, e esta palavra "ladrão", para que o bairro dormido e as tragediazinhas dos pequenos se iluminem. Sobre a imagem do transgressor da propriedade cola-se a transgressão do desejo, contido pela lei da cultura e pela lei social, que determina, principalmente para os trabalhadores, ser a noite o espaço do sono reparador. Iro-nicamente, o narrador, que toma o partido do transgressor e quer violar a vida íntima, insinua que o prazer vaza na fúria fora de lugar, no medo exagerado, na presença forte de uma ânsia imprecisa.

A trama, que poderia tender para que se resolvesse a ação objetiva, caminha para um anticlímax em que a dissolução se revela em vários planos: no da ação, com o fim da solidariedade, divisão e rivalidade insinuando-se triunfante no grupo até há pouco aparentemente unido; no do espaço simbólico, com uma noite de festa que termina com o gosto amargo do café oferecido a uns poucos que restaram; no procedimento narrativo, que substitui a agilidade, o registro direto da fala, os cortes, pela marcação mais analítica e lenta, com atuação direta do narrador onisciente sob a forma da predominância do discurso indireto.

A alteração anticlimática se inicia, significativamente, com a entrada de uma nova personagem em cena – a "mulher do português das galinhas" – enunciado chistoso em que, na brincadeira dos qualificativos, insinua-se que a mulher, sendo do português que tem galinhas, é também galinha. Pela primeira vez no conto, o narrador retroage ao passado para compor a história dessa nova personagem: "a mulher do português das galinhas" abre as portas a muitos, na clara alusão. Ela é a casa aberta a todos, que em todos alimenta a sanha da caça:

[...] era a vergonha do quarteirão, a mulher do português das galinhas. Era uma rica, linda com aqueles beiços largos, enquanto o Fernandes quarentão lá partia no "Ford" passar três, quatro dias na granja de Santo André. Ela, quem disse ir com ele! Chegava o entregador da "Noite", *batia, entrava*. [...] Vinha o mulato da marmita, pois *entrava*! [...] Até o padeirinho da tarde, que tinha só... quinze? dezesseis anos? *entrava*, ficava tempo lá dentro.

O jornaleiro negava zangado [...], mas o entregadorzinho do pão não dizia nada, ficava se rindo, com sangue até nos olhos, de vergonha gostosa (L, 35-36, grifos meus).

A partir da presença da "mulher do português", o narrador fecha o cerco e mostra a diluição do grupo que parecia coeso enquanto defendia a lei da propriedade privada. Além disso, destaca o fato de se formarem, em meio ao clima geral de dissolução da festa, dois grupos antagônicos: o que se centraliza na italiana, defensora da família e do resguardo, e o que fica à volta da mulher disponível aos desejos. Uma está rodeada de homens, sensualidade à mostra; a outra canaliza os que se alinharam à interdição. A moral instituída se confronta com a transgressão, e a luta se condensa em dois espaços: a porta da casa protegida, domínio do grupo da italiana e confirmação da impenetrabilidade do espaço íntimo; a rua, espaço público em que o desejo circula sem portais.

A essa altura, já não há mais o clima de expectativa que gerara a perseguição ao ladrão. *Um* ladrão, todos estão certos de que "já fugira, estava longe, não havia mais perigo pra ninguém". É, porém, *outro* ladrão que tensiona e entesa os corpos. Os bastidores, agora soberanos, invadem totalmente a cena. O desejo, que se instalara disfarçado na "vontade de conversar, de comentar, lembrar casos", personifica-se num corpo de mulher. A "mulher do português das galinhas" provoca o desejante, não apenas porque encarna a sexualidade não refreada, transgressora da moral (ela era a "vergonha" do quarteirão), mas também porque tem o que os outros não têm: posses, beleza, riqueza, que a tornam única nesse bairro dos pequenos. E, porque o provoca, será cercada pela lei e pela ordem moral.

Nesse novo jogo, a lei se desloca. O guarda, seu representante até aqui, cede ao desejo e de alguma forma também se torna transgressor. A lei mostra sua face, domesticamente implacável, na soberana matrona italiana – que "nem se resguardara" e se exibira em suas pouco sensuais roupas íntimas para proteger a filha da vizinha. Família e sexualidade colidem; mãe e fêmea/galinha não coincidem – essa a moral civilizatória. Entre casa e rua, lei e desejo, vida pública e vida íntima, dispersa-se tudo o que restara de solidariedade aparente.

Numa relação analógica impressionista, também se dissipa a névoa persistente que, durante quase duas horas, pontuara com seu "frio vagaroso" a lacuna excepcional dessa noite em que forças primárias afluíram à rua e encontraram expressão no palco que as interdita: a cena social, no momento de defesa da inviolabilidade da propriedade.

A partir daqui o narrador passa a pontuar lenta e antagonicamente os dois pedaços do grupo: o da rua e o da casa. Nos dois, irremediavelmente separados, o movimento que vai do desejo à interdição circula em moto contínuo, ponteado pela valsa do violinista, na insinuação de um ritmo que faz voltar sempre um mesmo[7]. Na noite

---

7. A Mário de Andrade, estudioso de música e de literatura, certamente não escapavam as diversas conotações do ritmo da valsa, literariamente inscritas no código do delírio do desejo, como modelarmente se observa na famosa passagem da dança em *Senhora*, de José de Alencar. Cf. M. Andrade, *Dicionário Musical Brasileiro*, coord. Oneyda Alvarenga e Flávia C. Toni, Belo Horizonte/São Paulo/Brasília, Itatiaia/MEC/IEB, 1989, pp. 548 e 549.

cujo término já se anuncia, a seresta anacrônica vaga, esperando amores e glórias que, no entanto, não mais estarão na rua ou à janela. A valsa fraseia a "angústia miúda" em que todos se reconhecem – e a angústia, mesmo miúda, é um dos rotineiros sinais do prazer não satisfeito e de uma espera, imprecisa, do objeto ausente[8]. Não houve de fato a festa, que foi mais um simulacro da alegria, e sua não-existência efetiva deixa um "gosto de tristeza no ar".

No clima de "fim de festa" que não houve e, no entanto, persiste nas ruas, com gente espalhada aqui e ali – desejo frustrado incrustado no corpo e na teia da palavra –, anuncia-se o silêncio. A ação, esgarçada, confunde-se com a retirada dos homens para o sono. É a vez do metafórico e sonante "pega!" do narrador. Pontuando *flashes* em grupos divididos, iluminando os espaços com a sua voz, o narrador flagra o ápice do confronto de um ladrão – o furtivo impulso que rouba os corpos – com o outro ladrão – a ostensiva lei que institui a interdição. Grupo da rua, grupo da porta da casa. O esforço de um dos personagens para circular entre os dois espaços é governado, sem que ele próprio o saiba, pelo móvel mais primário da sexualidade, no devaneio da exibição e da admiração para a conquista da mulher:

E o guarda, *sem saber que era mesmo ditado pela portuguesa*, heróico se sacrificou. Destacou-se do grupo insaciável, foi acompanhar a senhora (a portuguesa bem o estaria admirando) [...]. E *sem querer, dominado pelos desejos*, virou a cara, olhou lá do outro lado da calçada a portuguesa fácil. Talvez ela ficasse ali conversando com ele, primeiro só conversando, até de-manhã... (L, 36, grifos meus).

Enquanto isso, a valsa triste acaba em "aplausos e bravos", eclosão de mãos que tocam apenas em si mesmas, e detona um

---

8. Cf. S. Freud, "Introducción al Psicoanalisis", *op. cit.* (ed. da Biblioteca Nueva), pp. 262-272; e "Inibição, Sintoma e Angústia", *Obras Completas de Sigmund Freud*, Rio de Janeiro, Delta, s/d, vol. IX, pp. 233 a 320.

riso substitutivo, que rebenta e arrebenta a angústia. Ao pedido de bis, volta o mesmo ritmo desejante, e, acompanhado por essa melodia, uma das personagens avança – justamente o guarda. Paralelamente ao cantar dos galos que anuncia o dia, ele noticia sua virilidade. "Dá uma de galo" e fabula uma promessa de futuro:

– Eu numa varsa dessa, mulher comigo, eu que mando! (L, 37).

Mas, assim como a manhã ainda tardará (são duas horas da madrugada), o desejo não se efetiva. Irrealizado, permanece, gerando disputas em plena rua, onde recende o cheiro da mulhergalinha e onde se institui a rivalidade pela posse da caça:

Os outros ficaram com ódio da declaração do guarda lindo, bem arranjado na farda. Se sentiram humilhados nos pijamas reles, nos capotes mal vestidos, nos rostos sujos de cama (L, 37).

Permanece, oculto nas mãos que se cruzam ou se enfiam nos bolsos para esconder a "indiscrição dos corpos", numa inequívoca alusão. Permanece à espera de um convite que não vem.

As disputas, porém, ocupam o centro, no confronto entre a moral e o que a ela se furta. O grupo da rua está *defronte* do grupo da casa. A italiana prepara o café mas não o faz circular para os sujeitos do grupo da rua, muito menos para o guarda, e, assim, todos os deste grupo são punidos pela violação da ordem moral que o outro representa. Aparentemente, triunfa a lei, e os que restam estão vencidos pela frustração, por "um pouco de vergonha na pele" e pela percepção do engano a que eles próprios, sem o saberem, haviam sido levados:

[...] tinham perseguido quem?... Mas ninguém não sabia. Uns tinham ido atrás dos outros, levados pelos outros, seria ladrão?... (L, 38).

Também esses que restavam se dispersam, e a solidariedade desaparece. Não há mais pessoas, a rua "de novo quase morta, janelas fechadas". Mesmo assim – sem público e em plena dispersão –, o desejo continua a atuar poderosamente dentro de cada um, deslocado no poder do apito que o guarda silva para instituir a "ronda dos seus domínios"; no devaneio do violinista que, mesmo terminando sua valsa sem ninguém para ouvi-lo, continua a esperar a consagração; na fantasia explicitamente sexual da mulher do português das galinhas, que fabula violações:

> Ela, fechava [sic] a porta, perdidos os últimos passos além, se apoiou no batente, engolindo silêncio. Ainda viria algum, pegava nela, agarrava... Amarrou violentamente o corpo nos braços, duas lágrimas rolaram insuspeitas. Foi deitar sem ninguém (L, 38).

No conjunto do conto, os seres simples que o narrador nos deu para que os olhemos revelam-se familiarmente suspeitos. Sua aparente transparência, nos tipos identificáveis, oculta e revela um mesmo dado, presente em todos. A gente miúda, de quem a instância narrativa é solidária, também é por ela cercada em sua unidade contraditória, feita de "móvel aparente" e de "móvel originário", igualmente reais, mas desigualmente legitimados: aquele é comandado pela ideologia – perseguir para defender o privado e tecer intimidades permitidas; este, pela força reprimida. É desse entrecruzamento que trata o narrador, tomando o partido do que transgride, recalcado no corpo de cada um.

O narrador persegue as manifestações do desejo e de sua interdição. Vê que esta, vestida com o poder das leis sociais, atua no cenário institucional – o bairro, a casa, a rua, a propriedade – onde a posse tem regras e tudo que foge a elas é alvo: caçar o ladrão, isolar a mulher e seu grupo, não servir café. E revela que a cena desse poder rouba uma outra, primeira e primordial, cuja regra única parece ser a da luta entre suas próprias forças antagônicas. O desejo não realizado, "caça sanhuda" que visa à posse, ao gozo e ao domínio, quer se cumprir e retorna.

O narrador, que iluminara no intervalo da noite o confronto entre os móveis primários e as leis sociais e morais, termina focalizando a solidão que se esconde atrás do silêncio, das portas trancadas e da última janela fechada. Dentro do lar, o desconhecido retorna, agora de novo cerceado. Embora frustrado, porém, atua invisivelmente, ladrão de toda a cena, para além do espaço do trabalho que se anuncia. Aponta a realidade dos desejos que, mesmo reprimidos, continuam a deslizar, ainda que só à meia-luz. No visível, é o bonde que domina, instalando outro ritmo, onde não há lugar para a efetiva celebração – dentro dos trilhos.

Em qualquer de seus rostos e em qualquer cenário o desejo defronta com a lei, na metáfora de que se nutre o texto: o "ladrão", figura transgressora que faz pressupor o seu contrário, a ordem. Nesse sentido um dos ladrões de que fala o conto é também aquele que se deseja que venha, sob a forma do gatuno, para que viole o que não quer permanecer guardado, para que afronte a lei que tiraniza os impulsos como garantia da civilização. Ladrão que rouba outro ladrão, esse poderá ter "cem anos de perdão", numa cultura que, utopicamente, torne possível que princípio da realidade e princípio do prazer não se antagonizem tão brutalmente.

2

Corpos Projetados: Aceitação e Recusa

O movimento que se revela em "O Ladrão" está presente, ainda que de formas diferenciadas, em todos os outros contos em 3ª pessoa: quando vista de muito perto, a diversidade dos sujeitos não é mais que aparência; em cada corpo atua a tensão entre o desejo e a sua interdição. Daí a importância de se investigar, no plano interpretativo, o sentido da escolha do narrador por esses homens comuns e sua revelação como sujeitos cujos desejos não se realizam. Identidade e alteridade parecem converter-se em processo que manifesta uma mesma procura de identificação: descobrir *o outro* implica buscar alguém em que *o eu* se reconheça.

Se nas narrativas em 1ª pessoa o eu rememora para reencontrar-se com o menino que foi, seu outro, e em "Tempo da Camisolinha", ao doar a estrela-do-mar, o menino escolhe quem deseja como semelhantes, os narradores em 3ª pessoa também realizam um trajeto semelhante, ao entregarem sua fala à de suas personagens, nos discursos indiretos livres. Nesse caminho analítico, os narradores em 3ª pessoa, empenhados na mesma atividade do eu, podem ser considerados seus duplos, ao construírem uma imagem de si *no* e *pelo* outro. E, reconhecendo-se na gente miúda e oprimida pela lei da Moral, do Estado ou da Família, revelam a si mesmos como conhecedores da opressão. O *eu* é também *ele* e *um deles*.

Porque estão refletidas uma na outra e são o resultado do processo da busca de semelhanças, as categorias narrativas da 1ª e da 3ª pessoa se constituiriam, embora de maneira cifrada, como unidade que se desdobra nas personagens. Nesse sentido, talvez não seja abusivo afirmar que os diversos narradores desejam a identificação e operam a projeção.

Como se sabe, o mecanismo da projeção, tal como foi compreendido pela psicanálise freudiana, implica, entre outros aspectos, que os conflitos subjetivos são lançados para objetos externos – esses outros – e assim o eu se defende do que é sua própria luta interna, bipartindo-se e observando fora de si aquilo que não quer. "Não querer" pode significar um movimento em que o sujeito expulsa aquilo que "não quer conhecer" e que é recusado também no outro[1]. Mesmo assim, dá-se objetivação ao que foi expulso, num processo que inclui a identificação projetiva, a aceitação do outro e de si mesmo.

Por exigência do caminho interpretativo trazido pelo material, o complexo mecanismo da projeção e o instrumental da psicanálise surgem nesta leitura para serem investigados no seu andamento e significação estéticos. O narrador, ao projetar-se, se reconhece no outro de que buscou escapar. A projeção retorna sob a forma do reconhecimento e da identificação[2]. Ain-

---

1. Cf. J. Laplanche e J.-B. Pontalis, *Vocabulário da Psicanálise*, 10ª ed., São Paulo, Martins Fontes, 1988, pp. 484-485.
2. O conceito freudiano de "projeção" inclui também essa dimensão. Embora Freud não o defina com clareza em nenhum de seus escritos, utiliza-os nos sentidos de: defesa primária, que afeta os paranóicos, no mau uso de um mecanismo que consiste em procurar no exterior a origem de um desprazer; projeção no real do perigo pulsional, na construção fóbica; atribuição a outrem de algo que é do sujeito; mecanismo normal de construção de realidades supra-sensíveis. De qualquer forma, a "projeção" não se confunde com "identificação", e essa diferença será importan-

da que ocorra recusa, elaborada e transformada, não há rejeição[3].

Assim, o percurso dos narradores de *Contos Novos*, fundado na busca da alteridade, move a perspectiva do reencontro. Narradores-ladrões, eles desejam o conhecimento das lacunas, dos esquecimentos, das pré-consciências de si mesmos e das outras personagens. Querem mostrar o hiato entre intimidade e vida pública, exibem-no também para revelar a cisão que nas relações sociais tornou-se lei, e contra ela se insurgem. Eles todos – 1ª e 3ª pessoas, Juca personagem e o 35, Mademoiselle, Nelson – parecem-nos, então, estranhamente semelhantes.

Nesta camada da leitura interpretativa, talvez não seja arriscado afirmar que as narrativas em 1ª ou 3ª pessoa são manifestações de um mesmo eu – a consciência autoral – que, com a criação desses outros, quer dar representação ao(s) sujeito(s) marcado(s) pelo desejo e ameaçado(s) pela lei. Mário de Andrade cria um "eu" e um "ele" que saem à procura daqueles que lhes parecem semelhantes.

Se, como procuramos demonstrar nos Capítulos 1 e 2, técnica narrativa e estilo aproximam as várias histórias, também o faz a temática, em que o outro projetado, semelhante ao eu, surge com forte expressividade em todos os contos, na própria camada das

    te para o caminho interpretativo que seguiremos. No geral, segundo Laplanche e Pontalis, é possível delimitar "projeção" como meio de defesa contra excitações internas cuja intensidade as torna demasiadamente desagradáveis. Seu papel, junto à introjeção, é fundamental à gênese da oposição sujeito/objeto, ego/mundo exterior: o sujeito conhece em outrem aquilo que desconhece em si mesmo.

3. A rejeição (*forclusion*), termo introduzido por Lacan a partir da palavra *Verwerfung*, utilizada por Freud, indica um mecanismo específico da psicose: "rejeição primordial de um 'significante' primordial (por exemplo, o falo enquanto significante do complexo de castração) para fora do universo simbólico do indivíduo". Diferentemente da recusa neurótica, esse significante rejeitado não é integrado ao inconsciente (*apud* Laplanche e Pontalis, *op. cit.*, pp. 571-576).

palavras. O corpo do menino de "Vestida de Preto", investigado impudicamente pelos olhos moralizantes de Tia Velha, ressoa nos corpos dos trabalhadores do bairro, em "O Ladrão", observados pelo narrador. Literalmente:

[...] Tia Velha teve a malvadeza de escorrer por mim todo um olhar que só alguns anos mais tarde pude compreender inteiramente (VP, 25);

Todos, acintosamente, por delicadeza, ocultando nas mãos cruzadas ou enfiadas nos bolsos, a indiscrição dos corpos (L, 37).

Os olhos desvairados de Mademoiselle, flagrados durante a afluência de fantasias sexuais, aproximam-se dos de Joaquim Prestes, diante do poço que ele deseja dominar:

[...] Mademoiselle estava completamente transtornada, olho em desvario pulando de Lúcia pra Alba, de Alba pra Lúcia, boca entreaberta num esgar, as rugas fantasisticamente se mexendo (ACR, 53);

Os olhos do velho engoliam a boca do poço, ardentes, com volúpia quase (P, 71).

A cara grotesca e os olhos meio de autômato meio de bicho, de quem se esconde, aparecem em "Nelson", no menino com cabelos recém-cortados, em Mademoiselle:

Tinha um ar esquisito, ar antigo, que talvez lhe viesse da roupa mal talhada. Mas que por certo derivava da cara também, encardida, de uma palidez absurda, quase artificial, *como a cara enfarinhada dos palhaços*. Olhos pequenos, claros, à flor da pele, quase que apenas *aquela mancha cinzenta, vaga, meio desaparecendo na brancura sem sombra do rosto* (N, 94, grifos meus);

Eu, tão menor, tenho *esse quê repulsivo do anão*, pareço velho. [...] Meus *olhos* não olham, *espreitam* (TC, 106, grifos meus);

[...] corando com volúpia nas faces pálidas, sem "rouge", a que a camada vasta do pó-de-arroz não disfarçava mais o desgaste (ACR, 47).

Projetando, os narradores vivenciam a ambivalência do seu movimento: a recusa e a não-recusa de reconhecer-se no outro, de ser o outro, de ver um mesmo atuando em si e no outro. Realizando o processo, indiciam que desejam o conhecimento, querem ver e dominar – o que dá novas significações à forte figurabilidade das narrativas. Recorrentes cabeleiras crespas, dias úmidos, noite brumosa, multidão na Sé, bonde semivazio, um corpo de mulher sensualmente delineado num vestido preto – essas são apenas algumas das imagens visuais que fixam desejos e ficam gravadas também em nossos olhos.

Colocando para fora de si o que não querem ser/conhecer, os narradores põem-se a caminho do reconhecimento e, talvez assim, da libertação do esquecimento. A projeção é a forma possível da identificação: o narrador quer dar lugar ao humilhado e ao fracassado, na história e na memória, e assim constrói sua (re)identificação, psíquica e social. Pela mão de seu criador, por vezes de forma que deixa marcas de intencionalidade, os narradores efetuam um percurso estilizadamente psicanalítico[4]. Em

---

4. Se pensarmos os narradores como projeção, artisticamente elaborada e não necessariamente intencional, do próprio Mário de Andrade, é curioso o relato de Antonio Candido sobre as palavras do autor quanto às freqüentes brigas com sua mãe, em que se colocava a favor da tia. Afirmara: "Eu não sei por que essa minha mania, essa minha irritação com minha mãe. Complexo de Édipo não é, porque eu já me analisei". ("Depoimento de Antonio Candido ao Museu da Imagem e do Som por ocasião do Centenário de nascimento de Oswald de Andrade". 11.4.1990). A denegação do complexo de Édipo fica evidente se lembrarmos que Mário de Andrade jamais foi psicanalisado; ele *leu* Freud e, nessa época, escreve *Contos Novos* – uma de suas "análises" ao que parece. Moacir Werneck de Castro também menciona os esforços de auto-análise de Mário de Andrade, confessados em sua correspondência (cf. *Mário de Andrade. Exílio no Rio*, cit., pp. 86-89).

"O Poço" e "Nelson", ele está representado de maneira a poder fazer retornar, sob a forma de um ardiloso quebra-cabeças, todos os outros contos.

"O Poço" – que narra uma escavação entre terra e água, no meio onde mina lama – situa-se exatamente no meio da obra[5] e trata do tema da arbitrariedade e do autoritarismo social, com patrão e empregados em conflito direto. Sua principal personagem é Joaquim Prestes[6]. Nome e sobrenome se ligam indissolúvel e ambivalentemente: o indivíduo, Joaquim, atualiza o clã dos Prestes, vive sob a égide da ascendência, da família que o antecede e a quem ele honra com os atributos da autoridade, do autoritarismo e do capricho. De certa forma, esse Joaquim Prestes é filho tornado pai. Para "a visita" que está presente no cenário do conto e com quem o olhar do narrador se identifica, já que só conta o que aquela pôde ver ou saber, Joaquim parece figurar o pai projetado. Diante dele, "a visita" se cala ou busca desvios, mas não afronta:

A última reflexão do fazendeiro pretendera ser cordial. Mas fora navalhante[7]. Até a visita se sentiu ferida (P, 65);

A visita não agüentara mais aquela angústia, se afastara com o pretexto de passear (P, 67);

---

5. Isso vale para a edição publicada e também para o projeto original de *Contos Piores* (cf. "Nota da Edição da Livraria Martins Editora, 1947", *op. cit.*, pp. 21 e 22).
6. Atesta-se nos manuscritos a hesitação para definir o nome da personagem: "Prado" está datilografado e foi substituído por "Prestes", à mão, apesar de outra intervenção do autor que sugeria, na 1ª versão, em anotação manuscrita à margem, o nome "Almeida": "Melhor trocar o nome para 'seu Almeida' que evita tanta assonância" (cf. *Manuscritos de Mário de Andrade*. Coleção dos Arquivos do IEB).
7. A expressão "navalhante" parece estimular o caminho interpretativo que estamos tomando, já que alude ao instrumento que serve ao corte, fundamental em "Tempo da Camisolinha".

[a visita] Se fora, fugindo daquilo, sem mesmo esperar o assentimento de Joaquim Prestes (P, 70).

O "pai" impõe a lei, implacável e silenciosamente, apenas com suas ações:

O velho Joaquim Prestes ali, mudo, imóvel. Apenas de vez em quando aquele jeito lento de tirar o relógio e consultar a claridade do dia, que era feito uma censura tirânica, pondo vergonha, quase remorso naqueles homens (P, 69).

O gesto faz ressoar em nós um outro pai, cuja primeira memória se marcara pela ordem, apenas murmurada, de mandar cortar os cabelos de um menino de três anos: "Foi por uma tarde, me lembro bem, que meu pai suavemente *murmurou* uma daquelas suas *decisões irrevogáveis*: 'É preciso cortar os cabelos desse menino'" (TC, 107, grifos meus).

O narrador em 1ª pessoa de "Tempo da Camisolinha" se parece com a "visita" de "O Poço". Ambos querem se desviar das ordens que lhes parecem iníquas. O pai que surge nos contos em 1ª pessoa e Joaquim Prestes se parecem também: têm na autoridade do mando seu símbolo comum, embora se desdobrem em figuras diferenciadas. Um, com sua "natureza cinzenta", "acolchoado no medíocre" (PN), é omisso, incapaz de carícias e também de repreendas (VP); o outro, Joaquim Prestes, autoridade ativa, em tudo exerce poder direto: manda nos homens, na mulher, nos assuntos pelos quais se interessa. Para ele, não falta sequer a citação que soa lapidar, epígrafe da cultura patriarcal: "Pra ele, honra, dignidade, autoridade não tinha gradação, era uma só: tanto estava no custear a mulher da gente como em reaver a caneta-tinteiro" (P, 68).

Diferentemente do pai dos narradores em 1ª pessoa, essa figura modelar da autoridade é capaz de severas repreendas e de dúbios afagos paternalistas, como se vê no episódio em que Joaquim Prestes – tão cioso de seus bens que desconta do ordenado do empregado o preço irrisório de uma vidraça partida – faz questão de pagar o remédio de Albino, ainda que resmungue depois sobre o "dinheirão" que despenderia. Ao velho modelo de nossas elites, a preocupação com a saúde de Albino sinaliza o padrão da dominação patriarcal: o "favor" e a "atenção" lhe rendem mais submissão e, portanto, mais poder. Nem por isso o narrador deixa de assinalar ambivalentemente que esse "pai"-patrão, autoritário e iníquo, mas também amoroso (e se pode confiar nesse amor?), vai *pessoalmente* à cidade comprar o remédio.

Nos manuscritos de "O Poço" confirma-se a projeção e a articulação possível entre este e os contos em 1ª pessoa, deliberadamente alteradas por Mário de Andrade. Na primeira versão, a narrativa é conduzida em 1ª pessoa, por Juca, que presencia a cena à boca do poço; na versão definitiva, seu olhar é transformado no olhar da "visita". Nos manuscritos, Juca deixa sinais de sua admiração por esse "pai" severo. Além disso, na primeira versão, há um conto dentro do conto – que poderíamos chamar de "o caso do caqui" –, em que Juca narra sua desobediência, transgredindo a ordem, de Joaquim Prestes, de não mexer nos caquis – recentemente trazidos para o sítio como mais uma inovação do fazendeiro. Às escondidas, Juca morde um dos caquis, ainda verde, e seu ato obtém resposta e contenção. Joaquim Prestes o repreende diretamente, exige que "não faça mais"/"não faça mal"[8], e nem por isso deixa de amá-lo. Continuam a andar pelo pomar; o "pai" simbólico responde a todas as perguntas do "filho", numa camaradagem que não se obstruía pelo fato de, rigorosamente todo dia, Joaquim Prestes parar diante do pé de caqui para examinar a fruta mordida por Juca e comentar

8. O erro datilográfico (ou ato falho?) é do próprio Mário de Andrade, como se pode ver nos *Manuscritos* (ver Adendo).

a marcha de sua culpa. Talvez porque Juca seja filho de um homem que não explicita a censura (como narra em "Frederico Paciência", quando, ao ser descoberto em sua "cola", imagina que o pai, mudo, irá abandoná-lo), compreende a importância desse ensinamento:

> [...] êle [Joaquim Prestes] foi um dos maiores criadores de hipocrisia em mim. Com os outros continuei eu mesmo, desobediente, malvado. Mas junto de seu Prado [estes], na[s] férias que desde então passei muitas vezes na companhia dele e foi aumentando aquela amizade imperdoavel [sic], eu virava sério, ótimo rapaz, morigerado, franco, leal.

Esse Joaquim Prestes dos manuscritos pode ser entendido como a fonte da "mentirada" que, nascida da transgressão à lei e da sua contrapartida em temor e amor, leva à transformação de Juca. Mesmo cabotina, ela o ajuda a superar um outro jeito de ser ("continuei eu mesmo, desobediente, malvado") que, embora Juca afirme ser autêntico, também não o é, pois esconde e repete, deslocadamente, uma mentira-crime. As fontes desse outro cabotinismo menos "nobre" talvez se encontrem no desejo de transgredir a lei que impusera a mutilação e a separação simbólica sem a contrapartida do carinho – como só um narrador sem nome contará em "Tempo da Camisolinha". No jogo intertextual, surge também a sombra do próprio autor[9].

A eliminação do "caso do caqui" e a alteração do foco narrativo na versão definitiva de "O Poço" decerto se explicam por razões técnicas: manter o "conto de efeito único" centrado num único episódio. Nem por isso, porém, deixa de ser relevante o fato de Mário de Andrade omitir da publicação dos *Contos Novos* uma narrativa de

---

9. A "mentirada" como tema da criação poética e do cabotinismo "nobre" é recorrente na obra de Mário de Andrade, como se pode ler, por exemplo, em "Louvação da Tarde", de *Remate de Males*.

Juca e um delicado momento de sua aprendizagem diante da lei e frente aos desejos. A evidente paródia do mito da expulsão do paraíso torna mais ambivalentes os sentimentos de Juca por Joaquim Prestes, figura inspirada no "tio" Pio Lourenço Correa.

A existência dos manuscritos também ajuda a compor a leitura interpretativa e reforça a idéia de que, apesar de suas diferenças, Joaquim Prestes e o pai do narrador em 1ª pessoa delineiam-se como figuras que se fundem, projetadas do olhar de um eu. Sua unidade talvez esteja no lugar que exercem na trama, encarnando o exercício desmesurado do poder e da lei, que precisam ser atacados. Os narradores em 1ª pessoa, com o poder de suas palavras, atacam o pai ficcionalmente real e o rebaixam à condição da "exemplaridade incapaz", também porque está fixado em sua memória como aquele que nem reprime diretamente nem acaricia. A única memória registrada pelo narrador a respeito de um pai companheiro tem o sinal negativo de um pai que *não está* pai, num momento que se mistura às lembranças doloridas dos cabelos cortados e da mãe doente:

> A papai então o passeio deixara bem menos pai, um ótimo camarada com muita fome e condescendência. [...] nem as caminhadas na praia me agradavam, apesar da companhia *agora deliciosa e faladeira* de papai (TC, 108, grifos meus).

O pai projetado, Joaquim Prestes, não é absolutamente o modelo a ser seguido. Ao contrário, o narrador da versão definitiva de "O Poço" elimina a camaradagem e ironicamente nega a figura:

> Joaquim Prestes fora dos que inventaram a moda, como sempre: homem cioso de suas iniciativas, meio cultivando uma vaidade de família – gente escoteira por aqueles campos altos, desbravadora de terras. Agora Joaquim Prestes desbravava pesqueiros na *barranca fácil* do Mogi [sic]. Não tivera que construir a riqueza com a mão, dono de fazendas desde o

nascer, reconhecido como chefe, novo ainda. Bem rico, viajado, *meio sem que fazer*, desbravava outros matos (P, 61, grifos meus).

Além disso, não quer conhecê-lo por dentro e deseja mostrar sua degradação. Se no plano do sentido aparente isso se explica pela não-identificação com os dominadores e com o exercício do autoritarismo, nas significações latentes parece permanecer o desejo de suprimir o modelo paterno, identificado com o do opressor na luta de classes. Como entender que ele seja, além do estranho homem de "Nelson" – e por razões muito diversas –, o único de tantas personagens de *Contos Novos* cujos fluxos de consciência não aparecem representados? O narrador registra os atos exteriores, apresenta suas falas diretas e, principalmente, deixa assinalado aquilo que ele imagina ser a ótica e a lógica dessa personagem, sinalizando que as conhece mas não se identifica com elas:

> Joaquim Prestes, *o mal pavoroso que terá vivido aquele instante...* A expressão do rosto dele se mudara de repente, não era cólera mais, boca escancarada, olhos brancos, metálicos, sustentando o olhar puro, tão calmo, do mulato (P, 72, grifos meus).

O Joaquim Prestes da versão definitiva de "O Poço" é o outro a ser atacado, encarnação da lei da arbitrariedade.

Em "O Peru de Natal", que se segue a "O Poço", o narrador Juca julga finalmente ter escapado a essa lei, quando, aos dezenove anos, consegue transformar a incômoda figura paterna em "uma inestorvável estrelinha do céu", "puro objeto de contemplação suave". O conto narra esta passagem: da presença incômoda do pai morto à morte simbólica do pai incômodo.

Desde o início o ataque à figura paterna fica marcado na enunciação pela virulência da ironia que transforma o positivo em negativo ("bom *errado*"; "exemplaridade *incapaz*") e rebaixa o pai à condição superlativamente degradada: o "puro-sangue dos desmancha-prazeres". Essa virulência é ainda maior porque o relato rememora uma época próxima à morte do pai. Como inventário da vida do patriarca, Juca nos conta apenas o que *faltara* à família quando vivia sob a sua lei:

[...] sempre nos faltara aquele aproveitamento da vida, aquele gosto pelas felicidades materiais, um vinho bom, uma estação de águas, aquisição de geladeira, coisas assim (PN, 75).

Os impedimentos e as faltas impostas à família pela lei paterna haviam determinado seu modo de viver. O narrador a ataca, com a ironia nascida do rancor contra o que Juca diz ser excessivo, porque mesquinho, comedimento do prazer, material, sensorial, amoroso. Mas, como mesmo depois de morto o pai continua a governar as leis desse clã e precisa ser destruído por Juca, não parece improvável afirmar que os seus sentimentos, aos dezenove anos, indiciam a problemática não-aceitação da figura paterna, conflito bastante anterior, ainda vivo no Juca de então[10].

O ódio contra o pai não lhe veio dos acontecimentos vividos por volta dos dezenove anos, embora Juca não explicite em "O Peru de Natal" a fonte primária desse afeto. No entrecruzamento dos contos em 1ª pessoa, há indícios de fatos, como em "Vestida de Preto", quando o mesmo Juca afirmava ter aprendido a contrapor-se ao excessivo comedimento familiar com a arma de sua "fama de louco". Ser considerado "louco" era a conseqüência de

---

10. Apenas como curiosidade, na aversão à figura paterna Juca ecoa traços biográficos de Mário de Andrade que podem ser verificados em sua correspondência pessoal. Cf. *A Lição do Amigo*, cit., carta de 11.10.1931; carta a Sérgio Milliet, de 9.5.1939, em P. Duarte, *Mário de Andrade por Ele Mesmo*. 2ª ed., São Paulo, Hucitec/SMC, 1985, pp. 320 e 321.

resistir à contenção, viver desejos e não sublimá-los nos estudos, ao menos inicialmente.

O rancor – ódio guardado – revela que Juca ainda não equacionou a vivência edipiana e o pai precisa continuar a ser negado e agredido. Como se sabe, segundo a teoria psicanalítica, a "gramática elementar do desejo", cujas primeiras lições se aprendem com a vivência edipiana, implica aceitar a proibição da mãe como objeto do impulso erótico não apenas por temor à castração mas também pelo reconhecimento do amor paterno. Num último processo de separação sujeito/objeto, a superação do complexo edipiano assinala a aceitação de um pacto em que a renúncia promove a possibilidade da descoberta substitutiva de objetos de desejo[11].

Em Juca, o pacto não se completou; seu rancor e a ironia agressiva indiciam que o amor paterno não foi aceito, sequer entendido como tal. Assim, nesta interpretação que se vale de instrumentos psicanalíticos para compreender o processo da personagem, pode-se afirmar que nele permanecem, vivos, desejos e temores arcaicos. O desejo incestuoso e o temor à castração deslizam nessa ceia de Natal quando Juca, aos dezenove anos, revive, sem disso ter conhecimento pleno, um velho ritual de morte e vida, de culpa e libertação, de insurreição contra a lei e retorno de sua imposição. Na ceia de Natal, Juca simbolicamente mata o pai morto para dar lugar, também simbólico, ao seu velho desejo de substituí-lo.

Vida e morte, filho e pai, confrontam-se desde o início. Embora a morte do pai seja a responsável pelo novo significado que Juca irá dar ao Natal de sua família, ela parece não lhe interessar e seus ritos são denegados com o irônico "etc.", que descreve laconicamente aquilo que *não merece ser contado*: "Morreu meu pai, sentimos muito, *etc.*" (PN, 75, grifo meu). O que interessa contar é o

---

11. *Apud* Hélio Pellegrino, "Édipo e a Paixão", em S. Cardoso e outros, *Os Sentidos da Paixão*, São Paulo, Companhia das Letras, 1987, pp. 312 e 313.

que o pai fora e como, mesmo depois de morto, continua a atrapalhar, impondo sua "memória obstruente", que não deixa fluir o desejo e impede de planejar alguns prazeres em voz alta. Ao sugerir que a mãe vá ao cinema, Juca recebe lágrimas e reprimendas como resposta. Reatualizando e acirrando um velho conflito, nem a morte tira o pai do seu lugar de soberano.

Mas Juca quer transgredir. Tem diante de si as lembranças da vida comedida e contida imposta pela lei paterna e pelos ritos de luto que proíbem prazeres enquanto se cultua a memória do morto. E *imagina* outra lei, que transgride e profana. Em vez da ceia de Natal paterna que, sempre precedida da "Missa do Galo", era feita de "castanhas, figos, passas", "amêndoas e nozes" e "monotonias", quer a refeição saborosa, cheia de cores e de cheiros, sensual e profanadora:

[...] era um peru pra nós, cinco pessoas. E havia de ser com duas farofas, a gorda com os miúdos, e a seca, douradinha, com bastante manteiga. Queria o papo recheado só com a farofa gorda, em que havíamos de ajuntar ameixa preta, nozes e um cálice de xerez [...] (PN, 76-77).

Ao imaginar e contar à família a ceia fantasiada, seduz as idéias de todos, porque instala a tentação criminosa da gula, inacessível àquela família para quem Natal sacralizava o modo de viver e a lei do pai. Enquanto o pai vivera, haviam conhecido a ceia frugal em que, quando havia, o peru era doado ao outro:

Na verdade ninguém sabia *de fato* o que era peru em nossa casa, *peru resto de festa* (PN, 76, grifos meus).

Na passagem da fantasia à realidade, "o peru" começa a dar objetivação simbólica a um inconsciente desejo de Juca e de todos os outros, que logo pensam no "Dianho", inversão da ordem do mundo. O "peru" da ceia de Juca vem *no lugar* do "pai", o que se revela desde a similaridade das estruturas frasais, em que se superpõem os sujeitos (pai/peru), e os dois rituais aparentemente antagônicos (luto e preparação do alimento) valem um mesmo "etc.": "Comprou-se o peru, fez-se o peru, etc." (PN, 77).

Com o passe de mágica que a "fama de louco" traz a todos, fantasia vira verdade e permite a realização dos desejos. A ceia na mesa posta e a vida em novo diapasão são ainda mais significativas por se tratar de um Natal, festa que comemora o nascimento do Salvador – *filho* que morre pelos irmãos para apaziguar o *pai*. No mito cristão, ainda que de forma oblíqua, também se reatualiza e se transforma um velho conflito: a lei do pai é suprimida pela lei do filho, que, de acordo com a interpretação freudiana, transforma-se em deus no lugar do pai[12].

De forma similar e metafórica, e sem domínio consciente dos atos, *o filho* Juca luta contra *o pai* e quer sacralizar-se como o novo chefe da família, impondo as suas leis, opostas, ou quase, às do patriarca. Contra o comedimento exagerado, o desregramento possível; contra as "castanhas", o excessivo e verdadeiro peru; contra as "monotonias", a "felicidade maiúscula".

Mas a ceia em realização dá curso à realidade dos desejos que só se mostram em disfarces. A história de Juca são histórias: a do seu vivido biográfico consciente e a do recalcado, que retorna e se insinua em suas ações. No relato que supõe "verdadeiro" e é fantasmático, Juca, inconscientemente, revive um arcaico ódio ao pai, reatualiza simbolicamente um crime, reinventa o perdão e se redime mantendo o tabu primordial. Na ceia de seus dezenove anos, mais do que a primeira infância de um menino atua o resíduo do totemismo.

---

12. Cf. "Totem e Tabu", *op. cit* (Biblioteca Nueva, vol. II, pp. 503 e 504).

Mário de Andrade lera "Totem e Tabu"[13], texto em que Freud cria a hipótese antropológica, considerada atualmente fantasiosa, da origem de nossa cultura e a relaciona à gênese do totemismo infantil. Segundo essa hipótese, a refeição totêmica de várias tribos atualizaria o crime contra o pai ocorrido ancestralmente, na horda primitiva. Consistiria ela na devoração ritualística do totem, animal sagrado da tribo, e a conseqüente (re)identificação dos membros do clã entre si e com o animal que os protege. Na interpretação freudiana, a matança e a devoração do animal totêmico seriam tabu pois representariam novo assassínio do pai primitivo e a conseqüente desgraça para o clã. Apenas a situação excepcional de uma atividade festiva e ritualística permitiria a violação solene da proibição de devorar o animal sagrado. No banquete totêmico, o animal/pai seria devorado para que os membros do clã adquirissem as características paternas e apaziguassem a culpa através da refeição comunitária. Mesmo assim, persistiriam ambivalências: os precedentes da festa incluiriam lamentos, como representação da culpa, e só ao final da refeição ocorreria a reconciliação. A hostilidade contra o pai, que causara seu assassínio, transformar-se-ia, assim, em representação festiva de saudade. Além disso, a refeição indicaria também que o clã, que mantém a lei da exogamia criada após a morte do pai, dele torna a se vingar, lembrando o triunfo dos filhos sobre ele. Ao mesmo tempo que se renova a interdição sobre as mulheres do clã perpetua-se a memória de que o pai fora humilhado e abatido.

Essa, em linhas gerais e simplificadoras, a análise construída por Freud para explicar a gênese do totemismo infantil, recorrente na época da vivência do complexo de Édipo, quando a criança, deslocando sentimentos hostis e agressivos para um substituto do

---

13. Cf. T. P. A. Lopez, *op.* e *loc. cit.*; Duarte, *Mário de Andrade por Ele Mesmo*, cit., p. 226.

pai, projeta no objeto substitutivo, afetivamente investido, a ambivalência amor-ódio-temor.

Não é difícil ler "O Peru de Natal" como estilização, entre jocosa e séria, de "Totem e Tabu". Juca, menino-grande, com restos de vivência edipiana mal-resolvida, viola solenemente a lei do pai e, por meio do ritual da ceia de Natal, transgride sua lei de contenção, permitindo à família devorar gulosamente o peru-totem. Num resíduo de animismo, Juca incorpora simbolicamente o animal-totem, reforça os laços do clã e torna a vingar-se do pai.

No entanto, o conto não empreende apenas a estilização; avança para a paródia. O significado da refeição totêmica sofre uma inversão pelo fato de a refeição natalina celebrar *o nascimento do filho*, e não a morte do pai. Além disso, Juca quer devorar/incorporar o "peru"-totem para dar a todos um novo gozo e novas leis. E é principalmente na mãe que ele pensa, desde que fabula a ceia até o momento em que ela se realiza:

> Fora engraçado: assim que me lembrara de que finalmente ia fazer mamãe comer peru, não fizera outra coisa aqueles dias que pensar nela, sentir ternura por ela, amar minha velhinha adorada (PN, 77).
>
> Mamãe comeu tanto peru que um momento imaginei, aquilo podia lhe fazer mal. Mas logo pensei: ah, que faça! mesmo que ela morra, mas pelo menos que uma vez na vida coma peru de verdade! (PN, 79).

No texto que profana o pai familiar e inverte o sentido da refeição totêmica ao instituir o clã fraterno, o desejo avança perigosamente, na representação muito sutil do incesto – e a paródia recua, novamente cedendo lugar à estilização. Retoma-se o significado da refeição totêmica, nessa ambivalente ceia do clã de Juca. No ritual sacrificial que todos revivem sem saber, a festa é precedida de lamento e pranto; à culpa, aliviada pela providencial "fama de louco" de Juca, sobrepõem-se solidariedade, reforço da comunhão social e das obrigações recíprocas, e vem a alegria:

Minha mãe, minha tia, nós, todos alagados de felicidade. Ia escrever "felicidade gustativa", mas não era só isso não. Era uma felicidade maiúscula, um amor de todos, um esquecimento de outros parentescos distraidores do grande amor familiar. E foi, sei que foi aquele primeiro peru comido no recesso da família, o início de um amor novo, reacomodado, mais completo, mais rico e inventivo, mais complacente e cuidadoso de si (PN, 79).

O ato de comer e beber juntos comunga-os, apenas ao núcleo familiar básico, composto por Juca, o irmão, a irmã, a tia e a mãe. A onipotência do pai/deus familiar, que a tudo comandava com seus gestos de bondade cinzenta e com sua lógica de trabalho ferrenho, é afrontada na máscara da bondade natalina e no "móvel nobre" do amor familiar.

Para chegar à ceia ritualística, porém, fora preciso enfrentar o revés. No momento em que a mãe chorara, emocionada diante do prato suculento que o bom filho lhe oferecia, Juca percebera o risco de o lamento reativar a saudade e impossibilitar sua vitória, impondo novamente o rito de celebração da morte do pai e sua permanência incômoda. Estava ameaçado o "milagre digno do Natal de um Deus". Vale a pena acompanhar todo o processo em que a mentira se põe a serviço da "inspiração genial":

É que o pranto evocara por associação a imagem indesejável de meu pai morto. Meu pai, com sua figura cinzenta, vinha pra sempre estragar nosso Natal, fiquei danado.

Bom, principiou-se a comer em silêncio, lutuosos, e o peru estava perfeito. [...] Mas papai sentado ali, gigantesco, incompleto, uma censura, uma chaga, uma incapacidade. E o peru, estava tão gostoso, mamãe por fim sabendo que peru era manjar mesmo digno do Jesusinho nascido.

Principiou uma luta baixa entre o peru e o vulto de papai. Imaginei que gabar o peru era fortalecê-lo na luta, e, está claro, eu tomara decididamente o partido do peru. Mas os defuntos têm meios visguentos, muito hipócritas de vencer: nem bem gabei o peru que a imagem de papai cresceu vitoriosa, insuportavelmente obstruidora.

– Só falta seu pai...

Eu nem comia, nem podia gostar daquele peru perfeito, tanto que me interessava aquela luta entre os dois mortos. Cheguei a odiar papai. E nem sei que inspiração genial, de repente me tornou hipócrita e político. Naquele instante que hoje me parece decisivo da nossa família, tomei aparentemente o partido de meu pai. Fingi, triste:

– É mesmo... Mas papai, que queria tanto bem a gente, que morreu de tanto trabalhar pra nós, papai lá no céu há de estar contente... (hesitei, mas resolvi não mencionar mais o peru) contente de ver nós todos reunidos em família.

E todos principiaram muito calmos, falando de papai. A imagem dele foi diminuindo, diminuindo e virou uma estrelinha brilhante do céu. Agora todos comiam o peru com sensualidade [...] (PN, 78-79).

Ainda que em todos os membros do clã ressoe o significado transgressor do ato que realizam, é Juca quem age, o que faz pressupor que nele sejam mais fortes os sentimentos de agressividade contra o pai e de amor à mãe. Atua, movido por forças inconscientes, e, sujeito a elas, torna-se poderoso aos olhos dos outros e de sua *imago*. Sua linguagem comanda o desejo de substituir o clã patriarcal pelo clã fraterno, e por ações e com palavras obtém sucesso.

Seu poder, porém, talvez venha de um arcaico menino que nele atua e que continua a não vencer. O tabu do incesto permanece – e seu clã fraterno reatualiza a mesma velha lei do pai, ainda que transformada e sob novas cores. O desejo continua a deslizar. Juca se vingou do pai, mas é este quem triunfa. A exogamia permanece – vitória da lei paterna –, a sexualidade não se contém e Juca sai. Para fabular desejos, quase todos vão "deitar, dormir ou mexer na cama"; ele não. Respeita a regra da mãe proibida, mas quer ir viver outros desejos menos proibidos e precisa cumpliciar com ela:

Pra poder sair, menti, falei que ia a uma festa de amigo, beijei mamãe e pisquei pra ela, *modo de contar onde é que ia e fazê-la sofrer seu bocaco* [sic]. As outras duas mulheres beijei sem piscar. E agora, Rose!... (PN, 79, grifos meus).

O conto termina sob a marca do presente imediato que se sobrepõe estranhamente ao pretérito da narrativa. Juca, que se encontra objetivamente entre mãe, tia e irmã – três mulheres, suas "três mães" – viveu o desejo arcaico pela primeira (a proibida mãe real), torna-a simbolicamente uma outra (a confidente), para com ela cumpliciar a respeito de uma terceira, deslocamento do mesmo (a amante Rose). O desejo se marca por aquilo que nunca é completamente vivido, e surgem reticências.

Mário de Andrade, que decerto se fundara numa leitura psicanalítica da refeição totêmica, trata o tema do tabu do incesto de maneira ambivalente: estiliza, parodia e, ao final, confirma o significado da ceia sacrificial, reinstituindo a lei do pai. Cria um Juca poderoso porque movido por forças inconscientes; mas, ainda que Juca tenha libertado a família das regras cinzentas do pai e as tenha substituído pelas cores mais vivas do "louco da família", seu velho ódio ao pai permanece. Embora não viole a regra fundamental, continua a viver um mesmo amor proibido. Mário de Andrade, intencionalmente ou não, fixa Juca em seu desejo incestuoso e não pode libertá-lo.

O ataque à figura paterna, explicitado neste conto sob o enfoque da vida íntima de Juca, também se dá em "O Poço", sob o ângulo do ataque à figura do patrão autoritário, e em "Primeiro de Maio", cujo protagonista vive a castração política imposta pelo pai-Estado. Nesse percurso, a revolta originária do desejo íntimo do narrador Juca pode ser aproximada da revolta social e política contra a iniqüidade nos narradores em 3ª pessoa. E esses narradores todos realizam um percurso textual em que os vitimados pela lei da cultura e da moral, da divisão de classes e do autoritarismo estatal tornam-se próximos. Juca e o 35, o 35 e José, o menino e a "velhota" são acompanhados por diferentes narradores que realizam um caminho de solidariedade e de identificação projetiva.

Esses narradores sabem também o que não querem – e a versão final de "O Poço", de 1942, demonstra-o com eficácia, tematizando o autoritarismo na relação patrão/empregados. Joaquim Prestes obriga seus trabalhadores a penetrarem num poço que já mina água, num dia chuvoso e frio, sob risco iminente de desabamento. E obriga-os por causa de um capricho: sua caneta caíra no poço e ele a quer de volta a qualquer preço. Como não há condições de descerem os mais fortes, a proeza competirá a Albino, rapaz franzino e provavelmente tuberculoso, que a realiza com a submissão de quem se alegra por cumprir não importa quais ordens do patrão. Seu irmão José quer protegê-lo e finalmente acaba por desafiar a autoridade arbitrária de Joaquim Prestes, impedindo Albino de descer no poço para mais uma tentativa. No confronto entre patrão e empregado, vence o desafio de José, mas é sob as ordens do patrão que se suspende a busca à caneta. Dois dias depois, a caneta é devolvida, limpa mas arranhada. Joaquim Prestes, verificando que ela não escreve mais, joga-a no lixo e abre uma gaveta que contém uma caixa com "várias lapiseiras e três canetas-tinteiro. Uma era de ouro".

Armada à maneira tradicional, a trama é comandada por uma voz onisciente que, aparentemente, tem domínio e distância do mundo narrado. Pode relatar com objetividade o que sucedera e não se coloca como consciência rememorante que mistura o relato à sua interpretação dos fatos[14]. O narrador esmiúça caráter e manias do protagonista e sabemos, então, que Prestes não tem

---

14. Essa postura do narrador foi deliberadamente buscada por Mário de Andrade como se pode atestar nos manuscritos: "Contar impessoalmente sem eu entrar no conto" ou "É preciso tirar [sublinhado em vermelho] totalmente o processo familiar de contar. Contar com simplicidade, sem viveza, mas com certa mornidão soturna".

muito o que fazer, a não ser "inventar modas", cultivar vaidades, empreender o novo.

Acentuando o caráter caprichoso e arbitrário de Joaquim Prestes, o narrador faz ver que o mesmo homem que trouxera novidades à região recusa-se à novidade progressista. Seu "modernismo" limita-se a trazer manias, como a dos pesqueiros ou a criação das abelhas, e a marcar seu lugar de classe com os automóveis que compra. Mas não quer água encanada "porque ficava um dinheirão", só usa meias feitas pela mulher "'pra economizar'" e recusa a fossa – numa demonstração cabal de modernização conservadora, fundada na economia e no atraso. Nessa sua aparente contradição, Prestes vai ganhando contornos muito precisos que o identificam a setores de nossa burguesia. Como inovador, Joaquim Prestes segue o compasso da importação, de carros e chapéus, e até pretende "reeducar" as abelhas nacionais seguindo as regras dos manuais alemães; no que diz respeito ao seu comportamento retrógrado, prefere o velho costume "nacional" da "casinha com porcos por baixo" em vez do banheiro com água encanada.

Nas relações de trabalho, Prestes representa e encarna a opressão: não importam as condições do tempo natural, quem rege a vida é o tempo do trabalho, assinalado pelo olhar do patrão para o relógio, que mede a produtividade. Nesse gesto, várias vezes executado, o personagem dá corpo ao lema capitalista de que "tempo é dinheiro" e, nessa lógica, entende a chuva imprevista daquele julho como a que "embolorava" o couro das carteiras e "apodrecia" o café no chão.

O ritmo narrativo mimetiza obediência a essa lógica: após os comentários sobre a identidade do protagonista e a chegada ao pesqueiro, a primeira cena do conto se arma simultaneamente ao olhar do patrão para o relógio, censurando os trabalhadores por não estarem nos trabalhos do poço. Tentando disfarçar a contrariedade de Prestes diante do fato de não ser possível continuar a escavação em função das condições climáticas, o peão José lhe adianta que já mina água do poço. Apressa-se o ritmo da narrativa que, anteriormente, dava voltas na delimitação da figura do proprietário.

Avanços e desvios compõem tanto as ações das personagens quanto a armação da intriga, e narrador e peões parecem submetidos à lógica e ao arbítrio de Prestes. Em sentidos diversos, porém: o narrador apressa a ação para esmiuçar e devassar a autoridade; as personagens caem em novas armadilhas à mercê do patrão. O que José imaginara como forma de resolver o aborrecimento de Joaquim Prestes arma outro embate: se já mina água do poço, é preciso acelerar o ritmo da produção. Albino se dispõe ao trabalho de descer no poço, José tenta evitar e proteger, mas um conflito oblíquo se urde entre esses dois iguais.

Na longa e lenta cena em que se apresenta essa seqüência é a voz do patrão quem comanda e resolve. Os subordinados apenas observam e obedecem àquele que "decidira tudo" – o que, inicialmente, parecia querer dizer que Joaquim Prestes aceitara a impossibilidade de continuar a escavação e portanto deslocaria seus peões para o trabalho na casa. Mas nada disso ocorre, pois o patrão se dirige à beira do poço e sua caneta cai. Ata-se o nó da intriga e se inicia novo percurso no desenvolvimento da ação e também da escavação da *persona* da autoridade.

As peripécias se desenvolvem, em cenas insistentemente pontuadas pelo sarilho que, gemendo e uivando, personifica a não-aceitação das relações expropriativas do trabalho alienado e dá voz aos que se calam. O *capricho* do proprietário delimita grotescamente a relação patrão/empregados, fundada na exploração até o limite da vida. Os trabalhadores aceitam submeter-se a duras e inúteis condições apenas para recuperarem uma caneta que, na lógica dominante, é emblema de poder.

A ação avança e, em função da técnica narrativa, pode-se dizer que Prestes, cada vez mais irado à medida que os trabalhos se tornam menos fecundos, domina também o narrador, que se vê invadido pela proferição da personagem:

> O magruço lembrou buscarem na cidade um poceiro de profissão. Joaquim Prestes estrilou. Não estava pra pagar poceiro por causa duma coisa à toa! que eles estavam com má vontade de trabalhar! esgotar poço de pouca água não era nenhuma África (P, 68).

Nessa fala ao mesmo tempo se revelam a ideologia branca e senhoril e sua degradação, pois a consciência se manifesta em atos de pura arbitrariedade. Em meio às inúteis tentativas de secagem do poço, o narrador lavra essa consciência e dá amarração a motivos antes aparentemente soltos: a birra de Prestes se relaciona ao fato de não poder se realizar a pescaria para a qual a visita fora convidada, dadas as condições do tempo natural, insubmisso à autoridade do homem. A ordem para escavar o poço, demonstração de poder sobre os homens, é também "seqüestro" da contrariedade de não domar a natureza. O domínio – palavra-chave para a personalidade autoritária – aqui nada cria. Não faz mais do que reatualizar a vontade da posse e oprimir corpos frios:

> [...] e Joaquim Prestes, agora que o vigia afirmara que não dava peixe, tinha embirrado, havia de mostrar que, no pesqueiro dele, dava. Depois que diabo! os camaradas haviam de secar o poço, uns palermas! Estava numa cólera desesperada. Botando a culpa nos operários, Joaquim Prestes como que distrai a culpa de fazê-los trabalhar injustamente (P, 68).

E na "boca do poço" dá-se a passagem do nó ao clímax, da máscara ao rosto sórdido do autoritário Joaquim Prestes. O poço, elemento realista que configura, neste conto, o espaço das relações de dominação fundadas no atraso do trabalho não-especializado, é também um dado simbólico na narração. Albino, a personagem frágil, será quase soterrado e emergirá como figura sinistra, desfigurada pela lama. Nesse poço, corpo aberto da terra, a boca devora e a trama mostra o visceral. A caneta engolida surge como transgressiva imagem de posse, analogicamente à imagem da autoridade que invade e comanda os corpos friorentos e submissos dos trabalhadores. Também por via da sobreposição das imagens – caneta/Joaquim Prestes –, o narrador, que denuncia a *práxis* autoritária nos pequenos fatos, ao mesmo tempo degrada a representação do "pai" dominador: sua caneta, mesmo que substituída por outra, ficará arranhada.

Veleidade e capricho marcam as atitudes do dominador, e, ao relatá-las, o narrador revela a destruição da autêntica consciência senhoril[15]. Pontuada de maneira lenta e minuciosa, a seqüência das ações apresenta a violência dos acontecimentos. Um dos "camaradas" se despede para não precisar desobedecer às ordens de continuar a procura da caneta, e sua atitude afronta vaidade e honra do patrão. Outro peão, o magruço, silva surdo como os bichos, e dessa sua natureza mais primitiva ecoa um primeiro brado humano de insubmissão. O vento, personificado, sopra e chicoteia.

Embora Joaquim Prestes finja que sua autoridade está íntegra, o narrador vê suas mãos que, esfregando-se uma na outra, denunciam desconcerto interior e fabulação de vinganças. No patrão, o desejo de posse e poder se inscreve literalmente como volúpia de olhos pregados na boca do poço que ameaça seus trabalhadores, devora sua autoridade e a quem ele quer irracionalmente dominar. Complemento perverso desse poder, surge Albino como o enterrado vivo nos domínios arbitrários do patrão. Estranha e assustadora, a imagem grotesca de Albino saído do poço parece corporificar uma representação simbólica do castrado:

15. Cf. A. Rosenfeld, "Mário de Andrade e o Cabotinismo", *Texto/Contexto*, pp. 197-200

Albino apareceu na boca do poço. Vinha agarrado na corda, se grudando nela com terror, como temendo se despegar. [...] olhava todos, cabeça de banda *decepando* na corda, boca aberta. Era quase impossível lhe agüentar o olho abobado. Como que não queria se desagarrar da corda, foi preciso o José, "sou eu, mano", o tomar nos braços, lhe fincar os pés na terra firme. Aí Albino largou da corda. Mas com o frio súbito do ar livre, principiou tremendo mais. O seguraram pra não cair. [...]
[...]
Levou as mãos descontroladas à boca, na intenção de animar os beiços mortos. Mas não podia limitar os gestos mais, tal o tremor. Os dedos dele tropeçavam nas narinas, se enfiavam pela boca, o movimento pretendido de fricção se alargava demais e a mão se quebrava no queixo (P, 71-72, grifo meu).

E no ponto mais agudo da dominação grotesca o servo obtém consciência, (re)conhecendo que a *persona* autoritária tem a face da arbitrariedade. José, o irmão protetor de um clã fraternal, ascende de sua condição de quem também é soterrado vivo. José acolhe o franzino irmão, dando-lhe abrigo corporal e cachaça. A boca e o chupeteio reaparecem no estado de privação quase absoluta em que se encontra Albino, permitindo-lhe a satisfação de continuar vivo, renascido, aquecido. E, "filho" insubmisso, seu irmão José ergue os olhos para o "pai"-patrão e o enfrenta, instituindo a sua lei, o seu desejo:

– Albino não desce mais.
[...]
– Não desce não. Eu não quero.
[...]
– Eu não quero não sinhô (P, 72).

Embora sem se livrar da "semiconsciência de culpa lavrada pelos séculos", José se ergue e afronta, na atitude da rebelião, mesmo que precária, por um único instante. Joaquim Prestes, diante do olhar calmo de José, baixa os seus e recua, disfarçando:

– Não vale a pena mesmo...
Não teve a dignidade de agüentar também com a aparência externa da derrota. Esbravejou:
– Mas que diacho, rapaz! vista saia! (P, 73).

No fragmento que põe fim à escavação da *persona* da autoridade, poço de permanentes arbitrariedades, persiste o domínio aparente do explorador. Apesar de escavado, devassado e denunciado, o dominador continua a dominar. Mas Joaquim Prestes foi mostrado no momento em que, ao querer impor a sua lei a qualquer preço e violando um impedimento da natureza – o poço com lama, num dia de chuva –, sua consciência senhoril se degrada.

Num ataque final à figura da autoridade caprichosa e veleitária, a última frase do conto condensa e acumula imagens de dominação: Joaquim Prestes possui, guardadas, muitas canetas e lapiseiras, o que revela como ainda mais arbitrário e desumano o trabalho que impusera a seus peões. Esses objetos, representações da propriedade privada, estão sintetizados num fetiche fálico, a caneta de ouro, que tem o brilho da riqueza máxima. Mas, embora essa caneta continue a brilhar, a autoridade de Joaquim Prestes está definitivamente soterrada no poço e, tal como a outra caneta, arranhada, é imprestável.

3
━━━━◆━━━━
Uns: o Eu Mutilado

Sob a forma do ataque ao patrão autoritário (P) ou ao Estado totalitário (PM) e do rebaixamento de um modelo paterno (PN), a recusa à figura do pai pode indicar mais do que a análise procurou revelar até aqui, ampliando possibilidades interpretativas.

Por um lado, o tema marca uma escolha ideológica que nega o autoritarismo, na vida familiar ou na vida pública, num momento da história política do Brasil em que o artista Mário de Andrade se comprometia com a luta contra a iniqüidade, conclamando os intelectuais a marcharem com as multidões, como se pode ler em "O Movimento Modernista", de 1942. Por outro lado, também indicia uma questão psíquica à volta da qual os narradores parecem circular: o enfrentamento da lei da cultura, que criou o mal-estar da civilização, imbricado ao enfrentamento da personificação dessa lei na figura do pai, que proíbe o objeto amoroso sem contrapartida. Nesse complexo emaranhado, que sugere a não-aceitação do injusto "pacto social" tampouco do "pacto familiar" desprazeroso, permanecem resíduos do temor à castração, medo arcaico que retorna em deslocamentos e condensações estranhamente inquietantes. Expulso da consciência do eu, projeta-se como desconhecido nas sombras entrevistas nas coisas e no(s) outro(s) do mundo: a caneta imprestável devorada pelo poço (P), a cidade que fecha seu corpo aos prazeres dos cidadãos (PM), a noite que vela a ânsia insatisfeita do gozo (L). Retorna sob formas ainda mais arcaicas e enigmáticas, lavradas em símbolos.

Entre o olhar mais diretamente social dos narradores em 3ª pessoa, que denunciam a opressão, a injustiça social, a submersão da voz íntima no cenário histórico-social, e a face mais íntima dos narradores em 1ª pessoa, que buscam nas recordações de sua educação sentimental a origem da própria identidade, há cifras e mediações. Ainda que perigosa, a tentativa de (re)construí-las busca configurar esses narradores na ambivalente confluência de duas determinações: a do tempo atualizando as marcas de uma antiga opressão individual e a do sonho de justiça, social e psiquicamente libertadora.

O conjunto da produção de Mário de Andrade parece autorizar este caminho interpretativo, já que as utopias para a sociedade que nela se inscrevem não eliminam a representação, na chave da lírica e da épica, dos conflitos pessoais e mesmo biográficos daquele que os concebia como emanações de um padrão moral e cultural, mais do que como "tendências pessoais". Lembre-se que à época da fatura do projeto de *Contos Piores*, os conflitos históricos e os de Mário de Andrade haviam se acirrado ainda mais: a Segunda Guerra e a ocupação de Paris, a ditadura de Getúlio e, no plano profissional, o que considerou seu "fracasso" no Departamento de Cultura do Município de São Paulo, o qual o levou ao "exílio voluntário" no Rio de Janeiro, cidade onde viveu várias e graves crises pessoais[1].

Nesse sentido, o tempo histórico dos narradores de *Contos Novos* – a ditadura getulista e, no plano internacional, a derrocada das forças democráticas, com o perigoso avanço do fascismo –

---

1. A correspondência, principalmente com Carlos Drummond, Oneyda Alvarenga e Paulo Duarte, dá testemunho do que o autor considerou seu maior fracasso e a gravidade da crise daí resultante.

contribui para dar outra face, "moralmente elevada", "nobremente cabotina", a arcaicos "móveis secretos" recalcados, mas só momentaneamente derrotados, pois retornam como conflito íntimo e dilacerador[2]. O social e o psíquico articulam-se, e nesta leitura vemos os narradores avançarem na direção do enfrentamento do velho temor que, em quase todos os contos, se equaciona numa recusa à castração simbólica, no gesto de rebeldia contra o corpo do dominador, o "pai"-patrão, o Estado e a Moral autoritária, na identificação projetiva com o oprimido.

Mencionados pelo narrador Juca no conto que abre a coletânea, o complexo de Édipo e o temor à castração são denegados:

> Como se vê, jamais sofri do complexo de Édipo, graças a Deus. Toda a minha vida, mamãe e eu fomos muito bons amigos, sem nada de amores perigosos (VP, 23).

Mas são justamente esses os motivos que retornam, simbolicamente, no último dos contos (trabalhado por Mário de Andrade entre os anos de 1939 e 1942, simultaneamente à fatura de "Vestida de Preto"), na rememoração da cena do corte dos cabelos. E, na cifra do primeiro e do último contos, as diferenças não eliminam o encontro de semelhanças. Em todos eles, as personagens, desejosas e desejantes, são interditadas pelo poder, qualquer que seja a sua face. Aí pode estar um dos centros de significação de *Contos Novos*: o que está no íntimo e na pré-história individual de Juca está também em seres projetados: Mademoiselle num cio impotente; 35 num desejo de festa proletária, "sarça ardente" onde se inscreve a lei da proibição; no menino sem nome que é roubado de sua imagem adorada.

---

2. Gloso as palavras de Mário, em "Do Cabotinismo", de 1939, *O Empalhador de Passarinho*, 3ª ed., São Paulo/Brasília, Martins/INL, 1972, p. 79.

Em "Tempo da Camisolinha" e em "Nelson" o tema simbólico do temor à castração está mais à mostra. Na leitura linear da obra, para se chegar a "Tempo da Camisolinha" passa-se por "Nelson"; para se chegar ao eu que se redescobre, passa-se pelo outro – um estranho homem. E entre todos os corpos de *Contos Novos*, este se destaca pela curiosidade que provoca e a todos inquieta.

No Capítulo 2 mostrávamos que, embora provoque a fabulação das vozes e a tecelagem das histórias, a identidade desse suposto Nelson permanece como esfinge até mesmo para o narrador, ainda que, ao ver a mão mutilada, ele tenha a segurança de quem tirou a "prova de realidade" ficcional. Justamente porque, em si mesmas, as histórias sobre o homem não elucidam sua compreensão nem afastam o mistério, o conto "Nelson" – que finaliza com o trancamento da personagem – reinventa o segredo.

Na análise do procedimento narrativo, surgem novas chaves. Metonimicamente narrado, esse conto se compõe como junção de pedaços de histórias vindas de fontes e tempos diversos, de pedaços de estilos. Nesse sentido, o conto se organiza como mosaico. À semelhança da metáfora utilizada por Freud para tratar do conteúdo manifesto construído pelo "trabalho do sonho", este mosaico parece constituir-se com "pedaços de diferentes pedras reunidas por um cimento" e "os desenhos resultantes não correspondem aos contornos de nenhum de seus elementos constitutivos"[3]. As histórias de Alfredo, sobre o amor do homem pela paraguaia que o abandona, e do outro rapaz, sobre a luta do homem com o inimigo durante a Revolução de 30, complementam-se pela elaboração de Alfredo, que constrói o vínculo: o homem fora para a Revolução porque odiava o Brasil, causa do abandono de sua amada. Na constituição do mosaico, as peças se reencaixam

---

3. S. Freud, "Introduccion al Psicoanalisis", *op. cit.* (Biblioteca Nueva), vol. II, p. 150.

no espírito do leitor, após o narrador ver a mão mutilada e assim tornando "verdadeiro" o que parecia mera invencionice de bar. Tudo, porém, são interpretações que, embora formem o desenho desse homem, não eliminam o mistério daquele que, sem nada mostrar de "berrantemente extraordinário", provoca a curiosidade e a todos se furta.

A forma fundada no procedimento metonímico organizador do conto é *significação*: constrói a imagem da fragmentação, em similaridade com a imagem do homem mutilado. Este, inicialmente descrito numa imprecisa unidade – o "ar esquisito, ar antigo" –, logo se mostra, para os olhos do narrador, em pedaços de corpo: a "cara enfarinhada", de "uma palidez absurda", "quase artificial", compondo um rosto grotesco que, aproximando o autômato do humano, o vivo do morto, lembra a *facies hippocratica*[4]. Mas o centro de interesse logo se desloca para outros pedaços do corpo, nos gestos de disfarçar e esconder a mão.

A(s) história(s) culmina(m) na imagem da assustadora mão mutilada e traz(em), para o centro da interpretação, a sua contrapartida. A mão íntegra, no plano da cultura, é símbolo de humanidade, de posse e de domínio. Referida a um momento do desenvolvimento da sexualidade infantil, a mão dá expressão ao desejo de conhecer o próprio corpo e aos prazeres e proibições daí advindos. Por um processo metonímico de contaminação psíquica, o temor à punição de prazeres masturbatórios desliza para o instrumento que provoca o prazer. A mão substitui o falo, também no temor à mutilação[5], e o sentimento diante do mutilado dá expressão ao terror provocado pela imagem aterradora do homem castrado[6].

---

4. Cf. M. Bakhtin, *La Cultura Popular...*, cit., p. 323.
5. Cf. S. Freud, *Três Ensaios sobre a Teoria da Sexualidade* e "Totem e Tabu", *op. cit.*
6. Cf. Freud, "O Estranho", *Edição Standard Brasileira das Obras Psicológicas Completas,* Rio de Janeiro, Imago, 1980.

Em "Nelson", a mão está mutilada, falta-lhe o polegar, o que dificulta a preensão de objetos. O homem, que se esconde, exibe a diferença, mesmo antes que alguém possa ter certeza da mutilação. Sua simples presença provoca curiosidade e medo, aparentemente sem razão. Por isso, os observadores do bar querem eliminar o mistério: explicá-lo talvez seja forma de tramar um conteúdo manifesto que visa a afastar o temor fantasmático. No entanto, ao engendrar histórias, o enredo que inventam permite ao reprimido encontrar lugar substitutivo de expressão.

Assim, os casos contados insinuam em suas imagens que o homem que provoca estranhamento é o mutilado, quer isso se represente como subtração de posses e de bens, quer como perda de parte do corpo. Numa ou noutra forma, o homem é o que fracassou, o que perdeu algo.

Na versão de Alfredo, o homem perde o controle sobre a mulher e, finalmente, perde-a também, junto com seus bens. O nó dessa história de amor é um conflito político, que parece fora de tempo: a mulher, paraguaia, descobre que, em outra época, os brasileiros destruíram seu povo; a seus olhos, o marido passa a encarnar a imagem do opressor e ela, oprimida, rebela-se à custa da privação e do término de seu casamento. A história da opressão do povo paraguaio, já passada, dá passagem para velhas narrativas do primitivo desejo de vingança do dominado. A estrangeira efetiva a vingança, literalmente cortando e retalhando objetos substitutivos: roupas, livros, bens comprados pelo brasileiro.

O enredo do "quarto rapaz" trata de um conflito que envolve "revolucionários" e "forças do Governo", à época da Coluna Prestes. Nessa história, apesar de seu assunto político, não importa quem é da situação, quem é da oposição. Seu nó está num conflito arcaico: o da luta pela vida, contra a morte, atualizado numa luta entre adversários. Para sobreviver, o suposto Nelson, escondido, agarra-se a um inimigo sob um "caixão", espécie de cais flutuante, num lugar também escondido. Ambos "não queriam, decerto nem podiam se largar", mas o homem, temendo morrer, "enforca" a própria cabeça no caixão e agarra o adversário pelo "gasnete", apertando-o até matá-lo. Continua a agarrar o corpo do cadáver para impedi-lo de flutuar, o que traria a presença dos outros adversários, vivos. É então que as "piranhas" do rio lhe devoram parte da mão – justamente a que exercia o controle sobre o outro. Nessa versão, as imagens realistas também são preenchidas de significações simbólicas, articuladas ao falo enquanto significante do poder, do domínio e da luta pela vida. A mão é mutilada para que o homem continue vivo; a mão que esganou recebe a pena por ter ultrapassado limites e invadido águas tão perigosas. As "piranhas" punem – com toda a sugestiva força do que na imagem faz ressoar velhos e arcaicos temores ligados ao exercício da sexualidade. Neste "pedaço" de história, o temor se torna imagem, realista, de mutilação, condensando a castração simbólica metonimicamente apresentada. As "piranhas" decepam o polegar; para continuar vivo, o homem não pôde impedir que sua ferramenta para a preensão fosse eliminada.

Assim, nas duas histórias contadas, o homem estranho é fantasiado como o sujeito poderoso e dominador que, num relance, perde tudo o que tem e parte do que é. Não por acaso, logo após a versão do "quarto rapaz", um deles, após saber que o homem não quis manter relações sexuais com a *garçonette* que tenta impedir as bisbilhotices, comenta que ele deve ser um "viciado" – preconceituoso eufemismo daqueles tempos para a homossexualidade masculina.

Destituído de sua inteireza corporal, o homem grotesco (re)desperta em todos o antigo, sepultado e sinistro temor da castração – e a mão mutilada é a esquerda, palavra que também evoca as conotações do sinistro. Também ocorre assim para o narrador para quem não bastam as histórias. Vestido de "ninguém", ele quer enfrentar o terror. Como os rapazes do bar, que contam histórias para afastar o olhar, também ele disfarça e registra as vozes dos outros. Mas o seu olhar precisa enfrentar a imagem daquilo que, de fato, o aterroriza:

> A mão *era mesmo repugnante de ver*, a pele engelhada, muito vermelha e polida. E assim, justamente por ser o polegar que faltava, a mão *parecia um garfo, era horrível* (N, 103, grifos meus).

Se apenas a presença do homem – que ao esconder as mãos provocava curiosidade e temor – gerara histórias sobre a perda do domínio e a mutilação, ver a mão provoca horror. O narrador, que enfrenta a visão, tem também outras revelações enigmáticas: no cenário banal de um fim de noite de sábado, seus olhos captam o homem quase autômato, isolado de todos, que se imagina perseguido e se esconde. O narrador, que apreende apenas o visível, não o decifra. Vê esse espectro desumano, que anda com passo mecânico e só se humaniza solitariamente, quando "ninguém" o vê ou quando vê sem ser visto. Sua ânsia é a de ver sem ser descoberto e, nesse ato, obtém prazer:

> [...] o homem agora imóvel, *devorava a cena, olhos escancarados sem piscar*. [...] O homem chegou a sair com o corpo todo de trás do tronco, na *ânsia* de escutar o que o guarda dizia. [...]
> O homem se viu só. Houve *um relaxamento de músculos* pelo corpo dele, os ombros caíram, veio *o suspiro de alívio*. Reprincipiou a andar devagarinho, *calmo outra vez* (N, 104, grifos meus).

O suposto Nelson espreita. Pela similaridade das posições, parece reviver o acontecimento traumático, a situação anterior de grave risco, sob o "caixão": para sobreviver tem de se esconder. No entanto, a atual também parece insólita e ecoa outra cena, mais arcaica, do desejo do conhecimento, na primitiva curiosidade infantil de espreitar à porta.

Na evolução dos fatos, o homem se esconde dos homens ("três, bem fortes"), espreita operários, e sua ansiedade aumenta para escutar o que o guarda diz. Com os olhos escancarados, sai "com o corpo todo de trás do tronco" para ver uma cena de repressão em que o guarda, em sua demonstração de autoridade, inicia pelo "conselho, *paternal*". Guarda/lei, por um lado, e operários/insubordinação, por outro, fundem-se na cena espreitada e isso alimenta a ânsia do homem, humanizando-o inquietantemente. Os olhos do suposto Nelson, que antes pareciam espreitar apenas por medo de ser observado, agora revelam a volúpia de ver às escondidas cenas cuja banalidade está apenas na superfície. O homem estranho vive o *lust* – prazer e tensão imbricados –, e seu prazer é solitário: sem mãos, com olhos. Após a visão, vêm o relaxamento do corpo, a calma e o suspiro de alívio. Ânsia e gozo, na cena cotidiana que ecoa velhas curiosidades proibidas.

O narrador, mesmo vendo o homem, tem mais dúvidas do que certezas:

Mas *decerto* perseverara o receio de que o pudessem descobrir sorrindo: principiou caminhando mais depressa outra vez (N, 103, grifo meu);

Os três homens tinham ficado ali, conversando, e ele estacou, olhou pra trás, pretendendo voltar caminho, *talvez* (N, 104, grifo meu).

Parecia temer que alguém viesse pela calçada e o apanhasse escondido ali (N, 104, grifos meus).

Com seu insistente "desconhecimento", o narrador se trai. O suposto Nelson permanece para ele como "estranho", que o inquieta porque em sua imagem se projeta um temor familiar jogado para o esquecimento. Quando o homem se tranca em casa, fica invisível para o narrador que não pôde apreender seus pensamentos. Em vez da identificação empática – tão nítida nos narradores de "Primeiro de Maio", "Atrás da Catedral de Ruão", "O Ladrão" e, sob a perspectiva de José, em "O Poço" – o narrador de "Nelson" não se funde com a imagem desse *outro*, que, assim, persiste como alteridade inquietante, fantasma que dá representação ao que ele quer/não quer ver: o homem fracassado em sua vontade de posse e domínio, o espectro do mutilado.

O fato de o nome Nelson ser *suposto*, já que aparece apenas no título, pode contribuir para o desenvolvimento da interpretação. Esse nome, referido ao homem do bar, conota o homem comum, mas também alude à figura histórica do Almirante Nelson, enfrentador de mundos, cuja glória e título lhe vieram após a perda do braço direito durante uma batalha contra as tropas da França, em 1797. Nome e mutilação sobrepõem o homem comum do presente, sentado no bar e que, mesmo sob o estigma do fracasso, exercita seu autodomínio controlando a medida de seus "seis chopes", e o homem do passado que, mesmo mutilado, ou justamente por causa disso, torna-se heróico e poderoso. Surgem relações de continuidade entre eu e outro, presente e passado, fracassado e herói. Numa sutil analogia entre homem da ficção e homem da história real, dá-se expressão a um desejo também reprimido: a mutilação pode engendrar poder.

O eu real parece desdobrar-se e se transformar em ficção[7]. Esse homem, que só o título do conto pode nomear, é sósia do herói mutilado. Nesse sentido, pode-se pensar que Nelson dá representação a uma espécie de "duplo", sombra que pode anunciar a morte ou prometer a vida.

---

7. Essas relações são ambivalentes, também porque podem se dar não apenas entre Lord Nelson e o suposto Nelson, mas também entre ambos e Mário de Andrade. Segundo depoimento de Antonio Candido e Gilda de Mello e Souza ao Grupo Tapa, em 1990, o escritor tinha o costume de, no fim da tarde, ir até um bar no Largo Paissandu e, totalmente isolado (já que a hora ainda não era de boêmia), tomar sua cota fechada de chopps. Só então voltava a casa para trabalhar.

Sobre o tema, amplamente trabalhado pela psicanálise, Otto Rank afirma ser sintomático o fato de na modernidade o duplo provocar medo. Em sua origem ancestral, significava segurança contra o poder da morte e se representava como "eu idêntico" – a sombra, o reflexo, a alma –, prometendo sobrevivência pessoal no futuro. Na era do "esclarecimento", as forças primitivas foram soterradas e, na tentativa mal-sucedida de negá-las, retornam sob aspecto assustador. O duplo surge como "eu oposto"[8]. Para Freud, o "duplo", quando permanece após a etapa do animismo e da onipotência infantil, transforma-se em "estranho anunciador da morte" que, apenas entrevisto, revela-se só de passagem naquilo que provoca curiosidade e temor. Aparece como sombra no espelho, rosto que não é claramente visível nem se deseja ver, e provoca a sensação do sinistro[9].

Em "Nelson", o homem estranho é uma sombra que o narrador e os observadores do bar são forçados a ver e *não querem reconhecer como sua*, embora em todos desperte fantasias que, segundo esta interpretação, relacionam-se a antigos complexos e ao arcaico temor da castração. Ainda que Nelson não seja literalmente uma figura de espelho ou uma aparição demoníaca (os duplos que a literatura consagrou), parece possível afirmar que ele encarna um outro eu – "uma repetição daquilo que eu mais odiava em mim"[10]. Com ele, o narrador não quer identificar-se projetivamente e, por outro lado, não consegue destruí-lo. Mas justamente porque provoca o fantasmático retorno de uma fantasia centrada na derrota do "filho" para quem a ameaça se cumpriu, duplica e dá

---

8. Cf. O. Rank, "The Double as Immortal Self", *Beyond Psychology*, Camden, N. J. Haddon, Craftsmen, 1941, pp. 62-101.
9. Cf. "O Estranho", *Edição Standard Brasileira...*, cit., vol. XVII, p. 293.
10. Cito aqui uma frase do conto "William Wilson", de Poe, embora o enredo das narrativas seja bastante diverso.

simbolização ao corte efetivado, equacionando-o na ambivalência de um homem mutilado e poderoso: Almirante Nelson/Nelson comum, que não é decifrado pelas vozes narrativas.

Esse suposto Nelson quer ver e tem mania de perseguição. Tal como é compreendida na psicanálise freudiana, a mania é componente regressivo de um fato da infância, em que se atribuiu demasiada importância a uma pessoa; o delírio persecutório, por sua vez, reproduz uma atitude do filho para com o pai, o que pressupõe a fixação na violação da lei paterna e, portanto, a não-superação do complexo de Édipo[11]. Assim, talvez a mania do homem estranho dê representação a uma antiga tendência da vida psíquica do narrador e da consciência que o criou. Nos anos que precederam a fatura de "Nelson" e também em 1943, Mário de Andrade vivia delírios persecutórios e chegava mesmo a não se reconhecer em seu corpo[12]. O homem mutilado que precisa ver com ânsia a cena da repressão e dela se protege duplica este narrador que sai a persegui-lo e narra o que vê, *voyeur* escondido de todas as cenas, espionando os homens em bares, escutando-os quase "saindo do tronco" também, transcrevendo o resultado de sua contemplação travestido de uma alma sem corpo, "ninguém".

O narrador está em vésperas de reconhecimento de si mesmo, sem mais partir-se num eu e num outro – ele que vê outros sempre iguais, na tensão entre desejo e lei. Nesse relato em que passa a voz a todos que, como ele, criam histórias ao ver o estranho, o narrador *quer* e *faz*: quer saber o que o homem esconde,

---

11. Cf. "Totem e Tabu", *op. cit.* (Biblioteca Nueva), vol. II, p. 446.
12. Cf., especialmente, *Mário de Andrade – Oneyda Alvarenga: Cartas*, cit., pp. 167 e 304, cartas de 10.01.1939 e 26.12.1940, e Mário de Andrade e Manuel Bandeira, *Itinerários. Cartas a Alphonsus de Guimaraens Filho*, São Paulo, Duas Cidades, 1974, p. 38, carta de 27.5.1943.

mostra o que ele esconde, tem a prova da realidade, revela o medo do outro de ser descoberto. Inscreve suas descobertas com a imagem da visão da mão mutilada, dos olhos espreitadores e do isolamento e trancamento da personagem – deslizamento e retorno de processos primários do desenvolvimento da sexualidade infantil, punidos como transgressivos: prazeres da mão, prazeres dos olhos. Embora a consciência narrativa queira espelhar-se, Narciso degradado se interpõe e se desdobra como um outro. Essa *imago* lhe traz a visão da perda e a percepção da ânsia de espiar que, mesmo ou porque não decifradas, instigam o movimento de (re)identificação do narrador.

O suposto Nelson poderia ser lido como um eu não reconhecido como tal. Projeção do terror, pode, se (re)identificado, trazer a libertação e o esquecimento. Como nos rituais de despedaçamento, do homem que perdeu um pedaço de seu corpo surge a possibilidade de um homem novo. No conto seguinte a "Nelson", o narrador, que ressurge como "eu", reconhece em si mesmo a imagem da castração simbólica e se reencontra na imagem desse seu outro: a foto do menino de cabelos cortados. O eu – sem nome – reencontra o duplo que, em vez de anunciar a morte, garante a vida e lhe dá o poder dos mutilados: diante da trama inelutável dos fatos de sua pré-história individual, encontra na destinação social o móvel que o legitima e lhe possibilita realizar-se.

Ao chegar a esse ponto do percurso, o eu adulto escolhe ser alguém que se identifica com os despossuídos. Ao relembrar sua infância, no "caso desgraçado" da doação da estrela-do-mar ao operário, projeta, reconstrói e reconhece a si mesmo e a um outro pai, o "portuga", o infeliz pé-de-boi que tem má sorte. Pai mais humano, aos olhos do narrador, porque está mutilado pela injustiça social que o menino então descobre. Ao menino, que dá ao operário a maior das três estrelas-do-mar que possuía, cabe por um instante a possibilidade de transformar o mundo, com a onipotência de seu pensamento e a força todo-poderosa de seu talismã. O operário "pai", rude, que o pai "real" do narrador proibia ao filho[13], tem a "mão *calosa*" mas isso não o impede de roçar os "cabelos *cortados*" do menino. O gesto que indicia duas mutilações, a da divisão de classes e a da lei da cultura, efetiva o contato.

As estrelas-do-mar do menino projetam seus desejos infantis de um reino mágico: as duas estrelas "grandonas" e a menorzinha com a ponta estragada são seu talismã. Embora pense quebrar todas elas ao perceber que seu reino mágico não é o mundo, não as quebra – e para sempre vai desejar para si e seus iguais a impossível plenitude. Doa, sem mutilá-la, sua maior estrela-do-mar; ao mesmo tempo descobre que ela não resolverá os sofrimentos do "portuga" e que são infinitos os sofrimentos humanos. Aprende, assim, que a realidade objetiva não é mágica nem se curva a seus desígnios – e, contra ela, por sua transformação, outros talismãs serão necessários.

---

13. Cf. trechos de "Tempo da Camisolinha": "Papai é que não gostava muito disso não, porque tendo sido operário um dia e subido de classe por esforço pessoal e Deus sabe lá que sacrifícios, considerava operário má companhia pra filho de negociante mais ou menos" (p. 109). Ainda tecendo relações entre ficção e confissão, o motivo do "pai operário" aparece na correspondência de Mário de Andrade (cf. *Cartas de Mário de Andrade a Murilo Miranda*, cit., p. 31).

IV

A Forma da Aventura
e o Artesanato do Material

1
Os Inquietantes Vestígios do Futuro

Ao final de "Tempo da Camisolinha", um narrador em 1ª pessoa, sem nome, conta o "gosto maltratado" que sentira ao descobrir, quando menino, que o mundo não era mágico. Antes, narrara o primeiro corte de cabelos, inscrição em sua imagem corporal do que considerara sua primeira desilusão, no embate contra a autoridade paterna. Embora o menino não o quisesse, a ordem do pai fora mais poderosa e a beleza dos cabelos, destruída.

A cena do corte dos cabelos, porque minuciosamente descrita e muito vívida na memória do adulto, parece suspeita. Mais do que "verdadeira", ela talvez seja reconstrução posterior de emoções que o narrador imagina terem sido vivenciadas pela primeira vez nesse acontecimento recordado[1]. Em sua realidade psíquica, mais que em sua "verdade objetiva", a cena gravada modela e permite ao adulto a (re)elaboração de experiências e impressões que não haviam sido compreendidas aos três anos.

Assim, a cena pode ser lida como estilização do que a psicanálise considera cena-fantasma. No plano do imaginário de um eu, ela dá representação à vivência da imposição da lei e, assim, à

---

1. Pensamos na "posterioridade" das recordações, tal como a ela se refere Freud. Cf. Laplanche e Pontalis, *Vocabulário da Psicanálise*, cit., pp. 441-445, 610-614.

entrada do menino, impelida pela força e com o estigma da punição, no mundo da cultura. Para esse eu, que congela em si o enigma vivido pelo menino de três anos, houve algo como um crime e a sentença foi a mutilação. "Crime" e "castigo" se deram justamente à época em que estaria vivenciando seu complexo de Édipo – aquele mesmo que o narrador Juca denegara às primeiras linhas de "Vestida de Preto" em tom de caçoada, como se o primeiro objeto de amor e a primeira proibição fossem doença, que se *sofre*: "[...] jamais *sofri* do complexo de Édipo, graças a Deus" (VP, 23, grifo meu).

Embora o narrador resista, de "Vestida de Preto" a "O Peru de Natal" e "Frederico Paciência", nos ziguezagues narrativos que se dão entre os contos e no ocultamento do seu nome em "Tempo da Camisolinha", parece que um mesmo eu retorna àquilo que denegara. Aqui, em "Tempo da Camisolinha", quem rememora é aquele que, sem nome, conta uma experiência primária cujos conteúdos psíquicos provavelmente deslizaram em outros corpos e recordações. Essa experiência condensa sua memória mais antiga: cena do *corte*, e corte *dos cabelos*.

Na narrativa que conta o corte, a própria estrutura se fragmenta, e "Tempo da Camisolinha" é o único dos *Contos Novos* centralizado em duas células narrativas, o corte dos cabelos e a doação das estrelas-do-mar, sem relações aparentes de causalidade. Dois episódios *cortados*, recortados da vida vivida e (re)aproximados pelo ato de narrar.

No relato da primeira memória, a mais antiga a que o narrador consegue dar figurabilidade e palavras, algo toma a forma da narrativa e "trai" o domínio aparente do narrador sobre o fluxo de seus dias. Iniciando pela impressão de "feiúra" que os cabelos cortados lhe haviam provocado, o narrador alonga-se em comentários, posteriores e anteriores à perda do objeto adorado. Só então é que conta o momento da decisão e o corte efetivado. O que se apresenta como "primeira recordação" surge representado dubiamente, desordenando a marcação temporal. A princípio, essa primeira recordação seria *posterior* ao corte dos cabelos:

> O que não pude esquecer, e é *minha recordação mais antiga*, foi, dentre as brincadeiras que faziam comigo para me desemburrar da tristeza em que ficara por me terem cortado os cabelos, alguém, não sei mais quem, uma voz masculina falando: "Você ficou um homem, assim!". Ora [sic] eu tinha três anos, fui tomado de pavor (TC, 106, grifos meus).

Depois, o narrador descreve os seus cabelos longos e tece digressões sobre duas fotos, o que revela a lembrança nítida de fatos e emoções *anteriores* ao corte. É então que relata uma cena, minuciosamente apresentada, *anterior* ao corte e *posterior* à sua foto com cabelos longos:

> Foi por uma tarde, *me lembro bem*, que meu pai suavemente murmurou uma daquelas suas decisões irrevogáveis: "É preciso cortar os cabelos desse menino". Olhei de um lado, de outro, procurando um apoio, um jeito de fugir daquela ordem, muito aflito. Preferi o instinto e fixei os olhos já lacrimosos em mamãe. Ela quis me olhar compassiva, mas me lembro como se fosse hoje, não agüentou meus últimos olhos de inocência perfeita, baixou os dela [...] (TC, 107, grifos meus).

Após o relato de uma e outra "primeira recordação", vem a cena do corte dos cabelos. Com fraseado paratático e acumulação de metonímias, a própria narração realiza no plano sintático e imagético a representação do estilhaçamento e da mutilação. Só para falar do pranto, constatação da perda inelutável, é que a sintaxe se altera, acumulando nomes para o que parece escapar à compreensão:

> [...] memórias confusas ritmadas por gritos horríveis, cabeça sacudida com violência, mãos enérgicas me agarrando, palavras aflitas me mandan-

do com raiva entre piedades infecundas, dificuldades irritadas do cabeleireiro que se esforçava em ter paciência e me dava terror. E o pranto, afinal. E no último e prolongado fim, o chorinho doloridíssimo, convulsivo, cheio de visagens próximas atrozes, um desespero desprendido de tudo, uma fixação emperrada em não querer aceitar o consumado (TC, 107).

No ritmo e na seqüência que o narrador imprime à escrita de sua rememoração se dá forma a uma descontinuidade enigmática, em que os tempos se sobrepõem (con)fundindo a "primeira recordação" antes, durante e depois do corte de cabelos. No centro do enigma, é possível que pulse uma emoção anterior, vinculada ao conjunto da cena por relações de contigüidade e semelhança. Assim, talvez não seja arriscado dizer que esse corte, primeira imagem do reconhecimento da perda de um objeto amado, figura um *outro* corte, temido no imaginário e que só se percebe e se conta por meio do deslizamento.

Segundo esta leitura, nessas imagens literariamente elaboradas se constituiria a estilização daquilo que Freud chama de "lembrança encobridora", recordação infantil que se caracteriza por sua especial nitidez e, em confronto com outras experiências significativas totalmente esquecidas, pela aparente insignificância de seu conteúdo: "Seu valor, porém, consiste no fato de que representa na memória impressões e pensamentos de uma data posterior cujo conteúdo é ligado a ela por elos simbólicos ou semelhantes"[2]. Tratadas por Freud em *Psicopatologia da Vida Cotidiana*, *Introdução à Psicanálise* e "Lembranças Encobridoras", essas recordações, que nem sempre respeitam com nitidez a cronologia dos fatos vividos, parecem descontínuas, como fragmentos que vêm à tona sem vínculos de continuidade com outros eventos da mesma época. E quase sempre (res)surgem à memória como enigmas inquietantes. Para o psicana-

2. Freud, S. "Lembranças Encobridoras", *Edição Standard Brasileira...*, cit., vol. III, pp. 346 e 347.

A FORMA DA AVENTURA E O ARTESANATO DO MATERIAL

lista, a imagem conservada nessas memórias é resultado de duas forças psíquicas em confronto: a que busca lembrar, dada a importância do evento, e a que busca omitir ou esquecer, dada a força da resistência. Como resultado do embate, a imagem mnêmica registrada está em deslocamento associativo: o conteúdo manifesto da recordação são deslizamentos dos elementos importantes da imagem, objeto da resistência, e os vínculos entre ambos pode se dar *na letra*.

Também em "Tempo da Camisolinha", à semelhança do que ocorre em "O Peru de Natal", Mário de Andrade parece ter dado representação literária ao que aprendera com suas leituras de Freud, menos por "adoração cega" do que por desejo voluntário de "transformar em lirismo dramático a máquina fria de um racionalismo científico" [a teoria da iniciação sexual], questão literária que, aliás, preocupava-o desde a fatura de *Amar, Verbo Intransitivo*, de 1927[3].

Conciliando as forças psíquicas da resistência e da necessidade de expressão, a cena do corte de cabelos do menino sem nome dá representação aos primeiros choques da criança com a realidade social representada pelo adulto, o pai. Mais que isso, porém, constituiu a experiência traumática, choque violento que *fraturou* a identidade. Desse ponto de vista, o fato, tal como foi vivido, teve conseqüências no conjunto da organização psíquica daquele que no futuro buscaria entender-se ao narrar.

Pela palavra, o narrador rearticula a experiência à sua consciência, recompondo vestígios da memória e buscando o que se esconde neles. Decerto o corte de cabelos supõe, como o narra-

---

3. Fica transcrita acima a defesa de Mário de Andrade quanto às críticas a *Amar, Verbo Intransitivo*, acusado de "freudismo". "A propósito de *Amar, Verbo Intransitivo*" (originalmente publicado em *Diário Nacional*, São Paulo, 4.dez.1927), em Marta Rossetti Batista, Telê Porto Ancona Lopez e Yone Soares de Lima (org.), *Brasil: 1ª Tempo Modernista – 1917/29*, São Paulo, IEB, 1972, p. 282.

dor explicita, a formação da identidade sexual do garoto que, usando embora as camisolinhas – para bebês do sexo masculino ou feminino –, foi forçado a compor a imagem masculina, pequeno homenzinho de cabelos curtos. Na imagem do corte de cabelos, assim, figura-se a passagem para um ritual de crescimento que, imposto, surge como *violência* assustadora.

Nesse sentido, é significativo que as imagens mnêmicas de fato mais antigas sejam a lembrança dos cabelos longos e da fotografia já rasgada, que colidem com o relato da cena em que o pai, embora apenas murmure sua "decisão irrevogável", é ouvido pelo menino que, então, busca a cumplicidade da mãe. Ela, porém, abaixa os olhos, "oscilando entre a piedade por mim e a razão possível que estivesse no mando *do chefe*" (TC, 107, grifos meus). A lei *do pai* é a lei *do chefe*, que o narrador continua a não aceitar, pois a sentira iníqua desde sua primeira infância – "decisão à antiga, brutal, impiedosa", nas palavras com que a formula na sua atualidade – e a vivenciara como "castigo sem culpa", "primeiro convite às revoltas íntimas". Antes mesmo de algo se efetivar, a perda já estava dada, pois o pai instituíra a lei no próprio ato de proferi-la. No imaginário do narrador, o menino que ele próprio foi percebe naquele instante, sem ainda poder entender, que perdeu os cabelos e (a cumplicidade com) a mãe.

Também é significativo que, na cena do corte dos cabelos, sobreponha-se no conteúdo das imagens a alusão a um corte mais primitivo. Assim, para descrever o momento exato do corte dos cabelos, o que surge na memória são "memórias confusas", ritmadas por "gritos" e pedaços de corpos, mutilados de sua inteireza. Sintomaticamente, surge a "cabeça", sacudida, e as "mãos", que puxam. Em complementação, o que vem do mundo exterior é apreendido em estilhaços, pedaços de emoção sem corpo ou num corpo mutilador: de um lado "palavras aflitas" e "piedades infecundas"; de outro, "dificuldades" do cabeleireiro.

Como se vê, na relação entre o eu e o mundo escreve-se o primeiro sinal do "terror", e o menino sente desde aí a falta que excita o desejo de completude[4]. Na cena do corte de cabelos talvez deslize o latente: o temor da castração, vivenciado na mutilação substitutiva, e, nesse temor, o deslizamento do corte primordial, a angústia do nascimento.

Desse ponto de vista, é notável que, no relato, ao "terror" do menino suceda, "no último e prolongado fim", o "pranto", "chorinho doloridíssimo, convulsivo", primeiros esgares de quem mal (re)vê o mundo exterior mas já sente a perda consumada. As palavras que registram a emoção se abrem para pluralidades: "visagens próximas atrozes". Visagem-careta, o rosto desse menino é ainda, ou de novo, pura contração; visagem-fantasma, os outros são imagens ilusórias e medonhas; visagem-cisão, o futuro parece estar determinado desde aí, sob o sinal do corte, que grava com atrocidade algo impiedoso e por isso comovedor[5]. A imagem da ferida do primeiro corte se grava na camada das ambivalentes palavras para insinuar que, com a destruição dos cabelos, objeto de adoração narcísica, o menino, sua auto-imagem e segurança foram mutilados, e que, junto a essa imagem, por relações de contigüidade, reativaram-se o temor imaginário de outro objeto de adoração narcísica (cabelos/falo) e a ferida da separação primordial entre mãe e filho.

Da perspectiva psicanalítica, o temor à castração, ritual do ingresso na vida "adulta", faria culminar o lento processo de acei-

---

4. Embora esse narrador não se identifique como Juca, traz em sua primeira memória o estigma do "terror" associado ao desejo, sinal que será literalmente assinalado pelo narrador de "Vestida de Preto", como já comentamos.
5. As acepções de visagem como "careta", "fantasma", "visão" e "gestos exagerados para impressionar" são dicionarizadas.

tação da separação da plenitude. Assim, o complexo de castração implicaria, sob o estigma do medo da mutilação simbólica, a aceitação do corte da relação narcísica com a mãe, cuja origem é o corte, literal, do cordão umbilical. Metafórico, o temor à castração faria reviver a angústia do nascimento[6].

Em "Tempo da Camisolinha", a cena do corte dos cabelos dá expressão literária ao trabalho psíquico de deslocamento e condensação desses dois outros cortes, anteriores e complementares – a separação mãe e filho, *na letra,* sob as ordens da cultura (a ordem paterna), e a separação mãe e filho, *no corpo,* sob as ordens da natureza. Mas também registra, e isto é fundamental, a formação de um menino que não aceita essas ordens, embora contra elas pouco possa efetivamente fazer. A lei se impôs, separando, na força de um ato, corpos e objetos que não mais podem ficar atados e instituindo amores e desejos proibidos. A "visagem" do menino é também a de não ceder:

[...] um desespero desprendido de tudo, uma *fixação emperrada em não querer aceitar o consumado.*

Me davam presentes. Era razão pra mais choro. Caçoavam de mim: choro. Beijos de mamãe: choro. Recusava os espelhos em que me diziam bonito. Os cadáveres de meus cabelos guardados naquela caixa de sapatos: choro. *Choro e recusa. Um não-conformismo navalhante* que de um momento pra outro me virava homem-feito, cheio de desilusões, de revoltas, fácil para todas as ruindades (TC, 107, grifos meus).

No jogo de representações aí presente, os motivos literários do desejo e da interdição compõem-se à semelhança da estrutura musical do rondó, com motivos recorrentes que organizam a di-

---

6. Essa é a leitura lacaniana da castração simbólica. *Apud* Hélio Pellegrino, "Édipo e a Paixão", em Sérgio Cardoso e outros, *Os Sentidos da Paixão,* cit., pp. 315 e 316.

versidade. A esse rondó do desejo, o narrador desde menino se contrapõe com sua melodia monódica, com sua ária de revolta e resistência. Arma contra arma. Contra o objeto que cortou seus "cabelos", o "não-conformismo navalhante".

Nesse ponto, a recordação do narrador sem nome parece ter chegado a seu centro vital: a vida se origina dos desdobramentos do(s) corte(s) e dos significados que o eu, desde menino, atribui à falta. Em sua memória "mais antiga", em sua recordação encobridora, o narrador encontra os móveis mais proibidos e mais primitivos de seu comportamento, e também os vestígios de seu futuro. Nela busca o sentido que lhe permite efetuar a ligação entre passado e presente, entre passado mais antigo e o que a ele se segue sem relação de causalidade aparente, já mesmo em "Tempo da Camisolinha". E talvez seja no núcleo dessa cena que o narrador se identifica com uma imagem de si mesmo, originada em seu passado e ali cristalizada. Também nós poderíamos reencontrar sua identidade nos vestígios do que se narrara em outros contos quando esse eu apõe o nome que o mundo lhe dá: Juca. Num passo largo e temerário, que busca entrecruzar as imagens de narrativas que se querem autônomas, revisitemos esses contos.

"Vestida de Preto" trabalha com imagens e significações semelhantes, ainda que inscritas em outra época, vivenciadas em outro corpo e deslizadas em outras lembranças. Ali era Maria a representação do objeto de amor de Juca, e com ela o menino, depois o adolescente e o homem feito viveram desejo, interdição, transferências e impossibilidades. Mas nela também se reapresentavam, apenas em indícios, o primeiro (e sempre proibido) objeto de amor e o sinal da inteireza e da plenitude, "os famosos *cabelos* assustados de Maria". Como entender que, neste conto, Juca chame de "divina melancolia" os sentimentos de amor para com a prima? De que sentiria melancolia um menino então com cinco anos, a não ser de algo subtraído à sua consciência, num tempo em que os corpos estavam juntos e as palavras não eram necessárias porque perdas ou simbolizações ainda não haviam se instituído?

Quando, aos "nove ou dez anos", já conhece outras perdas e outras proibições, quando já conhece a palavra "pecado" – que na atualidade da enunciação substitui por "crime" –, Juca sabe "várias safadezas", mas não tenta nenhuma. Seu amor e seu desejo não se manifestam em gestos, só em silêncios – sugestão do sonho de um impossível retorno ao estado de completude.

Maria, porém, é gente de outra espécie, ao menos segundo a narrativa de Juca. E ele beija Maria *convidado por ela*. Mas no momento em que o beijo está em vias de se realizar, Juca teme, apesar de os cabelos de Maria serem macios, que eles machuquem seus olhos. O desejo, proibido pela moral (ele é "pecado"), de beijar a prima se associa a *um outro*, mais primitivamente proibido, que se expressa como ameaçador. O temor, ilógico, de ferir os olhos figura um outro, por deslocamento: o temor à castração[7]. Mesmo assim, Juca transgride e, protegendo-se, avança, na vivência simbólica do interdito, como um outro Édipo, temeroso e ávido de cegueira:

> Fui afundando o rosto naquela cabeleira e veio a noite, senão os cabelos (mas juro que eram cabelos macios) me machucavam os olhos. *Depois que não vi nada, ficou fácil continuar enterrando a cara, a cara toda, a alma, a vida, naqueles cabelos*, que maravilha! [...] (VP, 25, grifos meus).

As forças psíquicas que movem a um estado simbolicamente regressivo encontram obstáculo na realidade exterior. Em confronto com o retorno imaginário do recalcado, nessa imagem de ânsia de totalidade e de indiferenciação dos corpos, a realidade objetiva se impõe, ironicamente. Durante o beijo, vivido ambiva-

---

7. Cf. S. Freud, "O Estranho", *Edição Standard Brasileira...*, cit., vol. XVII, p. 289.

lentemente no imaginário como retorno uterino ("enterrar" "a alma" nos cabelos de Maria) e primeira penetração (para beijá-la, Juca está com a "boca encanudada"), o *nariz* de Juca encontra o *pescoço* de Maria. Não há plenitude. Há apenas dois corpos que se fundem metonimicamente num instante breve. Não por acaso, a mãe reaparece no trecho para de novo ser denegado o vínculo sexual que o narrador com ela teria:

> Beijei Maria, rapazes! eu nem sabia beijar, está claro, só beijava mamãe, boca fazendo bulha, contacto sem nenhum calor sensual (VP, 25).

Apesar disso, o beijo entre Juca e Maria ocorreu de fato, realizando o desejo possível. E se fixou como "perfeição", "luz branca" que torna puro o impuro. A interdição, porém, efetua sua ronda permanente, e desta vez vem de fora. Tia Velha aparece e condena. O rondó se recompõe, numa cena que faz lembrar, no cenário da intimidade doméstica, a expulsão do paraíso bíblico. O mito da cultura é revivido na história individual. E Juca, menino-homem, não teme; resiste e, através dos olhos da Tia Velha, percebe, porque já a conhece, a necessidade dos disfarces e da mentira:

> Percebi muito bem, pelos olhos dela, que o que estávamos fazendo era completamente feio.
> – Levantem!... Vou contar pra sua mãe, Juca!
> Mas eu, levantando com a lealdade mais cínica deste mundo!
> – Tia Velha me dá um doce? (VP, 25).

Na seqüência do conto, projeta-se um corte abrupto, desta vez da relação com Maria. Juca imagina, e nisso acredita, que desde o episódio do beijo ela se torna indiferente e o maltrata. Nesse momento do relato, faz sua terceira menção à mãe, insinuando que ambas – máscaras sobrepostas da mulher e da proibição – não o amam como desejaria:

Gostar, eu continuava gostando muito de Maria [...] Mas tinha uma quase certeza que ela não podia gostar de mim, quem gostava de mim!... Minha mãe... Sim, mamãe gostava de mim, mas naquele tempo eu chegava a imaginar que era só por obrigação. Papai, esse foi sempre insuportável [...] (VP, 26).

Porque se imagina rejeitado, o menino transfere o investimento pulsional para outros objetos. De início recusa-se a estudar; depois, aos quinze anos, ao vivenciar o que considera a "decisão final" de Maria, motivada pela "bomba" de Juca na escola, decide-se também ele a estudar, com a "impaciência raivosa" que o faz querer saber e devorar bibliotecas. Diante do desejo irrealizado, Juca se contrapõe com as transferências que imaginariamente lhe possibilitam impor-se ao mundo e reidentificar-se, construindo seu projeto de futuro.

No entanto, aí parece esconder-se um segredo. Transferindo e, assim, resistindo, o menino acabou por fixar-se na proibição/ rejeição e ficou impossibilitado de viver o amor. Vive-o apenas dissociadamente: ternura e sensualidade se separaram como "dia" e "noite", "Violeta" e "Rose". Para Juca, o desejo, tenha ou não o nome de "pecado", fixou-se como "crime" – realidade psíquica arcaica, revivida a cada história individual no momento em que o centro do desejo depara com a interdição. Se é correta esta linha interpretativa, Mário de Andrade estaria acompanhando a hipótese de Freud, para quem o assassínio do pai e o pacto de proibição entre os filhos, fundadores da cultura, confluiriam para cada pré-história individual, quando se revive o tabu do incesto[8]. O racionalismo científico da teoria psicanalítica encontra representação literária – intencionalmente?

---

8. Cf. S. Freud, "O Retorno Infantil do Totemismo", de *Totem e Tabu*, op. cit. (Biblioteca Nueva), vol. II, pp. 473-507.

Avança a história pessoal de Juca, regressivamente fixada no amor-tabu, e aos vinte e cinco anos, ao rever Maria e de novo imaginar que ela o convida, está incapaz de com ela efetivar o desejo. Maria figura a mulher inacessível e em sua imagem se condensam outras ainda mais proibidas. Maria também é o nome da mãe da comunidade cristã, todos irmãos de seu filho Jesus. (Coincidentemente, Maria também é o nome recorrente das figuras femininas na obra lírica de Mário de Andrade.) A essa altura do percurso de Juca, o desejo, para ele, já está fixado como degradação. Ao "*branco*" puro que se impusera sobre o beijo "criminoso" do menino se interpõe agora, em meio a um ambiente de imitação – ao reencontrar Maria espera-a na saletinha, "espécie de luís-quinze muito sem-vergonha" –, o vestido *preto* de Maria. Com sua aparição demoníaca, Maria, ambivalente Beatriz às avessas[9], conduz Juca a visões beatíficas de um reino onde ele não pode entrar: "[...] se eu já tive a sensação da vontade de Deus, foi ver Maria assim, toda de preto vestida, fantasticamente mulher" (VP, 29).

Na fantasia que decorre da visão de Maria, a mutilação triunfa como vivência simbólica do desejo. Expressando-se em metáforas e metonímias, Juca imagina "*devorá-la*" "numa hora *estilhaçada*" de um "quarto de hotel". Mas trata-se apenas de fantasia, já que o desejo permanece irrealizado: palavras e silêncios ocupam-lhe o lugar, realizam fantasmaticamente a perfeição imaginária dos "amores eternos".

Parece, portanto, que com Maria o eu revivencia um mesmo. E é também esse "mesmo" que retorna em "O Peru de Natal", segundo relato de Juca. Entre os quinze e os vinte anos, entre a vivência da rejeição de Maria e a sublimação nos livros, e – sem

---

9. Cavalcanti Proença foi o primeiro a apontar relações entre Maria, de Juca, e Beatriz de Dante Alighieri. Cf. "Mário de Andrade Ficcionista", "Arraiada de Mário", *Estudos Literários*, Rio de Janeiro, José Olympio, s/d, pp. 345-351.

que na leitura linear dos contos ainda o saibamos – pouco depois do proibido amor por Frederico, algo se somou: a morte do pai.

Aos dezenove anos, Juca julga ter se libertado objetivamente daquela figura que instituíra a lei. Mas, como vimos, seu vulto permanece, e por isso foi preciso refazer a ordem do clã na simbólica ceia daquele Natal. A morte do pai, que reatualiza sua presença, dá novo vigor à luta contra a figura da "lei cinzenta". Com "suas loucuras", ele nos diz, essa "esplêndida conquista contra o ambiente familiar", com a fama negativa que lhe garante vantagens, Juca resiste, vivenciando os prazeres possíveis. Mas novamente o rondó retorna: na ceia de "O Peru de Natal", o filho que quer suprimir o pai se curva à exogamia, sua mais antiga proibição. O desejo pela mãe, que desliza na vontade de bem servir principalmente a ela e sob a camada manifesta do "amor de filho", é perigosamente transgressor.

Ao final da ceia, Juca reafirma o tabu do incesto, mas ao sair do ambiente do clã busca os *olhos* da mãe. No entrecruzamento dos contos, ressoa aqui a primeira recordação encobridora do menino sem nome de "Tempo da Camisolinha". Lá, na ameaça do corte dos cabelos, condensação de outros cortes, o menino buscara os olhos da mãe para tentar encontrar a cumplicidade que ela não poderia lhe dar, pois estava subordinada ao "mando do chefe". Aqui, busca os olhos da mãe para efetuar a cumplicidade possível e o corte para fora de casa, mantendo-se, assim, sob "o mando do chefe", mesmo que ele esteja morto.

No conto seguinte em que retorna o eu, "Frederico Paciência", o rondó desejo/interdição atua ainda mais sonoramente. Neste conto que relata acontecimentos entrecruzados com os de "Vestida de Preto" e anteriores a "O Peru de Natal", Juca narra um período de mais de três anos de amizade, iniciada aos quatorze anos, justamente durante as grandes transformações da puberdade. Nessa época, a interdição é velha conhecida de Juca, e ele, que já internalizara as leis morais, sabe o que são "idéias de exceção". Só que tem quatorze anos: o desejo cresce em seu corpo, que encontra um corpo perfeito:

> Frederico Paciência era aquela solaridade escandalosa. Trazia nos olhos grandes bem pretos, na boca larga, na musculatura quadrada da peitaria, em principal nas mãos enormes, uma franqueza, uma saúde, uma ausência rija de segundas intenções. E aquela cabelaça pesada, quase azul, numa desordem crespa. Filho de português e de carioca. Não era beleza, era vitória (FP, 80).

A idealização da imagem de Frederico, modelarmente apresentada na descrição, implica o investimento afetivo de Juca que se mantém no narrador adulto, representação do movimento das emoções que, ao mesmo tempo, voltam ao passado do garoto e fabulam seu futuro. O adulto procura explicá-lo como uma espécie de "saudade do bem", por um lado, e "aspiração ao nobre, ao correto", por outro. O narrador registra que Frederico talvez lembre ao menino o que ele próprio já fora e lhe traz anseios de poder retornar à "perfeição".

A marca fica inscrita na fixação nos cabelos. Como Maria, com sua "cabeleira explodindo", também Frederico tem a "cabelaça pesada, quase azul, numa desordem crespa". Temerário afirmar que em Juca continuam a doer os cabelos de um menino sem nome que, ao serem cortados, inscreveram a marca de uma incompletude definitiva e de uma ferida permanente? Temerário afirmar que, com a visão dos cabelos do outro, volta a latejar o desejo de completude ao imaginar no outro aquilo que já não tem? As metáforas, recorrentes, juntam os fios do que, na textura dos contos, permanece separado [10].

---

10. A imagem de cabelos longos e crespos é bastante recorrente na produção ficcional de Mário de Andrade, e quase sempre com significações semelhantes, associadas a desejo e proibição. Para ficar apenas em *Primeiro Andar*, vejam-se "Briga de Pastoras", "Cocoricó", "Galo que não Cantou" e "Eva".

Em "Frederico Paciência", o Juca de quatorze anos olha para si mesmo e só encontra negatividade: o "feio", o "tipo do fraco" com "tendência altiva para os vícios", "preguiça". Reencontrando o que já fora – a saudade do bem – por via de seu outro – Frederico – Juca retorna dolorosamente à antiga tendência do narcisismo e à não-aceitação da lei paterna – pelo menos é assim que a teoria psicanalítica interpreta as "aberrações sexuais", título do primeiro dos *Três Ensaios sobre a Teoria da Sexualidade*, lidos por Mário de Andrade. O "racionalismo científico" novamente é o material para sua transformação em "lirismo dramático".

Retorno do narcisismo e oscilação: o Juca menino inveja Frederico. Deseja roubar o que imagina que Frederico tenha. Mais que isso, porque privado do bem, deseja destruir aquilo que em seu imaginário Frederico é. A inveja nasce de seus olhos, que querem se apropriar da imagem da inteireza, e se origina da dor, pois uma perda parece ter sido redespertada. Quer eliminar a perfeição, construir a igualdade não-ideal da imperfeição.

Nesse desejo torturado de restaurar e destruir a plenitude narcísica, junto à sexualidade que desponta em plena adolescência, Juca depara com as suas próprias interdições inconscientes e conscientes. O paradoxo "E puro. E impuro", duas vezes repetido, expressa-as. Certas outras palavras ambivalentemente registram os conflitos entre "instinto" e "moral", e reprimem, por eufemismos, o nome do desejo. Amor homossexual, aqui, é chamado de "idéias de exceção", "instintos espaventados", "desejos curiosos", "perigos desumanos". O mesmo menino que vivencia a fixação narcísica, teme-a, proíbe-a e a recalca. Talvez por isso retorne a ela e aí permaneça, no adulto que precisa narrar-se.

O narrador realiza o movimento angustiado de querer entender, de querer exorcizar essa figura ideal e o brutal e impiedoso impedimento. E desde o passado, matéria vivida, até o presente, no ato da enunciação, Juca se enovela. Analisa sinceramente o menino, dos quatorze aos dezessete, dezoito anos, em seus ambíguos movimentos de sinceridade (sinais de atos permitidos) e de insinceridades (sinais de atos proibidos). Conta o menino que tudo planeja, cheio de segundas intenções, mas se contorce e passa "noite de beira-rio" com medo de perder aquilo que quer destruir. Conta e faz ressurgir a voz do menino "assombrado". Tenta explicar mas seus comentários se sobrepõem, cada um dando novas explicações ao que permanece apenas sugerido. Abissalmente procura entender a amizade tecida de aproximações e afastamentos, de permanências e desagregações que persistem, para ele, até o presente.

O Juca narrador conta a declaração da amizade, insincera, trazendo sinceridade. Conta também a entrega do livro "História da Prostituição na Antigüidade", planejada mas executada com "naturalidade", ainda que por dentro o menino gritasse para si mesmo que poderia voltar atrás. Conta que o Juca adolescente havia conseguido que Frederico, o menino franco, "ausência rija de segundas intenções", comece a ser insincero também: Frederico abaixa os olhos quando vai devolver o livro a Juca que, então, sente-se "superior", ele também com o "sol" que antes era só de Frederico.

Na seqüência, o narrador destaca o episódio dos comentários maliciosos dos colegas de escola sobre a amizade de Frederico e Juca. Diante desses comentários, Frederico se trai, pois lhe sobe ao rosto uma "palidez de crime". Juca não. Novamente é ele quem tem o seu "sol", quando enfrenta o "caluniador", na volúpia do equilíbrio raro entre o "puro" e o "impuro". Brigando com o "caluniador", o Juca menino imagina que agora um amigo é *como* o outro: ambos mentem para ocultar uma verdade impossível de vivenciar, e então podem se abraçar, quotidianamente, sem perigo. Quando, apesar disso, o desejo extravasa e ocorre o "beijo no nariz" – misto de raiva tola que permite escoar o desejo trazendo novo beijo "na cara em cheio dolorosamente" –, não importa quem iniciou e quem continuou. Nesse exato momento ambos, assustados pela "sensação de condenados", separam-se conscientemente, e o riso que acalma prepara a escolha pelo recalque. O ato proibido do beijo sela, então, dois pactos: a experiência comum do desejo e a "verdade escolhida" que impede a aproximação corporal, faz "tomar cuidado", evita o "caminho do mal", os "infernos insolúveis" de uma sexualidade interditada pela moral, pela sociedade e por eles próprios.

A partir do relato da "verdade escolhida", resultado do pacto que os aproximou corporalmente para separá-los, o narrador busca entender as causas da "desagregação da amizade" que então se seguiu. Fim dos tempos do colégio: o mundo os separaria; vida sexual se impondo: a mulher os separaria; prazer sereno e sem perigos de uma amizade totalmente instalada: a segurança afetiva os separaria. Mas só depois de muitos torneios, o narrador admite que a causa mais funda fora a degradação que, a seus olhos, percebia na sua imagem de Frederico:

> Se no começo invejei a beleza física, a simpatia, a perfeição espiritual normalíssima de Frederico Paciência, e até agora sinto saudades de tudo isso, é certo que essa inveja abandonou muito cedo qualquer aspiração de ser exatamente igual ao meu amigo. Foi curtíssimo, uns três meses, o tempo em que tentei imitá-lo. Depois desisti, com muito propósito. E não era porque eu conseguisse me reconhecer na impossibilidade completa de imitá-lo, mas porque eu, sinceramente, sabei-me lá por quê! não desejava mais ser um Frederico Paciência! (FP, 89).

Ao final das explicações, Juca chega a uma dúbia correção: não estaria havendo "desagregação", e sim "um jeito da amizade verdadeira", um "aperfeiçoamento de amizade", em que eu e outro não são projeções e idealizações, mas são, cada um, eles próprios, em suas sinceridades e insinceridades. Juca narrador compreende que o menino quisera fazer de Frederico o Juca não-ideal, para que assim se reencontrasse consigo mesmo, certo e orgulhoso de suas imperfeições e incompletudes, escapando então do perigoso anseio da perfeição narcísica que projetara em Frederico:

> E enfim eu me pergunto ainda até que ponto, não só para o meu ideal de mim, mas para ele mesmo, eu pretendera modificar, "corrigir" Frederico Paciência no sentido desse outro indivíduo ideal que eu desejara ser, de que ele fora o ponto-de-partida?... É certo que ele sempre foi pra comigo muito mais generoso, me aceitou sempre tal como eu era, embora interiormente, estou seguro disso, me desejasse melhor (FP, 89).

É. Tudo poderia ser mesmo assim, se não houvesse, renitente, um desejo escondido. Com a morte do pai de Frederico, as aproximações afetivas ressurgem fortemente. Vem à tona o impulso que não cede e invade o tempo presente da enunciação:

> – Deite pra descansar um pouquinho.
> Ele deitou, exagerando a fadiga, sentindo gosto em obedecer. Sentei na borda da cama, como que pra tomar conta dele, e olhei o meu amigo. Ele tinha o rosto iluminado por uma frincha de janela vespertina. Estava tão lindo que o contemplei embevecido. Ele principiou lento, meio menino, reafirmando projetos. [...] Eu olhava só. Frederico percebeu, *pára de falar* de repente, me olhando muito também. Percebi o mutismo dele, entendi por que era, mas não podia, custei a retirar os olhos daquela boca tão linda. E quando os nossos olhos se encontraram, quase assustei porque Frederico Paciência me olhava, também como eu estava, com olhos de desespero, inteiramente confessado. Foi um segundo trágico, de tão exclusivamente infeliz (FP, 91, grifos meus).

A figura do pai morto impede o beijo, e a lei se soprepõe soberana até o presente da enunciação, em que Juca torna a reprimir, na letra, o desejo. Nomeando-o "lodo", aceita as máscaras sociais e morais e a elas adere – na metáfora da "florada". Assim instala a irresolução ambivalente. Lodo/florada são/não são equivalentes: "[...] (e seria o lodo mais necessário, mais 'real' que a florada?)" (FP, 91).

Juca e Mário de Andrade se encontram como semelhantes. A Juca importa o par florada/lama na escolha de seu destino pessoal; a Mário de Andrade interessa pensá-lo tanto nas escolhas pessoais quanto nas questões estéticas. "Florada" é termo que surge na correspondência do autor, em termos semelhantes ao desta ficção[11], e, principalmente, o par florada/lama, com outros nomes, designa os impulsos criadores do artista – homem como os outros. Em "Do Cabotinismo", de 1939, texto glosado aqui em vários momentos, Mário de Andrade trata dos "móveis originários", impulsos recalcados para criar "essa entidade 'de ficção' que somos socialmente todos, e carecemos ser pra que a forma social se organize e corra em elevação moral normativa", e dos "móveis aparentes", as idéias passíveis de apresentação, "idéias-finalidades", móveis insinceros – "cabotinismo nobre" que, mascarando uma realidade primeira, é "maravilhosamente fecundo". O artista Mário de Andrade (cabotinamente?) resolve na afirmação taxativa o que Juca interroga dubiamente.

Não posso deixar de citar também que, nesse conto, o tema temido do amor homossexual, que tantas censuras causou à vida pessoal de Mário de Andrade e até à sua obra, não vem com a elipse da censura nem com a identificação cifrada com que aparece em *Girassol da Madrugada*:

(V)
[...]

Tive quatro amores eternos...
O primeiro era a moça donzela,
O segundo... eclipse, boi que fala, cataclisma,
O terceiro era a rica senhora,
O quarto és tu... E eu afinal me repousei dos meus cuidados.

---

11. Cf. *Cartas a Manuel Bandeira*, cit., carta de 10.9.1926, p. 107; *Mário de Andrade – Oneyda Alvarenga: Cartas*, cit., carta de 14.9.1940, p. 272.

A FORMA DA AVENTURA E O ARTESANATO DO MATERIAL

Apesar dos riscos da digressão, e sem que se pretenda confundir ficção e vida, literalmente, a menção enigmática, nos versos, a "boi que fala" talvez possa ser rastreada se notarmos que Mário de Andrade *inventou* a figura do Boi *Paciência*[12] e que o conto "Frederico *Paciência*" já existia com esse nome desde antes da publicação de *Girassol*. Em "Frederico...", Mário de Andrade faz da matéria de sua vida o material para a representação ficcional, cabotinismo "nobre" que "seqüestra" motivos secretos pessoais não apenas como sacrifício ao viver social, mas também dirigindo-os a uma finalidade. Juca é máscara ficcional de Mário de Andrade que o autor quis manter localizável nos *manuscritos* de "O Poço". Como Mário de Andrade, Juca quer entender, analisar e nomear suas dificuldades; quer entender seus móveis profundos e a eles dar destinação consciente. Mas Juca pode realizar o que a figura pública do escritor talvez não tenha podido. Grava dubiedades: "[...] (e seria o lodo mais necessário, mais 'real' que a florada?)" (FP, 91).

No conto, o episódio do não-beijo fecha o rondó do desejo e da interdição. O que Juca relata a seguir são as insinceridades escolhidas pelos dois amigos, as verdades necessárias para as máscaras onde, não obstante, vazam os desejos. Estes se manifestam deslocados, nos silêncios, nos exageros de risos, no medo de que discussões tragam excitações, nas proximidades corporais voluntariamente controladas, na despedida que esconde o alívio, na vontade de recomeçar tudo de novo – quando, já separados pela distância espacial, a mãe de Frederico morre –, no alívio de Juca por não lhe terem deixado ir ao Rio de Janeiro.

Frederico, projeção do ideal de ego de Juca, foi destruído, e a vida faz a amizade acabar. Frederico desaparece da vida objetiva

---

12. Mário criou o símbolo a partir de suas pesquisas sobre o Bumba-meu-boi, e seu "Boi Paciência" conota devastação e ressurgimento (cf. Mário de Andrade, *Dicionário Musical Brasileiro*, cit., pp. 62-67).

do narrador. Mas o enigmático final de "Frederico Paciência" talvez possa ser lido como metáfora do desejo que nunca cessa e, atado à interdição, persiste, fixado no objeto narcísico para sempre perdido:

> Me lembro que uma feita, diante da irritação enorme dele comentando uma pequena que o abraçara num baile, sem a menor intenção de trocadilho, só pra falar alguma coisa, eu soltara:
> – Paciência, Rico.
> – Paciência me chamo eu!
> Não guardei este detalhe para o fim, pra tirar nenhum efeito literário, não. Desde o princípio estou com ele pra contar, mas não achei canto adequado. Então pus aqui porque, não sei... essa confusão com a palavra "paciência" sempre me doeu mal-estarentamente. Me queima feito uma caçoada, uma alegoria, uma assombração insatisfeita (FP, 93).

Sob o chiste, persiste a letra que diz o proibido. A "alegoria", a "caçoada", a "assombração insatisfeita", que sempre "queima" e dói "mal-estarentamente", mascara-se na palavra "paciência". Esse não é apenas o nome de Frederico; é também o nome do desejo que teima em existir, porque não realizado.

Em "Frederico Paciência", o Juca de há muito incompleto e imperfeito torna a se mostrar, em outra face. Sua perfeição narcísica fora ferida muito antes e se inscrevera com o sinal do corte – expulsão de um tempo de plenitude que, recalcado, retorna. Estamos às voltas com reflexos do menino sem nome de "Tempo da Camisolinha", fortemente marcado por aquele sinal. Ali, lançado no mundo da cultura, o garoto de três anos, sem os amados cabelos, não se conforma com a lei e quer resistir, voltando sempre a uma mesma impossibilidade. Juca e menino sem nome: um jogo de ocultamento, disfarce e aproximação. Mais que isso, a construção de um caminho em que o indivíduo nomeado ecoa um outro, num tempo anterior, quando se forma a entidade psíquica do eu.

A FORMA DA AVENTURA E O ARTESANATO DO MATERIAL

Querendo ou não querendo, é o mundo da cultura que forma a entidade singular do eu. E o menino de "Tempo da Camisolinha", desde seus três anos, sabe que a lei é inelutável. Assim, ele retorna a esta análise, e continuamos a seguir seus rastros.

Embora após o corte dos cabelos o menino não entenda por que foi punido e teve de ser mutilado para crescer ("ficou um homem assim", lhe dizem), vê-se forçosamente crescido. Em sua representação de si mesmo, que também se origina da percepção advinda das palavras dos outros, transforma-se em "anão": grotesca máscara do menino que já é homem, com a experiência que lhe traz "não sei que noção prematura de sordidez dos nossos atos".

Essa imagem de si mesmo fica fixada não apenas numa fotografia, que o narrador conserva até a atualidade da enunciação, mas também nas letras com que a reapresenta, retoca e eterniza. É ela que permite ao adulto efetuar a ligação entre passado infantil e seu presente. Com o poder que a palavra lhe dá – tal como o explicita Juca, seu par de outros contos –, expressa o que ficara escondido e latente na memória:

> Guardo esta fotografia porque si ela não me perdoa do que tenho sido, *ao menos me explica*. Dou a impressão de uma monstruosidade insubordinada. [...] Eu, tão menor, tenho esse quê repulsivo do anão, pareço velho. E o que é mais triste, com uns sulcos vividos descendo das abas voluptuosas do nariz e da boca larga, entreaberta num risinho pérfido. Meus olhos não olham, espreitam. Fornecem às claras, com uma facilidade teatral, todos os indícios de uma segunda intenção.
>
> *Não sei por que não destruí em tempo também essa fotografia, agora é tarde*. Muitas vezes passei minutos compridos me contemplando, *me buscando dentro dela. E me achando* (TC, 106-107, grifos meus).

Neste trecho magistral, o narrador *se* reflete: acha seu duplo, na imagem especular do rosto da fotografia, e o significado de sua experiência parece desvelar-se. Adulto, encontra os vestígios do futuro que o passado inscreveu nele. Reconhece seu presente como a realização possível daquilo que desde o passado estava escrito nesse rosto, a promessa que o tempo não fez mais que realizar.

Na fusão do longínquo passado com o seu estado atual, iluminam-se, nesta leitura, os acontecimentos que um outro eu nomeado, o Juca, vivenciara com Maria, com Frederico, com o pai vivo e com o pai morto. Talvez esses acontecimentos possam ser entendidos então como mediações e deslizamentos do impossível desejo de reencontrar a inteireza, fixada na imaginária unidade de quem, sem identificar-se com a aposição de um nome, tinha nos cabelos compridos a marca da completude. A partir da força salvadora da memória, que lhe trouxe à tona a primeira cena fantasmática do corte de cabelos, o eu se constrói aos pedaços, cifradamente, e se reconstrói. Tematizando a lei moral, que expulsa do quarto dois meninos enamorados (VP), passando pelo ódio contra o pai (PN) e pelo amor homossexual proibido (FP), chegou à lei da cultura, no tema da castração simbólica. Assim readquiriu posse de si mesmo, pois efetuou no discurso o caminho que lhe permitiu tecer o vínculo de continuidade entre seu passado, seu presente e seu futuro. Também lhe permitiu afirmar sua identidade de Juca para, velando-a em "Tempo da Camisolinha", reafirmar que a identidade é o encontro desse outro, perdido na memória, sem nome.

Assim, a memória não apenas recapturou o tempo e sobrepôs semelhanças onde parecia haver apenas fluxo e descontinuidades, mas também o eternizou. O "sempre" das primeiras linhas de "Vestida de Preto" achou um outro lugar de significação. Ao buscar o passado, armado com as palavras, Juca teceu pedaços de sua história. Agora, esse que não tem nome arma um enigma em que os pedaços ficam imantados nessa imagem primeira/final que se desdobra: a foto onde, desde há muito, olha-se e se encontra. Seu rosto é a imagem de quem está separado para sempre da plenitude e, inconformado com a perda, resiste.

Se esse é o trajeto de compreensão do adulto, o menino, porém, tem a "fixação emperrada" em não aceitar o consumado, apesar de ver que o espelho não lhe trará de volta a imagem de seu eu ideal, figura de plenitude narcísica. Vendo-se como corpo híbrido, partido em sua integridade, o menino de "Tempo da Camisolinha" culpa os outros, que lhe destruíram a inteireza: o pai que, ao instituir a ordem, construiu a sua imagem masculina; a mãe que, por continuar a vestir-lhe camisolinhas, esconde-a na indiferenciação da roupa dos bebês. Ódio ao pai e denegação da mãe, cujos beijos deixa de aceitar.

No entanto, talvez a inteireza desse menino não tenha sido destruída com o corte dos cabelos, embora o narrador adulto nos diga que foi aí que seu "passado se acabou pela primeira vez". A ruptura ocorrera antes e, ainda que não a compreendesse, o menino já a percebera, pois vivenciara o corte dos cabelos como "castigo". O que essa criança fizera e por que temera talvez sejam resultado e condição do crescimento.

No processo de crescer, a inocência deixara de existir e o menino já iniciara suas pesquisas. Em seu rosto ainda sem marcas, ainda femininamente emoldurado com os cabelos em cachos, os olhos espreitavam e deduziam primeiros e precários resultados de pesquisas. As mãos tateavam em busca de prazeres. O menino construía sua individuação, percebendo limites[13].

Notável, nesse sentido, que, após o relato do corte dos cabelos, a seqüência narrativa se fragmente; sem vínculo de continui-

---

13. Novamente seguimos a interpretação de Freud com relação aos passos do crescimento e da descoberta da sexualidade pela própria criança. Entre eles, para Freud, são de fundamental importância as pesquisas que as crianças fazem sobre o próprio corpo, com a descoberta do prazer auto-erótico, e sobre a origem dos bebês e o medo da chegada desse estranho, que roubaria o afeto dos pais (cf. *Três Ensaios sobre a Teoria da Sexualidade*).

dade aparente, o narrador passa a contar a "vilegiatura aparentemente festiva de férias". No cenário da praia de José Menino se desenvolverá um outro núcleo fundamental para o menino.

No desdobramento narrativo fica insinuado que, durante um evento e outro, o reino do menino estava sendo transformado. Aos três anos, enquanto esboçava a delimitação de sua identidade a partir do próprio corpo e de seus objetos de amor e rivalidade, um intruso viera ao palácio, se avolumara no ventre da mãe. Depois do parto ("desastroso, não sei direito..."), a mãe se tornara, para seus olhos infantis, um ser doente:

> Sei que mamãe ficara quase dois meses de cama, *paralítica*, e só principiara mesmo a andar premida pelas obrigações da casa e dos filhos. Mas andava mal, se encostando nos móveis, se arrastando com *dores insuportáveis na voz*, sentindo puxões nos músculos das pernas e um desânimo vasto (TC, 108, grifos meus).

Na cena revivida pelo adulto, a memória fabula e hiperboliza, gravando não apenas o registro da dor do outro, mas também *projetando* nela a sua própria dor e com ela se identificando. De fato, o reino invadido lhe trazia duas mulheres a quem não reconhecia: nova mãe e irmã nova. Elas fizeram dele um estrangeiro entre os seus, num mundo que mal começava a conhecer e agora se tornava ameaçador até porque seu espaço se transformara. A família muda de casa temporariamente e vai à praia, lugar também desconhecido para o menino, exatamente no momento em que os cabelos há pouco cortados gravam-se como fantasma em seu imaginário – os "cadáveres", como os chama. O literal e simbólico deslocamento do espaço lhe traz até um pai novo, mais complacente, não tão comedido nem tão severo, a quem, porém, o menino não consegue mais amar.

Agora esse menino é o filho do meio, três vezes despojado: de sua inocência e, assim, da identificação narcísica com a mãe; dos cabelos; de seu lugar na família. Seu único sonho é o de *resistir* e para ele isso significa não ver o que seus olhos vêem, denegar a realidade que está instalada. Resiste em meio a tantas perdas e continua a querer a completude. Permanece nele, junto com o fantasma dos cabelos longos, o sonho da onipotência infantil. Só que o caminho da descoberta da incompletude está aberto. Esses dois percursos irão colidir e se instalarão como atividade da fantasia e da sexualidade. Descobrir o prazer auto-erótico implicará a aguda vivência da perda, e isso lhe trará novas marcas de conseqüências fundamentais.

Em suas primeiras experiências de prazer sexual, no "esporte de inverno" que consiste em levantar as camisolinhas para deixar o friozinho entrar entre as pernas, o menino recebe ameaças. Desta vez, proferidas pela mãe. Mas desobedece à lei e vai se mostrar, com raiva e anseio de beleza, carícia e afago, à imagem da Madrinha do Carmo. Sem o saber, o menino trama uma primeira substituição de seu objeto de amor. Projeta a mãe na santa e com ela vivencia, duplamente proibidos, amor/ódio e proximidade sexual. Diante da mulher de papelão do quadro secular, a "santa" de "doces olhos" e "mãos gordas e quentes", que se ri, "boba", e jamais ameaça, o menino cometerá seu primeiro ato proibido após o corte. Diante dela, o menino se esconde dos outros e exibe o "pintinho" (e como ressoa aqui, como outra *persona* e em outro tom, aquele homem que também esconde e exibe, espia e tem ânsia, e cujo nome também não se revela, em "Nelson"). Sabe que há "crime" nesse ato, mas o pratica como sua forma possível de satisfazer desejos, no heroísmo "de quem perde tudo mas se quer liberto". O menino aceita o convite à revolta que o corte de cabelos insinuara em seu espírito.

Logo após o ato de reatualizar um "crime", exibindo-se diante do quadro da Madrinha religiosa da família, o menino busca proteção. Sai de casa – herói desconfiado de que a punição ainda poderá acontecer –, encosta em operários e, com os cabelos cortados, ganha as estrelas-do-mar, esse mar que até a vida adulta o apavora, imagem inquietante de um medo inexplicado[14].

Com a "boa sorte" que as estrelas-do-mar lhe trarão, segundo a fala popular que reativa seu pensamento mágico, o menino ganha de início a possibilidade de fabular com esses signos, até então vazios de significado para ele. As estrelas-talismã se tornam, a partir daí, seu segredo particularíssimo, porta aberta para a realização de seus sonhos infantis com a onipotência de quem poderia equacionar o mundo familiar à sua maneira: sem leis ou em que se vingasse das leis. Um mundo em que obtivesse vitória sobre o irmão mais velho ou, mais, eliminasse os irmãos incômodos, na plena harmonia do reino mágico a que ele retornaria:

> Era um segredo contra tudo e todos, a arma certa da minha vingança, eu havia de machucar bastante Totó, e quando mamãe se incomodasse com o meu sujo, não sei não... mas pelo menos ela havia de dar um trupicão de até dizer "ai!", bem feito! As minhas estrelas-do-mar estavam lá escondidas junto do muro me dando boa sorte. Comer? pra que comer? elas me davam tudo, me alimentavam, me davam licença pra brincar no barro, e si Nossa Senhora, minha madrinha, quisesse se vingar daquilo que eu fizera pra ela, as estrelas me salvavam, davam nela, machucavam muito ela, isto é... muito eu não queria não, só um bocadinho, que machucassem um pouco, sem estragar a cara tão linda da pintura, só pra minha madrinha saber que agora eu tinha a boa sorte, estava protegido e nem precisava mais dela, tó! [...]
>
> [...] e agora *eu havia de ser sempre feliz*, *não havia de crescer*, minha *madrinha* gostosa se rindo sempre, *mamãe* completamente sarada me dando brinquedos, com *papai* não se amolando por causa dos gastos (TC, 110-111, grifos meus).

14. A simbologia do mar faz despontar a idéia de refúgio e exílio, sinal de águas placentárias, desejo recalcado de retorno ao ventre e, por isso mesmo, sinal também de morte da individuação. Cf. Marthe Robert, *Novela de los Orígenes y Orígenes de la Novela*, Madrid, Taurus, 1973, pp. 112-116.

A FORMA DA AVENTURA E O ARTESANATO DO MATERIAL

O reino mágico vem com a lente diminuída do menino para quem o *mundo* é a *família*. Vem também com a ambivalência de quem quer dar equação ao amor e ao ódio: machucar a mãe e sarar a mãe, aceitar o pai e, principalmente, recusar-se a crescer. No entanto, no próprio ato de fantasiar, o menino realiza aquilo que reluta em aceitar: *porque cresceu* sonha em não crescer. Seu devaneio pressupõe o cenário maltratado da realidade objetiva; seu jardim das delícias se constrói "em um fundo do quintal onde ninguém chegava".

O sonho de completude e onipotência está fadado a ser desfeito pela realidade, e é isso que ocorre, rapidamente demais. Ao buscar os desejos para si, descobre, sem querer, a situação do outro. O individualismo *se traveste* em sua face oposta, o altruísmo[15]. Isso porque o "portuga magruço e bárbaro" que lhe diz estar com "má sorte" é percebido pelo menino como a projeção imaginária de sua própria condição: fantasia que o operário tem *filhos*, sua mulher também está "*paralítica*", também naquela família há uma *Madrinha do Carmo*, só que permissiva (sem se amolar de "enxergar o pintinho deles"). No entanto, os filhos do portuga que esse menino imagina *não têm pão*. Em meio a todas as semelhanças, fabula essa diferença fundamental e, assim, dá expressão ao que entende e percebe da desigualdade entre as classes sociais. A lente se amplia: em seu mundo familiar não há *desordem social*, que o menino reconhece no outro.

Talvez por isso o menino se mova e *escolha um destino*: doar-se dolorosamente ao outro do mundo, num ato de correr e de morrer, de deixar as lágrimas limparem e listrarem o rosto sujo. Não

---

15. Novamente, o dilema do menino ecoa preocupações pessoais e literárias de Mário de Andrade. Em "O Movimento Modernista", de 1942, afirmara: "Tendo deformado toda a minha obra por um antiindividualismo dirigido e voluntarioso, toda a minha obra não é mais que um hiperindividualismo implacável!" (*Aspectos da Literatura Brasileira*, cit., p. 254).

consegue deixar de perceber que o operário precisa de muita sorte e por isso não adianta dar-lhe apenas a estrela-do-mar menorzinha. Não pode, mesmo que tente, aceitar a lógica do disfarce:

E eu tinha que me desligar de uma delas, da menorzinha estragada, tão linda! *justamente a que eu gostava mais*, todas valiam igual, porque [sic] a mulher do operário não tomava banhos de mar? mas sempre, ah meu Deus que sofrimento! eu bem não queria pensar mas pensava sem querer, deslumbrado, mas *a boa mesmo era a grandona perfeita* que havia de dar mais boa sorte pra aquele malvado de operário que viera, cachorro! dizer que estava com má sorte (TC, 112, grifos meus).

Doa a "sublime estrelona-do-mar", a "maiorzona estrelinha-do-mar". Determinada pela experiência psíquica que se projeta na percepção da vida social, a solidariedade se torna destino *escolhido*. O menino busca sua identidade na fantasia do reino feliz, topa com a realidade bruta e elege a identificação com o despossuído. Quase imediatamente junto à escolha e à percepção desse destino, segue-se a certeza de que o talismã e a magia pouco valem diante da realidade nada mágica das relações sociais.

Do mesmo modo que a cena do corte de cabelos, a da entrega do talismã parece provir da mente do menino – nas diferenças lexicais e sintáticas que assinalam a linguagem infantil –, mas está representada com tantos detalhes que entra em suspeição. Elaborada, talvez, num momento posterior da vida do narrador, esta cena dá figurabilidade narrativa a uma equação: eu e outro figurados como incompletos têm a possibilidade de se complementarem, num reencontro precário de dois seres mutilados: "a mão *calosa* apenas roçou por meus cabelos *cortados*". Ao se tocarem, tocam também a ausência.

Assim, os semelhantes se definem, na ótica do menino, como aqueles iguais a ele próprio – que exibe sua falta, sua carência –, na virtualidade da transformação do destino e da luta contra a lei. As proibições incrustadas em seu corpo geram nele o futuro homem que, com os pés no solo histórico, está atento às diferenças sociais, solidariza-se com os oprimidos e, resistindo à mutilação, sonha a utopia de alterar o destino humano.

O menino encontra o seu outro na figura do "portuga". O narrador finalmente se reencontra na imagem do menino que doa seu objeto mágico a esse outro. Quer tenha sido o menino quem deu ao narrador seu destino, quer tenha sido o adulto que representou suas escolhas como originárias do menino, isso importa pouco. Importa, sim, o significado do destino escolhido.

O conto e os *Contos Novos* terminam no choro abafado de quem descobriu o outro do mundo, de quem teve a visão da infelicidade no outro e, menino, descobre nada poder transformar. Mas o narrador, ao reconstruir essa cena em sua memória, e ao narrá-la como sua mais profunda verdade, parece ter compreendido sua vida, parece a ela ter dado sentido: eu e outro convergem. O menino com os cabelos cortados sente o que falta – imagem da perda e lembrança da completude – e doa a estrela-do-mar que suprimiria magicamente a falta, descobrindo, então, que não há a magia que imaginava. O adulto doa o relato – imagem do encontro do adulto com o menino, e do menino com os homens com quem se identifica. Na caixa de encaixes grava-se a imagem especular de um futuro narrador, que ressoa os outros narradores de *Contos Novos*, os quais, sob outros "disfarces", efetuarão o ato de doar-se simbolicamente.

Na aprendizagem familiar e íntima de um menino sem nome, centrado em seu amor grande por si mesmo, surge o outro. O narrador parece encontrar aí a fonte original de sua relação com a sociedade e, mais que isso, a escolha de uma determinada forma de participação no destino dos homens, a escolha por um objeto de amor e de criação literários: os homens feridos pela lei do pai, os homens feridos pela arbitrariedade dos cinzentos tempos históricos. Estabeleceu um "móvel dirigente", termo tão caro a Mário de Andrade.

Mário de Andrade cria Juca, que conta a *sua* história, em que busca a *sua* verdade, feita do encontro com *o menino* que foi e com o menino sem nome que se projeta *num outro* e que, crescido, os projetará em *outros*. Na "quadrilha", o rosto se esconde, travestido em tantas máscaras. Mas, por sob a diversidade, todas elas se encontram na figura daquele que, ferido como os outros, repõe sua vida onde ela sempre esteve: no coração do indivíduo que, com os pés na história de seu tempo, sente-se partido. Todas as máscaras guardam os traços da figura do intelectual que, comprometido com seu tempo, por meio da literatura e da fantasia finge a vida nutrindo-se da matéria biográfica pessoal. Não apenas a revela como embate íntimo entre desejos e proibições – a "verdade das tripas" – mas também como busca de destinação consciente, construção da "idéia-finalidade", "móvel nobre"[16]. Nesse sentido, a doação da "minha maiorzona estrelinha-do-mar" talvez possa ser interpretada no limiar entre símbolo e alegoria, entre ficção e confissão, entre a literatura e a própria vida. Talvez figure a busca, que é de Mário de Andrade, da síntese da experiência subjetiva na ficção e, ainda mais, da síntese de tensões que nortearam a produção não apenas de *Contos Novos*, mas do conjunto de sua obra[17].

Na imagem da estrela-do-mar podem ser lidas outras significações condensadas. A metáfora recorrente na obra de Mário de

---

16. Cf. "Do Cabotinismo", *O Empalhador de Passarinho*, cit., pp. 79 e 80.
17. Mais ou menos à mesma época, Mário de Andrade formulava sua concepção de arte em termos semelhantes: conversão de um sentimento mais individual à sua expressão coletiva. Cf. "A Elegia de Abril", de 1941; "O Movimento Modernista", de 1942 (*Aspectos da Literatura Brasileira*, cit.); e "Atualidade de Chopin", de 1939 (*O Baile das Quatro Artes*, cit.).

Andrade é a da estrela do céu, que remete, assim, a algo definitivamente distante, como em "O Peru de Natal" e também em *Macunaíma*, ou a um anseio de plenitude que a arte quer e pode tocar, ainda que apenas em imagens. Em "Tempo da Camisolinha", a estrela, que vem do mar, figura a constatação ineluctável de que há rupturas e perdas, bem como, a partir delas, a construção de novas possibilidades.

Assim, se o rondó do desejo e da interdição espreita os homens, montando o cenário da cultura, e se estes nossos tempos históricos o entoam iniquamente, Mário de Andrade contrapõe a ele a sua ária, armado com sua estrela adulta. Elege um material, a elaboração artística, e escolhe como objeto de representação os homens comuns, nos momentos em que o desejo aflui e a opressão e a repressão se abatem, sejam esses homens um "eu" ou um "ele". Trabalhando a técnica, dá forma literária às criaturas e assim constrói a significação e a sua compreensão da vida. A fantasia inventiva e o devaneio criador mostram a não-aceitação da história dos homens e a luta por sua retificação.

Essa forma de fantasia, que implica a *produção do sentido* no trabalho com o material, é arte – espécie de talismã nascido da percepção dos sofrimentos dos homens. Por causa da ferida que contra todos foi perpetrada, e nele parece não parar de sangrar, o artista engendra novas vidas ficcionais. Mário de Andrade é o contador/criador de Juca, do eu e de todos os narradores e personagens de *Contos Novos*. Sua matéria são os homens cindidos; seu trabalho é formalizá-la por meio de uma técnica pessoal, compreendida também como um "fenômeno de relação entre o artista e a matéria que ele move. E se o espírito não tem limites na criação, a matéria o limita na criatura"[18]. Em *Contos Novos* a matéria se orga-

---

18. Mário de Andrade, "O Artista e o Artesão", *O Baile das Quatro Artes*, São Paulo, Martins, p. 21.

niza em *conto*, e o mundo narrado se delimita nessa forma "indefinível, insondável, irredutível a receitas" que cada artista realiza a seu modo[19].

---

19. Mário de Andrade, "Contos e Contistas", *O Empalhador de Passarinho*, cit., p. 8.

2

Parênteses: Contar a Vida

Ainda que muitas discussões sobre o conto literário tenham se batido por sua delimitação em comparação com o romance, talvez porque seu desenvolvimento mais acentuado a partir do século XIX se deu também como rivalidade com esse gênero – como deixa entrever o famoso "Review of 'Twice Told Tales'", de 1842, de Edgar Alan Poe –, neste passo parece-nos mais significativo compreender que o conto moderno se desenvolve em função de determinações concretas e implica uma maneira específica de representar a vida.

Conto e romance não se desenvolveram historicamente de maneira simultânea nem com igual intensidade. Como afirma Eikhenbaum, ainda que pertencentes à épica, são formas literárias relativamente estranhas uma à outra. E embora originário do relato oral, o conto literário desprende-se dessa origem ao desenvolver-se na modernidade, sobretudo a partir de 1830 e 1840, em função também de determinadas condições da vida social e cultural[1]. Também Vladimir Propp e André Jolles, em seus estudos sobre o conto maravilhoso e as formas simples[2], coincidem na observação de que

1. Cf. "Sobre a Teoria da Prosa", em Eikhenbaum e outros, em *Teoria da Literatura. Formalistas Russos*, cit., pp. 157-168.
2. Cf. V. Propp, *Morphologie du Conte* e *Las Raices Historicas del Cuento*; A. Jolles, *Formas Simples*.

em sua forma literária o conto sofre transformações profundas com relação a sua origem oral. Como afirma Jolles, o maravilhoso cede lugar ao realismo; a mobilidade, a generalidade e a pluralidade típicas da forma simples ganham uma configuração sólida, peculiar e única na força realizadora de um autor[3].

Emanado de determinações concretas, o conto literário enquanto gênero constitui uma *forma* cujo centro são as concepções de mundo, advindas, por um lado, da situação coletiva e social e, por outro, da situação individual do autor[4]. Não há casualidade em seu amplo desenvolvimento na ficção moderna e na contemporânea, assim como não é casual que, em sua surpreendente variedade, condense e potencie em seu espaço todas as possibilidades da ficção – como afirma Alfredo Bosi –, não apenas abraçando à sua maneira "a temática toda do romance", como também pondo "em jogo os princípios de composição que regem a escrita moderna, em busca do texto sintético e do convívio de tons, gêneros e significados". Representação de "uma hora intensa e aguda da percepção", independentemente de sua classificação em psicológico ou social, regional ou universal, urbano ou rural, o conto, em seu particular modo de elocução, faz do recorte de um fragmento da vida algo "singular", "cheio de significação"[5].

A *forma* conto literário é *sentido*, desde a própria escolha pelo gênero até a multiplicidade de seu espectro temático e das técnicas de construção e de linguagem. Na modernidade, significa uma

---

3. *Op. cit.*, São Paulo, Cultrix, 1976, p. 195.
4. Cf. G. Lukács, *Ensaios sobre Literatura* (2ª ed., Rio de Janeiro, Civilização Brasileira, 1968) e "Concretização da Particularidade como Categoria Estética em Problemáticas Singulares", *Introdução a uma Estética Marxista*, Rio de Janeiro, Civilização Brasileira, 1968, pp. 181-298.
5. A Bosi, "Situações e Formas do Conto Brasileiro Contemporâneo", em *O Conto Brasileiro Contemporâneo*, São Paulo, Cultrix, 1975, p. 7.

maneira específica de representar a vida em sua fragmentação. Se seu desenvolvimento literário se dá paralelamente a uma época em que o gênero romance atinge o apogeu, no século XIX, o ponto máximo do conto ocorre não apenas em meio à problematização do romance, mas, e sobretudo, num momento histórico em que o artista não acredita que possa representar a totalidade, que sabe existir apenas como mentira[6].

O romance caminha a seu modo na representação dessa descrença, exigindo leitores cada vez mais iniciados. O conto, apreensão de um flagrante, curto e dinâmico, alcança sua rápida difusão. Narrar passa a ser contar – e aqui também eu incorporo o trocadilho de Juca. Fazer contos vira modismo, e a forma corre o risco de se difundir facilmente demais, criando receitas e esvaziamentos[7]. Totalmente distanciado das tradições orais, o conto deve seu prestígio também ao fato de ser uma abreviação da narrativa, e, de certa forma, uma abreviação simplificadora do romance de agrado das camadas burguesas, com pitadas de emoção, ação ou aventura, desde que sempre permitindo leitura breve[8].

O conto literário artístico, porém, resiste, insistindo em ler a vida, feita de pedaços cujo sentido escapa, e conferindo-lhes sig-

---

6. Cf. T. W. Adorno, "Posição do Narrador no Romance Contemporâneo", cit.
7. Sobre teorias dogmáticas, cf. B. Matthews, "The Philosophy of Short-story", em Charles May, (org.), *Short Story Theories*, 2ª ed., Ohio Un. Press, 1976, pp. 52 a 58. Mário de Andrade conhecia algumas das discussões da crítica brasileira, como se depreende de observações em sua "Nota para a 2ª Edição" (de *Primeiro Andar*) e em "Contos e Contistas" (*O Empalhador de Passarinho*, cit., pp. 5-8).
8. Incorporo aqui algumas das afirmações de Walter Benjamin, em "O Narrador" (*Magia e Técnica. Arte e Política*, 3ª ed., São Paulo, Brasiliense, 1987, pp. 197-221): a *short story*, nascida num tempo em que só se cultiva o que pode ser abreviado (na formulação de Valéry), não traz o processo de acumulação das camadas narrativas, típica da tradição oral.

nificação. Narra-se um pedaço da vida, pois essa parece ser uma das formas para dar representação a uma concepção que já não crê na linearidade nem na apreensão do decurso exterior e integral ou de seu sentido.

Embora a discussão do gênero enquanto forma emanada de determinações concretas com certeza merecesse melhor análise, interessa-nos salientar aqui que o conto literário só prosperou ampla e firmemente a partir de meados do século XIX, sob um determinado momento do desenvolvimento do sistema capitalista. Se a narrativa oral supunha o contador que tecia a experiência, a tradição coletiva, no ato de relatar a sua história ou a de outros, o conto moderno, contrariamente, implica o sujeito isolado, segregado dos seus, buscando algo de que não dispõe mais: o sentido da vida. Para isso, escolhe qualquer evento, sob qualquer perspectiva, com a única condição de se constituir como um recorte em que a vida seja apreendida em sua síntese: forma viva de uma vida fragmentada[9].

A rápida digressão sobre o gênero é passo para investigar como *Contos Novos* o realiza. Inequivocamente, as narrativas dessa obra são contos enquanto tais, resultado de um maduro experimento de Mário de Andrade com as técnicas do gênero. No entanto, estão realizadas de maneira a desinstalar ou a problematizar e ressignificar o gênero – e certamente isso inscreve novo plano de significações à obra.

---

9. Cf. J. Cortázar, "Alguns Aspectos do Conto", *Valise de Cronópio*, São Paulo, Perspectiva, 1974.

3

Imagens do Corte
e Utopia da Totalidade

Nos contos em 1ª pessoa, a estilização da terapêutica psicanalítica fica formalizada nos movimentos do narrador adulto que busca a (re)construção do sentido de sua vida a partir dos traços deixados pelo esquecimento dos materiais que fundaram sua identidade. Na recordação da infância e da adolescência, o narrador fabula a sua história *psiquicamente verdadeira*[1], em que fragmentação e corte, matérias da cultura, encontram a resistência da sua vontade. Quer restaurar a integridade e recuperar elos entre passado e presente.

Nesse sentido, cada um dos contos é o fragmento de uma totalidade que só se mostra exatamente assim: aos pedaços, com resistências, com ziguezagues. Finalmente, em "Tempo da Camisolinha", inclusive com o jogo do ocultamento da identidade do eu, o encontro de uma suposta primeira lembrança e seus desdobramentos faz pôr fim à busca. Esse eu se reencontra com seu destino de estar cindido – trama inelutável – e também converte-o em

---

1. A intencionalidade com que Mário de Andrade deixa assinalado que os narradores de *Contos Novos* leram Freud já se verificara em *Amar, Verbo Intransitivo*. No entanto, Mário de Andrade nunca aceitou as facilitações do "psicologismo" nem a redução da leitura de sua obra à luz exclusivamente da psicanálise (cf. "A Propósito de *Amar, Verbo Intransitivo*", *op. e loc. cit.*).

elemento de resistência e luta. O processo da rememoração, que se cala com o choro abafado do menino de três anos, não gera esquecimento nem aceitação. Em vez disso, determina o encontro do destino do adulto e da voz que se relata em perdas e encontros.

A matéria do narrador em 1ª pessoa poderia dar substância para um *romance de formação*: contar uma vida dos três ao vinte e cinco anos, no quadro da aprendizagem desencantada das leis do mundo familiar, porta de passagem para a vida adulta. Mas Mário de Andrade escolhe a forma conto: representação de retalhos da vida. A escolha pelo gênero serve à recusa da mentira da representação, à recusa de imitar uma totalidade coesa fundada na representação realista do decurso inteiriço da vida.

O paradoxo em que se encontra o narrador contemporâneo – de tal intensidade que, "antes de qualquer mensagem de conteúdo ideológico, já é ideológica a própria pretensão do narrador, como se o curso da vida ainda fosse em essência o da individuação, como se o indivíduo alcançasse o destino com suas emoções e sentimentos, como se o íntimo do indivíduo ainda pudesse alguma coisa sem mediação"[2] – e as questões do modo de representação dele decorrentes são fundamentais para todo o Modernismo e, naquilo que nos interessa aqui, para o conjunto da produção ficcional de Mário de Andrade, especialmente no momento em que produz *Contos Novos*, junto aos projetos de dois romances, posteriormente abandonados: *Café* e *Quatro Pessoas*. Os manuscritos de *Quatro Pessoas*, já publicados, fornecem importantes indícios de como o escritor trabalhava o gênero em direção diferenciada de *Macunaíma* e de *Amar, Verbo Intransitivo*. Baseado no decurso da amizade de dois casais, centrado na análise psicológica, *Quatro Pessoas* foi abandonado por Mário de Andrade que o considerou

2. T. W. Adorno, "Posição do Narrador no Romance Contemporâneo", cit. p. 270.

"impublicável", "sem qualidade artística", também porque "não era mais possível preocupar-se com o destino de quatro indivíduos – involucrados em dois casos de amor – quando o mundo sofria tanto e a cultura recebia um golpe profundo"[3].

Em *Contos Novos*, a escolha pelo gênero pode ser entendida como resposta à crise do romance experimentada por Mário. Nos contos, a elaboração dos relatos autônomos grava a impossibilidade de narrar uma matéria intransformada – solapando a objetividade épica – e assinala a possibilidade de trançar os eventos, reunir os fragmentos e inscrever um jogo de reordenações. E ainda que entre os contos se possam tecer vínculos de continuidade, os elos da cadeia que os unifica ficam apenas como sombra desejosa de reunião, convite à aventura interpretativa.

Na fatura de *Contos Novos*, Mário de Andrade formaliza sua apreensão da modernidade. Se seu princípio é fragmento e cisão, perda do sentido da vida, separação entre o íntimo e o público, o escritor toma-o também como princípio constitutivo da escolha de seu material literário. Trata-se de contos em que esses temas surgem em narrativas fragmentadas. Mas a construção de um efeito de rearticulação entre elas – realizada solitariamente pelo leitor –, também indicia fortemente a recusa à aceitação do fragmento, a luta de resistência da forma literária à realidade superpoderosa da vida histórica.

Nos contos, o paradoxo da arte no mundo reificado toma a *forma* e se expressa também em símbolo, na imagem do menino de cabelos longos. Nos contos em que se repetem episódios, se relêem episódios, se entrecruza e se subverte a cronologia, chega-se, em "Tempo da Camisolinha", não apenas a uma primeira verdade "das tripas" – na imagem de um corpo mutilado, arrancado de seus adorados cabelos –, nem tampouco apenas às "máscaras nobres",

3. *Apud* M. W. Castro, *Mário de Andrade. Exílio no Rio*, cit., p. 97.

necessárias ao homem que aí se forma – na escolha do menino por doar seu talismã ao operário. Chega-se, ainda mais, a uma primeira imagem que, mesmo rasgada, resiste a toda perda e dura, apontando o impossível desejo da totalidade, sinal profundamente vincado na memória. Na imagem do menino de cabelos longos se preenche a ausência e repõe-se a foto desde há muito rasgada:

> Meus cabelos eram muito bonitos, dum negro quente, acastanhado nos reflexos. Caíam pelos meus ombros em cachos gordos, com ritmos pesados de mola de espiral. Me lembro de uma fotografia minha desse tempo, que depois destruí por uma espécie de polidez envergonhada... Era já agora bem homem e aqueles cabelos adorados na infância, me pareceram de repente como um engano grave, destruí com rapidez o retrato. Os traços não eram felizes, mas na moldura da cabeleira havia sempre *um olhar manso, um rosto sem marcas, franco, promessa de alma sem maldade* (TC, 106, grifos meus).

Na imagem desse menino emoldurado por uma cabeleira ainda não cortada, e reemoldurado pela palavra que o pereniza, escreve-se a figura da plenitude, anterior ao "crime" da individuação e ao conhecimento da cisão. O eu adulto precisou destruir a foto, porque ele, em algum tempo não definido, mas certamente anterior ao ato de enunciar-se como narrador, só existe e só se reconhece na imagem que a cultura criou e nele se internalizou. Só se reconhece naquela outra imagem, que traz a "noção prematura de sordidez dos nossos atos, ou exatamente, da vida": o outro menino, emoldurado em uma outra foto em que, com cabelos cortados, a lei da cultura já marcou o temor e a necessidade de, disfarçando, resistir.

Ainda que a individuação só se dê após o corte, representação do corte primitivo que faz nascer, perceber-se em suas incompletudes, rebelar-se e escolher formas de se reintegrar – ainda assim, o tempo da plenitude permanece na imagem conservada no coração da memória. A ferida que lateja e dói, que continua presente na confissão de que a fotografia do menino de cabelos longos fora rasgada pelo próprio narrador, surge como vestígio de um vestígio da inteireza perdida: a recordação do menino de cabelos compridos. No fragmento de um tempo pleno, o estilhaço do espelho partido faz sonhar a utopia da totalidade. Se a forma literária estrutura a vida feita de pedaços e de separações intransponíveis entre eu e outro, quebra-cabeças cujo sentido permanece cifrado na seqüência dos dias, figura também o sonho do impossível desejo de totalidade e indiferenciação. O componente regressivo da imagem do menino pleno é o vestígio da resposta à falsa posi-tividade da realidade histórica[4].

O Mário de Andrade de *Contos Novos*, criador de Juca e do narrador sem nome, faz da aventura de sua personagem em busca de si mesmo o material para artesanalmente construir o sentido que quer conferir à representação da vida na modernidade. Além disso, duplica-a nos narradores em 3ª pessoa que, empenhados na mesma atividade, mostram que a vida pública esconde os sujeitos reais, feitos de incompletudes e desejosos de reunião. Se *Contos Novos* separa o "eu" e o "ele", nas narrativas em 1ª e em 3ª pessoa, se oculta a identidade do eu em "Tempo da Camisolinha", todos esses parecem um mesmo, máscara da face criadora que quer desvelar como a história criou seres cindidos e, inconformada com isso, se recusa a aceitá-lo. Essa face propõe o mosaico da vida, insinua a colagem dos pedaços, na afirmação do desejo de reunião entre eu e seu outro, e entre os eus que caminham sem nome pelas ruas da História.

A totalidade, feita da síntese dos fragmentos, constrói-se sob o sinal da técnica pessoal do artista que sonha a utopia; do artifício que permite a aventura interpretativa. Assim, os contos que narram

---

4. Sobre a significação dos componentes regressivos na obra de arte, cf. T. W. Adorno e M. Horkheimer, *Dialética do Esclarecimento*, Rio de Janeiro, Zahar, 1985, pp. 22 e ss.

pedaços de vidas cindidas são também um ardil contra o sentido que a vida nos impõe. No seu conjunto, gravam por vestígios e por temas e procedimentos comuns a unidade a que querem dar representação. Os sujeitos comuns desprovidos de poder de ação, os bodes expiatórios modernos, mesmo sem força para alterar a exterioridade do mundo, transformam-se a si mesmos e assim virtualizam a possibilidade da transformação dos indivíduos na História. Como o narrador de "Primeiro de Maio", Mário de Andrade não pode contá-los quando saem do texto, mas ao revelá-los em flagrantes da vida ficcional compreende-os como aqueles que, embora "no embate contra forças maiores são dominados e fracassam", impõem-se não como "desfibrados"[5]. No mundo reificado, os objetos sacrificiais atentam o mundo do mercado porque não são passíveis de troca – e cada novo sacrifício atesta a iniquidade do estado social.

A obra de arte revela-se poderosa para escrever as diferenças e sugerir as semelhanças. Assim, se o conto, em suas múltiplas elocuções, corta a possibilidade do alargamento épico e da representação do decurso integral da história de uma vida, as narrativas de *Contos Novos* podem ser lidas como a realização acabada dessa forma. Mas são também *a negação da negação* da possibilidade de representar a totalidade. Dão forma à vida fragmentada para nela inscrever a recusa de aceitar a cisão. Inscrevem uma possibilidade que não está suposta na delimitação do gênero: compor um processo de integração épica que, formalizado no recorte de um fragmento que tematiza a separação uns dos outros e de si mesmos, deixa assinalada a junção possível dos episódios, no jogo de sua alternância e de sua sequência.

---

5. Cf. Mário de Andrade, "A Elegia de Abril" (*Aspectos da Literatura Brasileira*, cit., p. 190), em que o autor critica o que considera mania da literatura da época, nociva à função da arte em tempos históricos de extrema dominação: o personagem "fracassado", que se "entrega à sua conformista insolubilidade".

A FORMA DA AVENTURA E O ARTESANATO DO MATERIAL

Desse ponto de vista, cada conto em particular articula-se a todos os outros, sem relação de necessidade e sem causalidade, constituindo-se o conjunto como uma totalidade complexa e coesa que, não escrita, fica como sombra entrevista. Nas histórias em que o eu busca outros, sejam eles um eu ou um ele, tenham eles nome ou não, insinua-se a imagem da *tessera*: cifração da convergência e do encontro, anulação virtual da ausência[6].

Talvez se possa dizer, então, que *Contos Novos* conversa com antigas tradições e as traz criticamente para o presente. Configura-se como moderno mito episódico, na esteira e na superação da *ruptura* enquanto procedimento narrativo que marca a consciência propriamente moderna; não explicita a relação que se tece entre os episódios e que não está na causalidade aparente. Antes, escreve-a figuradamente na fatura dos fragmentos e contra eles se insurge ao insinuar uma reunião que não é mais que virtualidade da interpretação. À sua maneira, *Contos Novos* são também o caminho para a "arte malsã" pela qual Mário de Andrade propugnava. "Arte malsã" porque malestariza a vida que se aceitava cindida[7]. Os enredos que tramam a história de seres cindidos apontam o caminho da reidentificação no cenário da História, por meio da escolha de uma identidade ideológica e socialmente determinada. O narrador que caminha com o 35 pode também acompanhar Mademoiselle e os anônimos moradores do bairro periférico. Esse, que quer mostrar a degradação da consciência senhoril e assim imaginar um novo percurso para a História, faz lembrar um menino que doara sua estrela-do-mar ao operário sem pão.

---

6. Em sua acepção original, *tessera* designa o objeto partido em dois que permitia a dois amigos se reconhecerem quando, depois de longa ausência, reencontravam-se.
7. Sobre a defesa da "arte malsã", cf. Mário de Andrade, *O Banquete*.

Vinculado às tradições da modernidade, Mário de Andrade as realiza à sua maneira, para também, em diálogo com os tempos, problematizá-las. Se iniciar-se no mundo da cultura implica estar cindido, Mário de Andrade narra essa cisão, na atualidade de seu tempo histórico. Mas quer mais: quer um velho rito de iniciação em que o despedaçamento, tal como nos mitos tradicionais, é a condição para o surgimento de um homem novo. Sua matéria é o mundo moderno, a fratura entre a experiência pública e a privada, a incomunicabilidade da experiência individual ilhada no pensamento que não se profere, em sua banalidade aparente. Justamente por isso quer operar artisticamente o mundo, sem cair no consolo da mentira da representação – mentira ideológica de julgar poder explicar o sentido da vida. Dentro da modernidade, exige que, no convite à leitura, teçam-se os fios entre as histórias.

Da imagem do mundo apreendida por Mário de Andrade decorre a estrutura de seus *Contos Novos*. Nas variações dos cenários, na cidade, no campo, nas ruas e nas casas, vemos um mesmo motivo fundante: a lei da cultura, que interdita e nos fragmenta a cada história individual, repõe-se, mais drástica, no autoritarismo da sociedade capitalista e de sua moral. Se é essa nossa condição, isso não significa aceitá-la. Iniciar-se no mundo supõe também construir a possibilidade do reencontro possível, não aceitando perder-se no anonimato das ruas, nem na aparente intimidade familiar do mundo pequeno-burguês.

Mário de Andrade sonha com destinos comuns em que eu e outro se solidarizem e se vejam espelhados um no outro. Na ânsia de religar-se, formaliza fragmentos e vislumbra o mosaico que comporia novas significações. Na matéria da cisão, a visagem da totalidade. O seu mito – no duplo sentido da história elaborada pelo poeta e da história reconhecida pela coletividade porque fala de seus representantes exemplares – é filho dessa modernidade, quando os homens são arrancados do fio da memória e ficam desprovidos da experiência e da tradição coletivas. No cenário histórico do Brasil dos anos 30 e 40, a realidade da opressão e da fratura entre individual e social está diante dos olhos do poeta e faz exigir a participação ativa do artista e do intelectual, como se pode ler em "O Movimento Modernista".

O fabulador cria seus contos, que dialogam com a verdade construída em nossos tempos para contra ela se sublevar. Constatam, no cenário social, a dominação retrógrada e desumana das nossas elites. Constatam a aparente vitória de uma certa lógica da civilização, encarnada também na moral que nos impõe seus selos. Mas também se desnudam como narração escrita de um velho desejo, num tempo histórico em que o avanço das forças fascistas no cenário nacional e internacional e os agudos conflitos pessoais e intelectuais que então vivia o agoniavam. Com o "não-conformismo navalhante", que certamente paga seu preço à utopia, recusam-se a aceitar as fraturas psíquicas e sociais e fabulam, sob a forma da *tessera*, a tecelagem do encontro e da (re)identificação com os despossuídos. Como afirma Adorno, a forma literária reclama o que só o real pode transformar.

Adendo

Trechos de "O Poço", (Coleção Mário de Andrade – *Contos Novos*). Versão iniciada em 28/7/1942 e finalizada em 3/8/1942, segundo indicações do próprio autor.

Transcrição fotográfica autorizada pelo Arquivo do Instituto de Estudos Brasileiros – USP.

É preciso tirar totalmente o
processo familiar de contar.
Contar sobre a lei pele do ele,
sem relevos, mas com certa morosidade noturna.

O POÇO

(Iniciado a 28-VII-42)

(Melhor trocar o meu pra "seu Alvacde" em certa frase asonante)

Nós chegámos ao pesqueiro recem-comprado, não seriam nove horas
da manhã, muito sacolejados com aquele fordinho cabritando na estrada
péssima. Mas estávamos bem dispostos, seu Prestes e eu. A perspectiva de
uma pescaria suculenta nos punha alegres no frio danado
que batera nesse inverno. Mas frio daquela zona paulista, bem sêco nos dias
claros e solares, noites de uma nitidez sublime, perfeitas pra dormir no
quente do burguês. Bom, eu não posso garantir mui-
to que seu Prestes estava alegre, homem que pouco sabia rir, muito tradicional nos setenta anos que o mumificavam naquele esqueleto agudo e
taciturno. Eu é que estava alegre mesmo, nos meus vinte anos de urbanismo
inveterado, acordar de madrugada, pescarias, viagens, terras desconhecidas,
o Mogi de perto.

O caso é que estourara na zona a mania dos fazendeiros ricos
terrenhos comprarem na barranca do Mogi, e fazerem pesqueiros de esti-
mação. Seu Prestes fôra dos primeiros, como sempre, homem satisfeito das suas iniciativas, meio cultivando uma vaidade de família que êle
articulava cuidadosamente
até o bisavôtuano, gente escoteira naqueles campos,
desbravadora de matos. Mas
aí o peixe, cevado
desde o primeiro dia, já era abundante, o pesqueiro ainda estava rece-
bendo as primeiras benfeitorias de quem gostava de seu conforto e tinha
orgulho de fazer as coisas bem feitas.

Seu Prestes, era caprichoso. Basta dizer, que outro fazendeiro se lem-
brara disso! que estava construindo uma casa de tijolo de verdade, com
terraço, quarto pro dono, quarto pra convidado, tela por toda a parte, pra
evitar pernilongo. E era só pra descansar de dia e quando muito viver
temporadinhas de quatro ou cinco dias. A sentina, por detrás da casa, Deus me perdoe, mas até era luxo, com o vaso de esmalte e tampa. Numa
parte desbravada do terreno, no verde novo, já pastavam quatro vacas e
o marido, na espera que alguem quisesse beber um leitezinho caracú. E a-
gora que a casa estava quase pronta, sua horta folhuda e uns girassões
na frente, seu Prestes não se contentara mais com a agua gelada que trazia em dois terros gordos, no forde. Mandara fazer um poço. Quem fazia e-
ra gente da fazenda mesmo, que êle trouxera e estavam ali, construindo casa,
desbravando mato e tudo. Afora os quatro camaradas, morava no pesqueiro

(bagre sorna da barranca, menino do rio.
êste um caipira da gema) maleiteiro eterno com viola e rapadura, mais a mulher e cinco famílias enfezadas.

Quando chegamos, o frio se tornou feroz — êsse frio da manhã, lavado daquela umidade maligna que, alem de peixe, era só o que o rio sabia nos dar. Fomos chegando prà fogueira dos camaradas, que se levantaram logos dos calcanhares, chapéu na mão. Seu Prestes foi logo censurando. Tirou o relógio com muita calma, examinou bem que horas eram e, sem severidade aparente, perguntou si ainda não tinham ido trabalhar. Que homem estranho, seu Prestes... do... A severidade dêle era, não sei dizer, era por detrás. Ele falava, às vezes até queria ser simpático, fala mansa, esboço de rir no bigode que lhe tapava a boca, mas a gente sentia que com êle eram oito e oitenta, complacência, néris. Então as crianças! nunca enxerguei uma que se aproximasse dêle com prazer. Ele bem que chamava os rebentos dos sobrinhos, das visitas, na intenção de agradr. Uns poucos iammandados pelos pais, mas só vendo como ficavam contrafeitos, às vezes mesmo com olhos de apavorados.

Mas eu era assim mesmo, tipo de contradição. Não gostavam de seu Prestes? Pois eu gostava, está! Isso desde meninote dos meus dez anos. Me aproximei corajoso dele, numa daquelas férias que passávamos quase todos os semestres entre os fazendeiros parentes que se tinham agrupado no município. E o resultado dessa coragem que bem me custou, foi nascer aquela amizade difícil entre um menino e um velho. Só comigo, como que pra mostrar aos outros que êle era bom (e afinal das contas era bom mesmo, só que viciado por uma educação antiga mais ciosa de severidade que de justiça), eu sei que seu Prestes tinha comigo complacências inoríveis. (seu Prestes era o cavaleiro da austeridade) Me levava pra passar dias na fazenda dêle, eu só, e só prà assombrar os outros, tive aquela temeridade de heroi, fui, fui sem gôsto, só pra maltratar os outros, só de pique, deixando a fazenda boa em que meus manos brincavam felizes, meu Deus! o que ia ser de mim!... Pois foi ótimo. E o presente que recebi! Todo mundo me invejou.

Aliás a mulher de seu Prestes era uma santa. Viviam meio isolados, justamente porque seu Prestes gostava de isolamento e com o jeito dêle arredava toda a gente. Não é que não tivesse amigos, ninguem o visitasse, visitavam sim, sobretudo a mulher dêle que todos nós adorava. Mas no geral, era dessas coisas de relações que se cultiva, gosta, até gosta, mas que um mal estar jamais confessado faz a gente ir esquecendo, ir esquecendo, até que um dia a conciência não pode mais se enganar e se assusta: "Nossa! precisamos ir na casa de seu Prestes, faz tempo que não vamos la!". E a visita *foi bem* agradavel.

Eu fui mas de acinte. E a semana foi uma delícia. Dona Maria José não pensou em mim naqueles dias, seu Prado viveu no forde, me levando na cidade por causa dos doces do turco, fazendo *marcar* uns bezerros só porque eu nunca vira, deu um piquenique monstro, presentes era todo dia. E agora vejam como êle era direito. O pomar, homem já falei caprichoso, era uma maravilha. Tinha de tudo, frutas do nordeste que em nossa terra ficam péssimas, mas que jaboticabas, que mangas, que bananas, que laranjas!

Ora passeando no pomar e me contando tudo (seu Prado tinha o gôsto de ensinar, às vezes por causa de um buraquinho no chão, levava uma hora me explicando a metamorfose dos insetos, eu extasiado) passeando no pomar, êle me mostrou uma arvoreta bonitinha com tres "tomates" ainda muito verdes. Isso foi logo no primeiro dia, porque seu Prado recebera aquela caquí do Japão, da milhor qualidade, e estava cheio de amores pelaplanta nova. Mas como eu chamasse aquela fruta de "tomate", ele partiu pra uma preleção divertidíssima sobre os caquís e os tomates, acabando por me avisar que naquelas frutas não tocasse. Praquê falou! despertou minha malvadez e só fiquei imaginando em provar os caquís. E o pior é que resistir eu podia, eu estava sentindo por dentro que não me interessava nada tocar naquelas frutas verde, ainda em pleno crescimento. Mas havia a proibição, e havia mais que ela, o pavor que eu tinha da severidade por detrás de seu Prado.

Foi um momento admiravelmente horrivel da minha rapaziada, nunca pude me esquecer. Seu Prado, fôra na cidade, regularizar nem sei o que com uns compradores de café ou coisa parecida, dona Maria José estava lá dentro, me bateu um estado de pavor. Me dirigi ao pomar com a naturalidade imensa de quem, menino, numa fazenda, se sentindo só, dia pleno, não fica mesmo debaixo de um teto insuficiente, vai pro ar livre, vai ver a máquina de café trabalhar, vai perguntar coisas aos camaradas, vai ver os carneiros, vai se ajuntar com os filhos do administrador. E vai no pomar.

O que se dera em mim, eu estava literalmente horrorizado, embora estivesse achando que era a coisa mais natural dêsse mundo ir ao pomar. Uma fatalidade me empurrava, eu tremia mas querendo ir mesmo, sem gostar nada daquilo que estava sofrendo, mas incapaz de fugir à curiosidade daquele sofrimento como nunca eu tivera outro igual. Não tomara ar de passeio pra disfarçar, me dirigia direto aos caquís. Sentia castigos tremendos que só sentia sem imaginar quais eram. Fui, cheguei lá, a arvoreta era baixa,o mundo desabou sobre mim,e me esticando bem,mordisquei um dos caquis verdes com os caninos do lado esquerdo.Me lembro como si fosse hoje,foram sim os caninos esquerdos,fechei os olhos,paralizado de terror.Fiquei assim um tempo.Só um sabor desagradavel,leve,de coisa picante,me foi trazendo à realidade.Primeiro conclui que era mesmo um gôsto rúim,caqui verde.Estava calmo,não sofria mais,o terror se acabara.Então capiei assim meio de banda o fruto mordido.Estava ali,era impossivel não ver,o furinho deslumbrante,se enegrecendo aos poucos.Mas eu estava era calmo,numa felicidade,felicidade não, bem que o medo já estava ali,medo normal e justo,mas eu estava não sei si diga triunfante ou apenas grande cínico.

No dia seguinte,isso era fatal,eu sabia,seu Preste me chamou porque gostava de me fazer chupar aquelas laranjas-pêras de julho,êle que a "decascava" como dizia,atrapalhando minha erudição urbana.Nem pensei em disfarçar,fazendo seu Preste se esquecer da sua visita matinal aos caquis.Apenas eu refletia,com muito mêdo e com muita clarividência:êle vai ver.Mas o fato é que já tinha visto na véspera.Decerto fôra enquanto eu tomava o meu banho,antes da janta,que dona Maria José não perdoava.E enquanto nos dirigíamos reto ao caquiseiro,seu Preste naquela calma foi falando:

-Juca (Seria bom me dar um outro nome nestes contos tão fantasiados:não é justo que êle,si bastante autobiográficos,pareçam autenticos por indicações definitivamente autênticas) Juca,você ontem fez uma coisa que eu não gostei,não faça mais.(êste "não faça mais" é que foi o seu Preste terrivel.Foi falado mas com secura tamanha,tão dito decisivo e ameaçador,que estava longe dos pitos meus conhecidos:seu Preste era dêsses que não fazem distinção entre um caqui perdido e a honra de uma espôsa,seu Preste era capaz de matar por causa do caqui. Veio um "não faça mal" tão navalhante,que até hoje,quando me lembro dele,o malestar é insuportavel.No momento meio que tonteei,minhas pernas bambearam,ia cair.quis ainda fingir de duro,mas já não me mandava bem,segurei numa árvore que passava.

Seu Preste não me ajudou,nada.Parou,ficou esperando,eu só enxergava a sombra dele,porque ainda tive um instinto orgulhoso de virar a cara pro outro lado, só pra não mostrar.Chorar,quem disse chorar.Nem estaria arrependido.Não posso dizer ao certo,porque o tumulto em mim era tamanho,tal furia de sentimentos diferentes,que eu apenas reagia naquela defeza pueril,mostrar a cara pra êle não mostrava.

E fui abandonando o apôio na árvore,assim com jeito de ainda disfarçar.

-Você está se sentindo mal?~~, não é isso?~~

-Não senhor.

E dava pontapés nos torrões da terra sempre muito arada,cabeça baixa como pra ver os pontapés que dava.Pois seu Prestu não disse mais nada por enquanto,mas com aquela perfeição dele,inflexivel,continuou o caminho para o caquiseiro.Chegou lá,examinou bem a fruta,passando o dedo nos furinhos que estavam deslumbrantes,única coisa que se enxergava,maior que o sol que me ~~sóss~~ estalava nos miolos.Mandou:

-Eu proibí mas você mordeu o caquí.

Eu,nem passou pela minha cabeça negar,botar a culpa em ninguem,tinha os seis filhos do camarada pra entrarem numa dúvida,mas aqueles sim viviam aterrorizados,os piás mais infelizes dêsse mundo.Era eu mesmo o mordedor do caqui,pois si nem eu tinha dúvida!Então,já não suportava mais mesmo,e me lembrei duma resposta fabulosa.

-Fui eu mesmo,seu Prestu,mas estou muito arrependido.

É que eu tinha lido nos livros proprios pra fazer crianças rúins, que é assim que se faz quando se quer fingir de criança que foi rúim e ficou boa.E olhei pra seu Prestu,com os olhos agora já cheios de lágrimas do pavor,do medo horrivel que,eu percebia,tinha mesmo a certeza,estava passando.O mais dificil de explicar é que,principiando por fingir aquela ideia salvadora,quando olhei pra seu Prestu e percebi mesmo que não apanhava nem nada,meu coraçãozinho ficou sinceramente arrependido mesmo.D'aí seu Prestu não falou mais nada,nem fez carinho,nada.Mas comentou inflexivelmente rijo que decerto a fruta ia se arruinar,etc.meia hora de lição sobre apobrecimento das frutas.E todos aqueles dias ótimos de felicidades ~~sóss~~ tiveram sempre o instante,percebi muito bem, concientemente preparado nele,de examinar o caqui e comentar a marcha da minha culpa.

Era acabar:O resultado de tudo istoé que me corrigi pra sempre em relação a seu Prestu.Quer dizer que êle foi um dos maiores criadores de hipocrisia em mim.Com os outros,continuei eu mesmo,desobediente,malvado.Mas junto de seu Prestu,nas férias que desde então passei muitas vezes na companhia dele e foi aumentando aquela amizade imperdoavel,eu virava sério,ótimo rapaz,morigerado,franco,leal.

Bibliografia

I

Do autor

ANDRADE, Mário de. *Obras Completas*. São Paulo, Martins Editora (20 vols.): I. *Obra Imatura*; II. *Poesias Completas*; III. *Amar, Verbo Intransitivo*; IV. *Macunaíma. O Herói Sem Nenhum Caráter*; V. *Os Contos de Belazarte*; VI. *Ensaio sobre a Música Brasileira*; VII. *Música, Doce Música*; VIII. *Pequena História da Música*; IX. *Namoros com a Medicina*; X. *Aspectos da Literatura Brasileira*; XII. *Aspectos das Artes Plásticas no Brasil*; XIII. *Música de Feitiçaria no Brasil*; XIV. *O Baile das Quatro Artes*; XV. *Os Filhos da Candinha*; XVI. *Padre Jesuíno do Monte Carmelo*; XVII. *Contos Novos*; XVIII. *Danças Dramáticas do Brasil*; XIX. *Modinhas Imperiais*; XX. *O Empalhador de Passarinho*.

_____ . *Taxi e Crônicas no Diário Nacional*. Estabelecimento de texto, Introdução e Notas de Telê Porto Ancona Lopez. São Paulo, Duas Cidades/SCET-CEC, 1976.

_____ . *O Turista Aprendiz*. 2ª ed. Estabelecimento de Texto, Introdução e Notas de Telê Porto Ancona Lopez. São Paulo, Duas Cidades, 1983.

_____ . *Dicionário Musical Brasileiro*. Coordenação de Oneyda Alvarenga e Flávia Camargo Toni. Belo Horizonte/Brasília/São Paulo, Itatiaia/MC//IEB/Edusp, 1989.

_____. *Compêndio de História da Música*. 2ª ed. São Paulo (ed. do Autor), 1933.

_____. *Os Cocos*. Preparação, Introdução e Notas de Oneyda Alvarenga. São Paulo/Brasília, Duas Cidades/INL (Fundação Pró-Memória), 1984.

_____. *As Melodias do Boi e Outras Peças*. Preparação, Introdução e Notas de Oneyda Alvarenga. São Paulo/Brasília, Duas Cidades/INL (Fundação Pró-Memória), 1987.

_____. *O Banquete*. São Paulo, Duas Cidades, 1977.

_____. *Quatro Pessoas*. Notas críticas de Maria Zélia Galvão de Almeida. Belo Horizonte, Itatiaia, 1985.

_____. *Balança, Trombeta e Battleship – ou o Descobrimento da Alma*. Edição genética e crítica de Telê Porto Ancona Lopez. São Paulo, Instituto Moreira Salles/IEB, 1994.

_____. Manuscritos. Coleção "Mário de Andrade", IEB, São Paulo.

Correspondência do autor

ANDRADE, Mário de. *A Lição do Amigo. Cartas de Mário de Andrade a Carlos Drummond de Andrade*. Anotadas pelo destinatário. Rio de Janeiro, José Olympio, 1982.

_____. *Cartas a Anita Malfatti (1921-1939)*. Rio de Janeiro, Forense Universitária, 1989.

_____. *Cartas a Manuel Bandeira*. Rio de Janeiro, Ouro, s/d.

_____. *Cartas a Murilo Miranda*. Rio de Janeiro, Nova Fronteira, 1981.

_____. *Cartas a um Jovem Escritor. De Mário de Andrade a Fernando Sabino*. Rio de Janeiro, Record, 1981.

_____. *Cartas de Mário de Andrade a Prudente de Moraes, neto (1924-1936)*. Organizado por Georgina Koifman. Rio de Janeiro, Nova Fronteira, 1985.

_____. *Mário de Andrade: Cartas de Trabalho. Correspondência com Rodrigo Mello Franco de Andrade (1936-1945)*. Brasília, SPHAN/Pró-Memória, 1981.

_____. *Mário de Andrade Escreve Cartas a Alceu, Meyer e Outros*. Coligidas e anotadas por Lygia Fernandes. Rio de Janeiro, Editora do Autor, 1968.

BIBLIOGRAFIA

_____. *Mário de Andrade – Oneyda Alvarenga: Cartas*. São Paulo, Duas Cidades, 1983.

_____. *Querida Henriqueta. Cartas de Mário de Andrade a Henriqueta Lisboa*. Rio de Janeiro, José Olympio, 1990.

_____. *71 Cartas de Mário de Andrade*. Coligidas e anotadas por Lygia Fernandes. Rio de Janeiro, Livraria São José, s/d.

ANDRADE, Mário de & BANDEIRA, Manuel. *Itinerários*. Cartas a Alphonsus de Guimaraens Filho. São Paulo, Duas Cidades, 1974.

DUARTE, Paulo. *Mário de Andrade por Ele Mesmo*. 2ª ed. São Paulo, Hucitec/SMC, 1985.

MORAES, Rubens Borba. *Lembrança de Mário de Andrade – 7 Cartas*. São Paulo, Editora do Autor, 1979.

II

Obra crítica sobre o autor

ALVARENGA, Oneyda. *Mário de Andrade, um Pouco*. Rio de Janeiro/São Paulo, José Olympio/SCET-CET, 1974.

BERRIEL, Carlos Eduardo Ornelas. *Dimensões de Macunaíma. Filosofia, Gênero e Época*. Dissertação apresentada ao Departamento de Teoria Literária. Orientador: Prof. Dr. Roberto Schwarz. Campinas: IEL-Unicamp, 1987 (mimeografado).

BATISTA, Marta Rosseti, LOPES, Telê Ponto Ancona & LIMA, Yone Soares de. *Brasil: 1º Tempo Modernista*. Documentação. São Paulo, IEB-USP, 1972.

BOSI, Alfredo. " 'O Movimento Modernista' de Mário de Andrade". *Colóquio/Letras*. Lisboa, Calouste Gulbenkian, n. 12, março de 1973, pp. 25-33.

_____. "Situação de Macunaíma". *Céu, Inferno. Ensaios de Crítica Literária e Ideológica*. São Paulo, Ática, 1988, pp. 127-141.

BUENO, Raquel Illescas. *Belazarte me Contou. Um Estudo de Contos de Mário de Andrade*. Dissertação em Literatura Brasileira apresentada ao Departamento de Letras Clássicas e Vernáculas. Orientador: Prof. Dr. Alcides Villaça. FFLCH-USP. São Paulo, 1992 (mimeografado).

CAMPOS, Haroldo de. *Morfologia de Macunaíma*. São Paulo, Perspectiva, 1973.

CANDIDO, Antonio. Resenha sem título sobre *Poesias*, de Mário de Andrade. *Clima*. Jan. 1942, n. 8, pp. 72-78.

_____. "O Poeta Itinerante". *O Discurso e a Cidade*. São Paulo, Duas Cidades, 1993, pp. 257-278.

_____. "Lembrança de Mário de Andrade". *Brigada Ligeira, e Outros Escritos*. São Paulo, Editora Unesp, 1992, pp. 209 a 214.

CASCUDO, Luís da Câmara. "Mário de Andrade". *Boletim do Ariel*. III/9, jun. 1934, pp. 233-235.

CASTRO, Moacir Werneck de. *Mário de Andrade. Exílio no Rio*. Rio de Janeiro, Rocco, 1989.

COSTA, Iná Camargo. "Mário de Andrade e o Primeiro de Maio de 35". *Ciclo de Conferências Mário/Oswald – Escritores*. 6 de dezembro de 1990. Centro Cultural São Paulo. Secretaria da Cultura do Município de São Paulo.

COSTA, Marta Morais, e outros. *Estudos sobre o Modernismo*. Curitiba, Criar, 1982.

DANTAS, Luiz. "Amar sem Aulas Práticas". *Remate de Males*. Campinas, n. 7, 1987, pp. 63-68.

DASSIN, Joan. *Política e Poesia em Mário de Andrade*. São Paulo, Duas Cidades, 1978.

HARDMAN, Francisco Foot. "O Impasse da Celebração". *Nem Pátria, nem Patrão! Vida Operária e Cultura Anarquista no Brasil*. 2ª ed., São Paulo, Brasiliense, 1984.

KNOLL, Victor. *Paciente Arlequinada. Uma Leitura da Obra Poética de Mário de Andrade*. São Paulo, Hucitec/SEC, 1983.

BIBLIOGRAFIA

KOSSOVITCH, Elisa Angotti. *Mário de Andrade, Plural*. Tese de Doutoramento apresentada ao Departamento de Filosofia. FFLCH-USP. São Paulo, 1983 (mimeografado).

LAFETÁ, João Luiz. *1930: A Crítica e o Modernismo*. São Paulo, Duas Cidades, 1980.

_____. *Figuração da Intimidade. Imagens na Poesia de Mário de Andrade*. São Paulo, Martins Fontes, 1986.

LINS, Álvaro. *Os Mortos de Sobrecasaca*. Rio de Janeiro, Civilização Brasileira, 1963.

_____. "Poesia e Forma". *Jornal da Crítica*. 2ª série. Rio de Janeiro, José Olympio, 1943, pp. 22-32.

LOPEZ, Telê Porto Ancona. *Mário de Andrade: Ramais e Caminho*. São Paulo, Duas Cidades, 1972.

_____. *Mariodeandradiando*. São Paulo, Hucitec, 1996.

MILLIET, Sérgio. *Diário Crítico*. São Paulo, Brasiliense, 1944, pp. 166-174.

PACHECO, João. *Poesia e Prosa de Mário de Andrade*. São Paulo, Martins, s/d.

PAULILLO, Maria Célia R. de Almeida. *Mário de Andrade Contista*. Dissertação em Literatura Brasileira apresentada ao Departamento de Letras Clássicas e Vernáculas. FFLCH-USP. São Paulo, 1980 (mimeografado).

PROENÇA, M. Cavalcanti. "Mário de Andrade Ficcionista" ("Arraiada de Mário", "Macunaíma Pioneiro", "Homenagem a Mário de Andrade"). *Estudos Literários*. Rio de Janeiro, José Olympio, s/d, pp. 337-345.

Revista do Arquivo Municipal. Homenagem a Mário de Andrade. São Paulo, Departamento de Cultura da Prefeitura de São Paulo, jan./fev. 1946, ano XII, vol. CVI.

Revista da Biblioteca Mário de Andrade. Edição comemorativa. Centenário de nascimento de Mário de Andrade. São Paulo, SMC – Departamento de Bibliotecas Públicas. São Paulo, jan.-dez. 1993, vol. 51.

ROSENFELD, Anatol. "Mário e o Cabotinismo". *Texto/Contexto*. São Paulo, Perspectiva/INL, 1973, pp. 185 a 200.

SOUZA, Gilda de Mello e. *O Tupi e o Alaúde. Uma Interpretação de Macunaíma*. São Paulo, Duas Cidades, 1979.

_____. "O Banquete". *Exercícios de Leitura*. São Paulo, Duas Cidades, 1980, pp. 35-44.

_____. "Mário de Andrade – Relações entre Parte Inédita da Correspondência e a Obra em Prosa". Ciclo de Conferências Mário/Oswald – Escritores. 3 de dezembro de 1990. Centro Cultural São Paulo. Secretaria da Cultura do Município de São Paulo.

SANTIAGO, Silviano. "Poesia Plena: Poema Precário". *Suplemento Literário de Minas Gerais*, 14.11.1970, p. 6.

SCHWARZ, Roberto. "O Psicologismo na Poética de Mário de Andrade". *A Sereia e o Desconfiado*. Rio de Janeiro, Civilização Brasileira, 1965, pp. 1 a 11.

WISNIK, José Miguel. *O Coro dos Contrários. A Música em Torno da Semana de 22*. 2ª ed. São Paulo, Duas Cidades, 1983.

_____. *Dança Dramática (Poesia/Música Brasileira)*. Tese de Doutoramento apresentada ao Departamento de Línguas Orientais e Teoria Literária. FFLCH-USP. São Paulo, 1980 (mimeografado).

III

Geral

ADORNO, T. W. "Posição do Narrador no Romance Contemporâneo". In: BENJAMIN, Walter e outros. *Textos Escolhidos*. Trad. José Lino Grünnewald e outros. São Paulo, Abril, 1980 (Coleção "Os Pensadores"), pp. 269-273.

_____. *Notas de Literatura*. Trad. Celeste Aída Galeão e Idalina Azevedo da Silva. Rio de Janeiro, Tempo Brasileiro, 1973.

BIBLIOGRAFIA

_____. & HORKHEIMER, M. *Dialética do Esclarecimento. Fragmentos Filosóficos*. Trad. Guido Antonio de Almeida. Rio de Janeiro, Zahar, 1985.

ANGELIDES, Sophia. *Sobre a Poética de Tchekhov através de suas Cartas*. Tese em Teoria Literária e Literatura Comparada apresentada ao Departamento de Lingüística e Línguas Orientais. Orientador: Prof. Dr. Boris Chnaiderman. FFLCH-USP. São Paulo, 1986 (mimeografado).

ARISTÓTELES. *Poética*. Introdução e Notas de Eudoro de Souza. Porto Alegre, Globo, 1966.

ARRIGUCCI JR., Davi. *O Escorpião Encalacrado*. São Paulo, Perspectiva, 1973.

_____. "Enigma e Comentário". *Enigma e Comentário. Ensaios sobre Literatura e Experiência*. São Paulo, Companhia das Letras, 1987, pp. 227-235.

_____. *Humildade, Paixão e Morte. A Poesia de Manuel Bandeira*. São Paulo, Companhia das Letras, 1990.

AUERBACH, Erich. *Mimesis. A Representação da Realidade na Literatura Ocidental*, Trad. Susy Frankl Sperber. São Paulo, Perspectiva, 1971.

BAKHTIN, Mikhail. *La Cultura Popular en la Edad Media y en Renascimiento*. Barcelona, Barsal, 1974.

_____. "Para uma História das Formas da Enunciação nas Construções Sintáticas". *Marxismo e Filosofia da Linguagem*. Trad. Michel Lahud e outros. São Paulo, Hucitec, 1981, pp. 139-196.

_____. *Problemas da Poética de Dostoiévski*. Trad. Paulo Bezerra. Rio de Janeiro, Forense Universitária, 1981.

_____. *Questões de Literatura e de Estética. A Teoria do Romance*. Trad. Aurora F. Bernardini e outros. 2ª ed. São Paulo, Hucitec/Fundação Unesp, 1990.

BARTHES, Roland. *Ensayos Críticos*. Barcelona, Editorial Serx Barral, 1973.

_____. "Análise Textual de um Conto de Edgar Poe". *In*: CHABROL, Charles (org.). *Semiótica Narrativa e Textual*. São Paulo, Cultrix/Edusp, 1977, pp. 36-62.

BASTIDE, Roger. *Sociologia e Psicanálise*. Trad. Heloysa de Lima Dantas. São Paulo, Melhoramentos/Edusp, 1974.

BATAILLE, Georges. *O Erotismo*. 2ª ed. Trad. José Bernard da Costa. Lisboa, Moraes, 1980.

BELLEMIN-NOËL, Jean. *Psicanálise e Literatura*. Trad. Álvaro Lorencini e Sandra Nitrini. São Paulo, Cultrix, 1983.

BENJAMIN, Walter. *Magia e Técnica. Arte e Política*. Trad. Sérgio Paulo Rouanet. 3ª ed. São Paulo, Brasiliense, 1987.

_____. *Charles Baudelaire. Um Lírico no Auge do Capitalismo*. Trad. José Carlos Martins Barbosa e Hemerson Alves Baptista. São Paulo, Brasiliense, 1989.

_____. *Rua de Mão Única*. São Paulo, Brasiliense, 1987.

BERMAN, Marshall. *Tudo que É Sólido Desmancha no Ar. A Aventura da Modernidade*. Trad. Carlos Felipe Moisés e Ana Maria Ioriatti. São Paulo, Companhia das Letras, 1986.

BOSI, Alfredo. *O Ser e o Tempo da Poesia*. São Paulo, Cultrix/Edusp, 1977.

_____. "Situações e Formas do Conto Brasileiro Contemporâneo". *O Conto Brasileiro Contemporâneo*. São Paulo, Cultrix/Edusp, 1975, pp. 7-22.

_____. "Moderno e Modernista na Literatura Brasileira". *Céu, Inferno. Ensaios de Crítica Literária e Ideológica*. São Paulo, Ática, 1988, pp. 114-126.

BOOTH, Wayne C. *A Retórica da Ficção*. Lisboa, Arcádia, 1980.

_____. "Distance et point de vue. Éssai de classification". *Poétique*, Paris, Seuil, n. 4, 1970.

BRITO, Mário da Silva. *História do Modernismo I. Antecedentes da Semana de Arte Moderna*. São Paulo, Saraiva, 1958.

CANDIDO, Antonio. *Literatura e Sociedade*. São Paulo, Nacional/Edusp. 1965.

_____. *O Discurso e a Cidade*. São Paulo, Duas Cidades, 1993.

_____. *A Educação pela Noite & Outros Ensaios*. 2ª ed. São Paulo, Ática, 1989.

CARDOSO, Sérgio e outros. *Os Sentidos da Paixão*. São Paulo, Companhia das Letras, 1987.

BIBLIOGRAFIA

CARPEAUX, Otto Maria. *As Revoltas Modernistas na Literatura*. Rio de Janeiro, Edições de Ouro, s/d.

CLANCIER, Anne. *Psychanalyse et Critique Littéraire*. Toulouse, Nouvelle Recherche/Privat, 1973.

CLÉMENT, Cathérine e outros. *Para uma Crítica Marxista da Teoria Psicanalítica*. Trad. José Eduardo Pereira Ramos. Lisboa, Estampa, 1975.

CORTÁZAR, Julio. "Alguns Aspectos do Conto" e "Do Conto Breve e seus Arredores". *Valise de Cronópio*. Trad. Davi Arrigucci Jr. e João Alexandre Barbosa. São Paulo, Perspectiva, 1974, pp. 147-163 e 227-237.

CURRENT-GARCÍA, E. & PATRICK, W. R. (ed.). *What is the Short Story?* Glenview-Illinois, Brighton-England; Scott, Foresman and Company, 1974.

DAL FARRA, Maria Lúcia. *O Narrador Ensimesmado. O Foco Narrativo em Vergílio Ferreira*. São Paulo, Ática, 1978.

EIKHENBAUN, B. e outros. *Teoria da Literatura. Formalistas Russos*. 2ª ed. Trad. Ana Maria Ribeiro Filipovski e outros. Porto Alegre, Globo, 1976.

FERREIRA, Aurélio Buarque de Holanda & RONAI, Paulo. "Advertência". *Mar de Histórias*. 2ª ed. revista e aumentada. Rio de Janeiro, Nova Fronteira, 1970.

FISHER, Ernest. *A Necessidade da Arte*. Rio de Janeiro, Zahar, 1966.

FOUCAULT, Michel. *Nietzsche, Freud, Marx*. Barcelona, Ariel, s/d.

FRAZER, James George. *O Ramo de Ouro*. Edição do texto de Mary Douglas. Rio de Janeiro, Guanabara, 1982.

FREUD, Sigmund. *Obras Completas*. Madrid, Biblioteca Nueva, 1948, 2 vols.

_____. *Edição Standard Brasileira das Obras Psicológicas Completas*. Rio de Janeiro, Imago, 1980, 23 vols.

_____. *Obras Completas de Sigmund Freud*. Trad. Odilon Galloti, Isaac Izicksohn e Moyses Gikovate. Rio de Janeiro, Delta, s/d.

_____. *Trois Essais sur la Théorie de la Sexualité.* 39ª ed. Paris, Gallimard, 1932.

_____. *Psicopatologia da Vida Cotidiana.* 5ª ed. Trad. Álvaro Cabral. Rio de Janeiro, Zahar, 1966.

FRIEDMAN, Norman. "Point of View in Fiction. The Development of a Critical Concept". In: STEVICK, P. *The Theory of the Novel.* New York, The Free Press, 1967.

FRYE, Northrop. *Anatomia da Crítica.* Trad. Péricles Eugênio da Silva Ramos. São Paulo, Cultrix, 1973.

GOLDMANN, Lucien. "A Reificação". *Revista Civilização Brasileira,* Rio de Janeiro, Civilização Brasileira, ano II, n. 16, 1967.

GOMES, Celuta Moreira. *O Conto Brasileiro e sua Crítica. Bibliografia (1841-1974).* Rio de Janeiro, Biblioteca Nacional, 1977 (Coleção Rodolfo Garcia).

GOTLIB, Nádia. *Teoria do Conto.* São Paulo, Ática, 1985.

HAY, Louis. "Le Texte n'Existe Pas". *Poétique.* Paris, Seuil, n. 62, pp. 147-158.

HOHLFELDT, Antonio Carlos. *O Conto Brasileiro Contemporâneo.* Porto Alegre, Mercado Aberto, 1981.

JOLLES, André. *Formas Simples.* Trad. Álvaro Cabral. São Paulo, Cultrix, 1976.

KAYSER, Wolfgang. *O Grotesco. Configuração na Pintura e na Literatura.* São Paulo, Perspectiva, 1986.

_____. "Qui Raconte le Roman?" *Poétique.* Paris, Seuil, n. 4, 1970.

LACAN, Jacques. *Escritos.* São Paulo, Perspectiva, 1978.

_____. *A Família.* Trad. Brigitte Cardoso e Cunha e outros. Lisboa, Assírio e Alvim, 1987.

_____. *Os Escritos Técnicos de Freud. O Seminário – I.* Trad. Betty Milan. Rio de Janeiro, Zahar, 1979.

LAPLANCHE, J. *Castração/Simbolizações.* Trad. Álvaro Cabral. São Paulo, Martins Fontes, 1988.

BIBLIOGRAFIA

_____ & PONTALIS, J.-B. *Vocabulário da Psicanálise*. 10ª ed. Trad. Pedro Tamen. São Paulo, Martins Fontes, 1988.

LEFEBVE, Maurice-Jean. *A Estrutura do Discurso da Poesia e da Narrativa*. Coimbra, Almedina, 1980.

LIMA, Herman. *Variações Sobre o Conto*. Rio de Janeiro, MEC – Serviço de Documentação, 1952.

_____. "O Conto, do Realismo aos Nossos Dias". In: COUTINHO, Afrânio (org.). *A Literatura no Brasil*. Rio de Janeiro, Sul-Americana, 1971, vol. 6.

LUBBOCK, Percy. *A Técnica da Ficção*. Trad. Otávio Mendes Cajado. São Paulo, Cultrix/Edusp, 1976.

LUKACS, George. *Introdução a uma Estética Marxista. Sobre a Categoria da Particularidade*. Trad. Carlos Nelson Coutinho e Leandro Konder. Rio de Janeiro, Civilização Brasileira, 1968.

_____. *Ensaios sobre Literatura*. Trad. Carlos Nelson Coutinho e outros. 2ª ed. Rio de Janeiro, Civilização Brasileira, 1968.

_____. *Teoria do Romance*. Trad. Alfredo Margarido. Lisboa, Editorial Presença, s/d.

_____. "Rapport sur le roman" e "Le roman". *Écrits de Moscou*. Paris, Editions Sociales, 1974, pp. 63-78 e 79-139.

MAGALHÃES JR., R. *A Arte do Conto*. Rio de Janeiro, Block, 1972.

MARCUSE, Herbert. *Eros e Civilização. Uma Interpretação Filosófica do Pensamento de Freud*. 6ª ed. Trad. Álvaro Cabral. Rio de Janeiro, Zahar, 1975.

MAURON, Charles. *Des Métaphores Obsédantes au Mythe Personnnel*. Paris, Corti, 1968.

MAY, Charles (ed.). *Short Story Theories*. 2ª ed. Ohio University Press, 1976.

MENESES, Adélia Bezerra de. *Do Poder da Palavra. Ensaios de Literatura e Psicanálise*. São Paulo, Duas Cidades, 1995.

MEYERHOFF, Hans. *O Tempo na Literatura*. Trad. Myriam Campello. São Paulo, McGraw-Hill do Brasil, 1976.

NUNES, Benedito. *O Tempo na Narrativa*. São Paulo, Ática, 1988.

PASSOS, Cleusa Rios P. *Confluências: Crítica Literária e Psicanálise*. São Paulo, Nova Alexandria/Edusp, 1995.

_____. *O Outro Modo de Mirar. Uma Leitura dos Contos de Julio Cortázar*. São Paulo, Martins Fontes, 1986.

PAZ, Octavio. *Signos em Rotação*. Trad. Sebastião Uchoa Leite. São Paulo, Perspectiva, 1972.

_____. *Conjunções e Disjunções*. São Paulo, Perspectiva, 1979.

_____. *Os Filhos do Barro. Do Romantismo à Vanguarda*. Trad. Olga Savary. Rio de Janeiro, Nova Fronteira, 1984.

POE, Edgar Allan. "Review of 'Twice Told Tales'" (1842). In: MAY, Charles E. (ed.). *Short Story Theories*. 2ª ed. Ohio University Press, 1976, pp. 45-52.

POUILLON, Jean. *O Tempo no Romance*. Trad. Heloysa de Lima Dantas. São Paulo, Cultrix/Edusp, 1974.

PROPP, Vladimir. *Morphologie du conte. Suivi de "Les transformations des contes merveilleux"*. Trad. M. Derrida, Todorov e Kahn. Paris, Poétique/Seuil, 1965/1971.

_____. *Las Raices Historicas del Cuento*. Caracas, Fundamentos, s/d.

_____. *Édipo à Luz do Folclore. Quatro Estudos de Etnografia Histórico-Cultural*. Trad. António da Silva Lopes. Lisboa, Editorial Vega, s/d.

RANK, Otto. "The Double as Immortal self". In: *Beyond Psychology*. Camden, N. J., Haddon Craftsmen, 1941.

ROBERT, Marthe. *Novela de los Orígenes y Orígenes de la Novela*. Madrid, Taurus, 1973.

ROSENFELD, Anatol. *Texto/Contexto*. São Paulo, Perspectiva/INL-MEC, 1973.

SCHWARZ, Roberto. *Que Horas São?* São Paulo, Companhia das Letras, 1987.

SPITZER, Leo. *Linguistica e Historia Literaria*. Madrid, Gredos, 1968.

BIBLIOGRAFIA

TODOROV, T. "As Visões na Narrativa". *Estruturalismo e Poética*. São Paulo, Cultrix, 1977.

_____ & DUCROT, Oswald. *Dicionário Enciclopédico das Ciências da Linguagem*. São Paulo, Perspectiva, 1977.

TRILLING, Lionel. *O Eu Romântico. Ensaios de Crítica Literária*. Trad. Maria Beatriz Nizza da Silva. Rio de Janeiro, Lidador [1965].

_____ . *Literatura e Sociedade. Ensaios sobre a Significação da Arte e da Idéia Literária*. Trad. Rubem Rocha Filho. Rio de Janeiro, Lidador [1965].

WILLEMART, Philippe. "O Autor não Morreu". *Folhetim*. Suplemento de *Folha de S. Paulo*. 3.ago.1986, pp. 10 e 11.

_____ . "Um Ladrão de Si Mesmo". *Folhetim*. Suplemento de *Folha de S. Paulo*. 14 nov. 1986, p. 5.

ZERAFFA, Michel. *Personne et Personnage. La Romanesque des Années 1920 aux Années 1950*. 2ª ed. Paris, Klincksieck, 1971.

Estudos Literários

1. *Clarice Lispector. Uma Poética do Olhar*
   Regina Lúcia Pontieri

2. *A Caminho do Encontro. Uma Leitura de Contos Novos*
   Ivone Daré Rabello

3. *Romance de Formação em Perspectiva Histórica.*
   O Tambor de Lata de G. Grass
   Marcus Vinicius Mazzari

4. *Roteiro para um Narrador. Uma Leitura dos Contos de Rubem Fonseca*
   Ariovaldo José Vidal

5. *Proust, Poeta e Psicanalista*
   Philippe Willemart

Título A Caminho do Encontro
Uma Leitura de Contos Novos
Produção Ateliê Editorial
Projeto Gráfico Ateliê Editorial
Capa Lena Bergstein (desenhos)
Plinio Martins Filho e
Tomás B. Martins (criação)
Composição e Artes Studium Generale
Revisão Ateliê Editorial
Formato 13 x 20,5 cm
Papel de miolo Pólen Soft 80 g/m²
Papel de capa Cartão Supremo 250 g/m²
Tiragem 1000
Fotolitos Macin Color
Impressão Lis Gráfica